RACHE AUF NORDERNEY

Die Ermittlerin

ELLA LORENZ

Einführung

Rache auf Norderney

Es ist spät, als Nele Reimers von der Arbeit nach Hause kommt. Ihre Wohnung im Obergeschoss eines Mehrfamilienhauses liegt in der Oderstraße, eine ruhige, wenig befahrene Nebenstraße auf Norderney. Wider erwartend kann sie ihr Auto nicht vor dem Haus parken. 50 Meter muss sie mit ihrem gut gefüllten Einkaufskorb gehen. Sie schafft 10 Meter.

Ein Unbekannter stoppt ihren Lauf. Stunden später zählt der herbeigerufene Notarzt 14 Messerstiche. Warum musste die junge Frau sterben?

Hauptkommissarin Lea Landgraf versucht zu ermitteln, wird aber von ihrem Kollegen aus Aurich gestoppt. Es kommt noch schlimmer. Lea erhält eine Kündigung. Wie soll es jetzt weitergehen?

Die wichtigsten Personen und Orte:

Kriminalhauptkommissarin Lea Landgraf
    Norderney

Dr. Carsten Maibach · Staatsanwalt
Aurich

Kriminalhauptkommissar Frank Eggers
Aurich

Hauptkommissar Dennis Fleischmann
Aurich

Sabine Kirsch
Verwaltungsfachangestellte

Polizeihauptmeister Johann Flessner
Norderney

Polizeimeister Jan Lankow
Norderney

Polizeimeister Marco Doyen
Norderney

Andreas Heyen, Kriminaltechniker

Sven Kreutzer · freier Journalist/Fotograf
Norderney

Bürgermeister Udo Redenius · Norderney

Martha Hinrichs · Rentnerin und Vermieterin

Doktor Kaßmann · Notarzt

Stella · beste Freundin · Hannover

Aurich · Kreisstadt in Ostfriesland

Norderney · zweitgrößte ostfriesische Insel

Kapitel 1

Die Flügel standen still. Vielleicht lag es am fehlenden Wind. Eine Gruppe Feriengäste, alle im Rentenalter, fotografierte das Norderneyer Wahrzeichen. Die alte Windmühle »Selden Rüst« bot ein eindrucksvolles Motiv. Niemand ahnte zu diesem Zeitpunkt, was in wenigen Stunden, nur 300 Meter entfernt, Schreckliches passieren würde.

SEIT TAGEN WAR er auf der Suche. Er musste ihr Auto finden. Zwei Stunden hielt er sich bereits in der Nähe ihres Büros auf. Dann fand er das Fahrzeug in einer unscheinbaren Nebenstraße. 120 Meter von ihrem Arbeitsplatz entfernt. Der kleine Parkplatz lag abseits auf einem Hinterhof. Dort standen mehrere Fahrräder, ein Müllcontainer und das weiße Coupé, das er suchte.

Den Ersatzschlüssel hatte er einige Tage zuvor in der untersten Schublade einer Kommode gefunden, die im Flur unweit der Treppe stand.

An diesem sonnigen Vormittag stülpte er ohne Hektik die mitgebrachten Einweghandschuhe über. Ein Daumendruck auf den schwarzen Schlüssel genügte und das Fahrzeug begrüßte ihn mit dem Aufblinken verschiedener LED-Leuchten. Sorgsam legte er eine Kunststofffolie über den Fahrersitz, bevor er einstieg und den Motor startete. Den Rucksack stellte er auf den Beifahrersitz.

Eine grau getigerte Katze saß neben dem Müllcontainer. Offenbar war sie auf der Jagd nach Mäusen oder unvorsichtigen Vögeln. Eilig verschwand sie, als er die Wagentür zuschlug. Das Innere des Wagens roch nach ihrem Parfüm. Sein Blick fiel sofort auf die digitale Zeitanzeige. 12 Uhr 56. Es blieben ihm noch genau neun Minuten.

AN DREI TAGEN hatte er hier recherchiert. Dort, wo die Jann-Berghaus-Straße die Mühlenstraße kreuzte, verbrachte er mehrmals bis zu 20 Minuten für seine Recherche. Während dieser Zeit wartete er vor dem kleinen Einkaufsladen und beobachtete die Menschen, die an ihm vorbeiliefen, die Straße überquerten oder an diesem Ort ihre Einkäufe tätigten. Es waren überwiegend Feriengäste, die hier ein und aus gingen. Sie kamen zu Fuß, mit dem Fahrrad oder mit einem anderen Gefährt. Sie lachten, redeten, plauderten und wirkten fröhlich und unbeschwert. Nur eine Person war anders. Diese Person gehörte nicht zu der Kategorie Mensch, die Erholung suchte. Schon das Äußere verriet, dass dieser Mensch hier nicht zum Vergnügen war. Diesem eigenwilligen Typ galt sein Interesse. Der Gesuchte kam täglich aus der Mühlenstraße zu Fuß zu dem Laden an der Jann-Berghaus-Straße.

Die Kleidung der Zielperson könnte man mit einem Wort als unspektakulär bezeichnen. Er trug Tag für Tag, ohne Ausnahme, ein weißes Oberhemd, eine graue Flanellhose, dazu schwarze Lederschuhe. Ohne sonderlich auf sein Umfeld zu achten, lief er die Straße entlang. Jeden Tag, das gleiche Bild. Selten, nur bei extrem großer Hitze, öffnete er den Kragen seines Oberhemdes oder krempelte die Ärmel hoch. Bei ungünstiger Wetterlage kombinierte er sein Outfit mit einer dunkelblauen Freizeitjacke.

Seine Brötchen verdiente der Sonderling in einem Seniorenheim. Dort, das ergaben seine Nachforschungen, arbeitete er in der Verwaltung. Ein Zahlenmensch, der gerne seine Ruhe hatte und kaum Kontakt zu Kollegen und Kolleginnen pflegte. Der Eigenbrötler war dennoch beliebt. Er galt als zuverlässig und hilfsbereit, zudem schätzten die Mitarbeiterinnen des Heims sein Äußeres. Er war ein sportlicher, gutaussehender Mann.

Wie ein liebgewonnenes Ritual zelebrierte er jeden Tag seine Mittagspause. Pünktlich um 13 Uhr verließ er täglich das Seniorenheim, lief den Gehweg entlang bis zur nahegelegenen Kreuzung, um zu einem kleinen Supermarkt zu gelangen. Täglich, von montags bis freitags, traf man ihn dort zur selben Uhrzeit an. Sowohl für den Hinweg als auch für den Rückweg wählte er den gleichen Weg. Nie gab es auch nur die geringste Abweichung von dieser Gewohnheit. Zuverlässig wie eine Schweizer Uhr lief er stets die 350 Meter vom Seniorenheim zum Supermarkt und zurück. Immer alleine, immer korrekt gekleidet und immer auf die Minute pünktlich.

VON DER KATZE war nichts mehr zu sehen, als er vom Hinterhof fuhr. Theoretisch hätte er den Weg zu Fuß gehen können, aber er brauchte dieses Fahrzeug um sein Vorhaben in die Tat umzusetzen. Glücklicherweise verfügte das Auto über ein Automatikgetriebe. Ohne Eile fuhr er die Jann-Berghaus-Straße entlang und hielt 50 Meter vor der Kreuzung Mühlenstraße/Jann-Berghaus-Straße.

Er parkte den Wagen am Straßenrand, so dass er die Fahrbahn gut einsehen konnte.

Noch sechs Minuten, dachte er, dann müsste er kommen.

Er spürte Schweißtropfen, die von seiner Stirn rannen. Hastig entfernte er sie mit einem Papiertaschentuch. *Bleib ruhig. Entspann dich. In wenigen Minuten ist alles vorbei und dann gönnst du dir einen guten Whisky.*

Er atmete tief durch, schaute in den Rückspiegel, nahm noch einmal das Papiertaschentuch zur Hand, bevor er erneut den Motor startete. Während der Acht-Zylinder ruhig vor sich hin summte, richtete er seine ganze Aufmerksamkeit auf die Jann-Berghaus-Straße. Unbewusst trommelte er mit zwei Fingern auf das Lederlenkrad. Menschen sah er nur wenige. Offenbar hielten die hohen Tagestemperaturen Feriengäste und Einheimische von Spaziergängen und Einkaufstouren ab.

Noch zwei Minuten.

Gebannt schaute er zur Kreuzung. Ein Fahrradfahrer und ein Linienbus fuhren an ihm vorbei. Vor dem kleinen Laden standen Passanten, die sich angeregt unterhielten. Niemand beachtete das teure Coupé, das am Fahrbahnrand parkte.

Ein letzter Blick zur digitalen Anzeige. Es war so weit. 13 Uhr 05. Das Warten hatte ein Ende. Jeden Moment müsste er von links aus der Mühlenstraße kommen und die Straße überqueren.

Weshalb ist der Typ unpünktlich? In den letzten Tagen gab es nie eine Verspätung. Wo bleibt er?

Angespannt stellte er den Wählhebel auf »D«.

UNGEWOHNT SPÄT VERLIESS der 44-jährige Sachbearbeiter das Seniorenheim. Franz Barkhoff schaute zum Himmel. Noch war es trocken, obwohl die Wolkenberge am Horizont nichts Gutes verhießen. Der Wetterbericht meldete für den Nachmittag und den Abend Wärmegewitter mit heftigem Niederschlag. Sollte er noch einmal zurück zum Heim gehen, um einen Schirm aus dem Büro zu holen? Er schaute auf die Uhr. Dafür fehlte die Zeit. Er war leicht in Verzug. Seine Mittagspause war kurz und reichte gerade für den Gang vom Seniorenheim zu dem kleinen Supermarkt an der Ecke. Täglich nutzte er diesen Spaziergang, um frische Luft zu tanken, und um sich einen Snack oder eine Süßigkeit für den Nachmittag zu besorgen.

Es war bereits 13 Uhr 14, als er die Kreuzung Mühlenstraße/Jann-Berghaus-Straße erreichte. Vier Minuten über das Zeitlimit. Er musste sich sputen. Seine Schritte wurden schneller.

»VERDAMMT, warum läuft der Typ so schnell?«, fluchte er, als sein Opfer die Straße betrat.

Er sah, wie der Mann im weißen Oberhemd wiederholt auf die Uhr schaute und schneller wurde. Vor der Straßenquerung stoppte er seinen Lauf, schaute nach links und rechts, um sich zu vergewissern, dass kein Fahrzeug im Kommen war. Mit leicht nach vorne gebeugter Körperhaltung und einem zügigen Gang versuchte der agile Sachbearbeiter zur anderen Straßenseite zu gelangen.

Jetzt war der Zeitpunkt gekommen, das Vorhaben umzusetzen. Mit beiden Händen packte er das Lenkrad, hielt es mit festem Griff, während er den rechten Fuß vom Bremspedal nahm und auf das Gaspedal setzte.

Bis zum Anschlag drückte er das Pedal mit voller Kraft herunter. Der Wagen schoss, wie von einem Katapult beschleunigt, nach vorne.

»Jetzt werden wir sehen, wofür die 367 PS gut sind«, sprach er mit leicht vibrierender Stimme.

Der Mann im weißen Hemd kam bis zur Mitte der Fahrbahn, hörte urplötzlich ein aufheulendes Motorengeräusch, schaute nach rechts, erschrak und stoppte abrupt seinen Gang.

Statt seinen Standort umgehend zu verlassen, blickte er entsetzt zu dem ankommenden Wagen. Das Fahrzeug näherte sich mit extrem hoher Geschwindigkeit. Wie zu einem Eisblock erstarrt, verharrte Barkhoff mitten auf der Fahrbahn. Zu spät bemerkte er die Gefahr. Angsterfüllt und unfähig zu handeln, sah er, wie das Auto auf ihn zuraste. Unbewusst nahmen seine Hände eine Abwehrstellung ein. Franz Barkhoff hatte keine Chance. Die Augen weit aufgerissen, starr vor Schreck, ergab er sich seinem Schicksal.

Die wenigen Passanten, die sowohl vor dem kleinen Einkaufsladen als auch in der Nähe der Straße standen, sahen voller Entsetzen, was soeben geschah. Franz Barkhoff wurde von dem Raser erfasst und wie eine Puppe durch die Luft geschleudert. Den Aufprall auf den Asphalt spürte er nicht mehr. Er schlug mit der Brust auf. Knochen brachen, Sehnen rissen und Organe versagten. Der Körper fegte mehrere Meter über den dunklen Straßenbelag. Franz Barkhoffs Gesicht schrammte über den rauen Untergrund und wurde bis zur Unkenntlichkeit zerfetzt. Das Zwerchfell brach. Arm-, Bein und Oberschenkelknochen wurden zertrümmert. Ein Schuh flog wie ein Geschoss über den Straßenbelag. Barkhoffs Brieftasche, Schlüsselbund und Smartphone lagen verstreut auf der Fahrbahn. Autoreifen quietschten, Menschen schrien und Kinder weinten.

Mit rasender Geschwindigkeit jagte das Coupé die Jann-Berghaus-Straße weiter entlang und verschwand in Richtung Richthofenstraße.

Franz Barkhoff lag regungslos auf der Fahrbahn. Der Herzschlag wurde schwächer und schwächer. Ein letztes Röcheln. Das Organ, das seinen Körper mit Blut versorgte, quittierte den Dienst. Die kaputten Gliedmaßen erschlafften. Die einst freundlichen Augen starrten ins Leere. Der korrekte, beliebte und dienstbeflissene Mitarbeiter des Seniorenheims lebte nicht mehr. Urplötzlich wurde es still an der Kreuzung

Mühlenstraße/Jann-Berghaus-Straße. Weder Autos noch Fahrräder querten die Straße. Menschen standen starr vor Schreck am Straßenrand. Entsetzen stand in ihren Gesichtern geschrieben. Tränen flossen.

DAS FAHRZEUG, das den Mann überfahren hatte, war bereits außer Sichtweite, als die ersten Passanten zu dem Verletzten eilten. Autos hielten. Ein Mann stieg mit einem Verbandskasten in der Hand aus seinem Wagen und lief zu dem Verletzten. Er beugte sich über den leblosen Körper, schüttelte das Haupt, bevor er zu seinem Handy griff und den Notruf wählte. Etwa sieben Minuten nach dem Vorfall trafen Polizei, Rettungswagen und Notarzt ein.

»Lebt er noch?« Der Polizeibeamte lief fragend auf den Notarzt zu. »Haben Sie mit ihm gesprochen?«

»Tut mir leid. Wir konnten dem Mann nicht mehr helfen.«

Polizeimeister Jan Lankow lief zu den gaffenden Menschen.

»Hat jemand den Verursacher gesehen?«, rief er laut.

Eine detaillierte Beschreibung bekam er nicht. Lankow erfuhr von den Passanten, dass ein weißes Coupé den Unfall verursacht hatte. Gerade, als er zurück zum Unfallort laufen wollte, meldete sich eine ältere Frau.

»Ich wohne dort drüben im Seniorenheim. Ich habe Herrn Barkhoff noch gegrüßt und dann hörte ich diesen Knall.«

»Barkhoff? Sind Sie sicher, dass dieser Mann, der dort auf der Straße liegt, Barkhoff heißt?«

»Ja, ja. Ich kenne Herrn Barkhoff gut. Er arbeitet dort drüben im Seniorenheim, wo ich auch wohne. Ein netter Mensch. Es ging alles so schnell. Bevor ich mich umdrehen konnte, war das Auto schon wieder verschwunden. Der liebe Herr Barkhoff lag auf der Straße. Überall war Blut. Was für ein Elend.«

Die alte Frau schluchzte. Mit zittrigen Händen hielt sie sich an ihrem Gefährt fest.

»Was war das für ein Auto?«

»Wissen Sie, mit meinem Rollator bin ich nicht so schnell. Wie sollte ich dem armen Mann helfen? Ich komme mit dem Ding nicht die Bordsteinkante runter. Zum Glück hielt ein Auto. Der Mann ist ausgestiegen, hat sich den Verletzten angeschaut und den Krankenwagen gerufen?«

»Und? Haben Sie das Auto gesehen, das den Unfall verursacht hat?«

»Nur von hinten. Der ist ja wie eine Rakete davongebraust.«

»Nummernschild? Konnten Sie das Nummernschild erkennen?«

»Herr Wachtmeister, ich bin jetzt 89 Jahre. Meine Augen sind nicht mehr die Besten.«

»War es ein großes oder kleines Auto?«

»Heute Mittag gibt es Rindsrouladen mit Rotkohl im Heim! Ich muss jetzt zurück. Wenn ich mich nicht beeile, essen mir die anderen noch alles weg.«

Die alte Frau lächelte zurückhaltend, drehte sich um und trippelte von dannen.

»Jan, schau dir das an.«

Frustriert lief Lankow zurück zu seinem Kollegen.

»Hier sind keine Bremsspuren. Der Fahrer hat wohl nicht gebremst.«

»Was ist das?« Lankow zeigte auf den Boden.

»Scherben von einem Blinker und Kunststoffteile. Vermutlich von der Frontschürze.«

»Sammle alles ein. Vielleicht führen uns diese Teile zum Unfallverursacher. Ich telefoniere mit der Reederei. Die sollen kein Fahrzeug mit Unfallschäden auf die Fähre lassen.«

»Wir sollten die Angehörigen und das Seniorenheim informieren.«

»Machen wir. Zunächst muss ich mit unserem Chef telefonieren. Ich denke, wir werden eine Großfahndung nach diesem Fahrzeug machen. Wenn der Wagen noch auf der Insel ist, werden wir ihn finden.«

Kapitel 2

Das Fahrzeug stand wieder auf seinem alten reservierten Parkplatz. Handschuhe und Folie verschwanden in dem mitgebrachten Rucksack. Spuren im Inneren beseitigte er mit Feuchttüchern und einem mitgebrachten Akku-Handstaubsauger. Er war zufrieden mit sich selbst. Es hatte perfekt geklappt. Er stieg aus und umrundete das Fahrzeug. Die Unfallspuren am Fahrzeug waren trotz des heftigen Aufpralls auf die Frontpartie minimal. Die Vorderseite des Wagens stand direkt vor einer Hauswand. Die Besitzerin des Wagens würde also beim Einsteigen nichts von den Schäden sehen. Er verschloss das Auto, nahm den Rucksack und lief davon. Das Letzte was er vernahm, bevor er von dem kleinen Parkplatz verschwand, waren die Sirenen der Rettungswagen. Bis zu seinem Wohnhaus war es ein kurzer Fußmarsch. Er hatte Zeit. Nichts trieb ihn. Nach 25 Minuten erreichte er sein Ziel. Er lief durch den Garten und betrat von hinten, unbemerkt von den Nachbarn, sein Zuhause. Das Vorhaben war vollbracht. Den Inhalt des Rucksacks leerte er in einer Mülltonne, entledigte sich seiner »Arbeitskleidung«, bevor er sich frisch geduscht und neu eingekleidet mit einer Flasche Whisky ins

Wohnzimmer setzte. Später würde er weitere Vorbereitungen treffen. Er war dazu in der richtigen Stimmung. Der Alkohol tat ein Übriges. Er wollte sie beseitigen. Alle! Das war sein Plan.

Kapitel 3

Es war früher Vormittag. Das Fenster stand halb geöffnet und von draußen wehte eine angenehme Luft durch die Büroräume. Durchzug am Morgen war für Sabine oberstes Gebot.

Ein lautes Summen drang an ihr Ohr und holte sie aus ihren Gedanken. Die Angestellte der kleinen Dienststelle schaute zur Uhr an der Wand, legte den Aktenordner zur Seite, erhob sich von ihrem Platz, huschte aus ihrem Büro und eilte den Flur entlang zur Eingangstür des Hauses. Hastig öffnete sie die Tür und schaute verwundert zu einem Mann, der permanent auf den weißen Klingelknopf neben der Tür drückte.

»Ist das ihre Art von Frühsport? Zeigefinger-Aerobic?«, fragte Sabine erstaunt.

Verdutzt schaute der Zusteller zu der Frau, die mit einem verschmitzten Lächeln in der offenen Tür stand. Lag es an ihrem viel zu engen T-Shirt, das deutlich ihre üppige Oberweite betonte, oder war ihre fröhliche Art der Grund. Der Mann antwortete irritiert: »Ich dachte, es wäre niemand da.«

»Sie sind aber früh. Ihr Kollege kommt sonst nicht vor Mittag.«

»Einschreiben. Mein Kollege macht die normale Post. Ich

brauche eine Unterschrift. Der Empfänger muss hier unterschreiben. Sind Sie Frau Lea Landgraf?«

»Nee. Die ist in ihrem Büro. Ich werde sie rufen«, sagte Sabine und ging einige Schritte zurück ins Haus.

»Lea! Post für dich! Du musst unterschreiben!«, schrie sie. Ihre helle Stimme hallte durch den Flur, als müsste sie sämtliche Inselbewohner informieren.

Lea kam aus ihrem Büro gestürmt und schaute überrascht zu ihrer Mitarbeiterin.

»Warum schreist du so laut? Ich bin nicht taub. Ist etwas passiert?«

»Einschreiben für dich. Dieser Gentleman hätte gern ein Autogramm von dir.«

Lea lief zur Tür und begrüßte den Postboten mit einem freundlichen »Moin«. Sie unterschrieb, nahm den Umschlag entgegen und warf einen kurzen Blick auf den Absender. Ohne ein weiteres Wort zu sagen, drückte sie den Brief ihrer Mitarbeiterin in die Hand.

Sabine, die gerade die Tür hinter sich schloss, blickte verwundert zu ihrer Chefin.

»Was ist mit diesem Brief?«

»Keine Ahnung. Er kommt von der Staatsanwaltschaft Aurich«, sagte Lea gelassen.

»Was soll ich damit?«

»Öffnen.«

»Warum öffnest du ihn nicht selbst?«

»Ich habe Besseres zu tun.«

»Soll ich den Brief wirklich für dich öffnen?«

»Ja! Wenn etwas Wichtiges in dem Schreiben steht, leg den Brief auf meinen Schreibtisch, ansonsten entsorge ihn bitte umgehend. Ich hole mir jetzt noch einen Kaffee.«

Lea lief zur Küche.

»Moment, Lea. Warte! Der Brief ist von Doktor Maibach persönlich.«

»Seit wann schreibt der Staatsanwalt mir Briefe? Kann er nicht mehr telefonieren?«

Sabine überflog das Schreiben mit gedankenvoller Miene. Dann runzelte sie die Stirn.

»Ähm, Lea, das solltest du besser selbst lesen.«

»Warum Bine?«, fragte Lea erstaunt.

Das Gesicht blass, ihre Haltung starr, stand Sabine in der offenen Küchentür.

»Setz dich! Setz dich hin, bevor du den Brief liest«, sagte sie mit zittriger Stimme.

»Was steht in dem Brief?«

»Du wirst es nicht glauben, Lea. Doktor Maibach hat uns gekündigt.«

Kapitel 4

Gespannt las er die Tageszeitung. Er schmunzelte, als er die Schlagzeile las:

»Raser tötet Fußgänger«.

Raser! Übertrieben. Ja, er war zügig gefahren, aber nicht gerast.

Ein weiterer Satz in der Zeitung gefiel ihm aber besonders gut: Der Unfallverursacher konnte unerkannt entkommen.

POLIZEIHAUPTMEISTER JOHANN FLESSNER GÖNNTE SICH, wie jeden Morgen, eine Kanne Tee. Es war die Zweite an diesem Tag. Die ersten fünf Tassen trank er bereits zuhause, kurz nach dem Aufstehen.

»Ohne Tee läuft bei mir nichts«, wie er immer zu sagen pflegte, wenn man ihn auf seinen Teekonsum ansprach. Flessner war gerade bei der dritten Tasse angelangt, als er wider erwartend gestört wurde. Marco Doyen betrat das Dienstzimmer, ohne anzuklopfen.

»Chef? Da vermisst jemand seine Frau. Was soll ich ihm sagen?«

Der junge Polizeibeamte stand etwas hilflos in der Tür.

»Du bist bei der Polizei. Du musst doch wissen, was zu tun ist«, erwiderte Flessner leicht genervt.

»Ja, aber ...«

»Der Mann soll hier herkommen, damit wir eine Vermisstenanzeige aufnehmen können.«

»Das geht nicht, Chef.«

»Wie geht nicht?«

»Der Anrufer kann nicht kommen. Er sitzt im Rollstuhl.«

»Dann lass dir die Personalien geben. Adresse und so. Wenn Lankow zurück vom Hafen ist, dann fahrt ihr dorthin und klärt alles vor Ort. Verstanden?«

Doyen, der noch in der Tür zum Chefbüro stand, drehte unvermittelt den Kopf und schaute in den langen Flur.

»Jan Lankow kommt gerade herein.«

»Gut, dann seht zu, dass ihr in die Hufe kommt. Wenn ihr wieder da seid, erwarte ich einen ausführlichen Bericht.«

»Geht klar, Chef!«, rief Marco Doyen und verließ hastig das Büro seines Vorgesetzten.

»MOIN, Herr Hegemann, wir sind von der Polizei. Mein Name ist Lankow und das ist mein Kollege Doyen.«

Der Rollstuhlfahrer hatte die Tür nur einen Spalt geöffnet.

»Sie vermissen Ihre Frau?«

»Ja. Ich hatte bei der Polizei angerufen.«

»Dürfen wir hereinkommen?«, fragte Lankow.

»Ja. Moment, ich muss die Kette entfernen.«

Langsam öffnete sich die Haustür. Die Polizisten traten ein und folgten den Mann, der in seinem Rollstuhl zum Wohnzimmer fuhr. Die beiden Beamten setzten sich an den Wohnzimmertisch. Marco Doyen legte eine Mappe mit Formularen auf den Tisch, setzte seine Dienstmütze ab und begann zu schreiben.

»Wie ist Ihr Name? Seit wann vermissen Sie Ihre Frau? Wie lautet der vollständige Name der Vermissten?«

»Mein Name ist Hegemann. Stefan Hegemann und meine Frau heißt Cornelia. Sie ist gestern nicht nach Hause gekommen. Gewöhnlich ist sie immer vor 22 Uhr zuhause. Ich bin kurz nach 21 Uhr ins Bett gegangen und als ich heute Morgen nach ihr rief, bekam ich keine Antwort. Telefonisch ist sie auch nicht erreichbar.«

»Könnte Ihre Frau woanders übernachtet haben?«

»Nein. Sie glauben …«

»Ich glaube nichts, Herr Hegemann. Mich interessieren nur Tatsachen«, sagte Lankow nüchtern.

»Meine Frau hat keinen Liebhaber. Sie arbeitet bei einer Umweltorganisation. Dort hat sie gestern gegen 20 Uhr 30 ihr Büro verlassen. Das hat mir eine Arbeitskollegin am Telefon gesagt.«

»Was ist mit Freundinnen, Bekannten oder Verwandten?«, wollte Marco Doyen wissen.

»Das hätte sie mir mitgeteilt. Wir führen eine wundervolle Ehe. Cornelia und ich haben keine Geheimnisse. Wenn ich nicht an den Rollstuhl gefesselt wäre, würde ich sofort alleine auf die Suche gehen. So groß ist die Insel ja nicht. Da muss man doch eine vermisste Person finden können.« Hegemann wurde lauter.

»Beruhigen Sie sich, Herr Hegemann. Ich schlage vor, wir beenden zunächst die Formalitäten und machen uns stattdessen auf die Suche nach Ihrer Frau«, sagte Lankow und erhob sich von seinem Platz.

»Gut. Machen Sie das. Es wäre doch sinnvoll, Verstärkung anzufordern.«

»So einfach ist das nicht, Herr Hegemann. Das können wir nicht bestimmen. Eine groß angelegte Suchaktion muss genehmigt werden. Und das kann dauern.«

»Aber meine Frau …«

»Machen Sie sich keine Sorgen. Sofern Ihre Frau weder gebrechlich noch dement ist, werden wir sie finden. Vermutlich ist sie mit dem Auto liegen geblieben oder hat irgendwo anders übernachtet. Was fährt Ihre Frau für einen Wagen?«

»Ein weißes Coupé mit einem Auricher Kennzeichen.«

»Machen Sie sich keine Sorgen, Herr Hegemann. Ihre Frau ist noch keine 24 Stunden verschwunden. Aus Erfahrung kann ich Ihnen sagen, dass die meisten Vermissten nach weniger als 12 Stunden gefunden werden.«

»Cornelia ist kein Feriengast, der sich verlaufen hat.«

»Das wissen wir, Herr Hegemann. Wir werden jetzt die nähere Umgebung absuchen und danach zur Arbeitsstelle Ihrer Frau fahren. Vielleicht bekommen wir dort Hinweise. Gewöhnlich warten wir bis zum nächsten Tag bevor wir eine erste Suchaktion starten. Betrachten Sie diese Aktion jetzt als Ausnahme.«

DIE BEAMTEN VERLIESSEN DAS HAUS. Marco Doyen legte seine Schreibutensilien zurück ins Auto.

»Wo fangen wir an?«, fragte er.

»Ich denke, wir sollten zunächst im Umfeld des Wohnhauses suchen und danach die Straßen abfahren. Sollten wir bis zu den Abendstunden keine Hinweise auf den Verbleib der Frau gefunden haben, leiten wir weitere Maßnahmen ein«, sagte Lankow und lief quer über das Grundstück, schaute kurz hinter Hecken und Büsche, bevor er in den hinteren Teil des Gartens verschwand. Marco Doyen folgte ihm.

Eine halbe Stunde lang durchkämmten sie den Garten und die Nachbargrundstücke. Ohne Erfolg.

»Was ist mit dem Schuppen?«

»Du meinst die Garage?«

»Ja. Die Garage«, erwiderte Marco Doyen mürrisch.

»Was soll in der Garage sein? Der Ehemann sagte, dass seine Frau nicht nach Hause gekommen ist, also werden wird dort mit Sicherheit nichts finden.«

»Nachschauen können wir trotzdem.«

»Okay! Wenn es dich beruhigt.«

Beide liefen zu dem kleinen Gebäude mit Spitzdach. Es stand nur wenige Meter vom Wohnhaus entfernt. Vorne, zur Straßenseite, befand sich ein breites Garagentor aus Metall. Der grüne Anstrich war an einigen Stellen bereits abgeblättert. An der Seite befand sich eine schmale, grün gestrichene Holztür. Der Bereich vor und neben dem Gebäude war mit Klinkern gepflastert. Nur an der Seite zum Garten rankte Efeu und wuchsen mannshohe Büsche.

»Die Garage ist verschlossen.«

»Wie verschlossen? Du musst dir etwas mehr Mühe geben, dann kannst du das Tor ohne Probleme öffnen. Ich kenne das von meinem Nachbarn. Der hat auch so ein altes Teil. Klemmt immer.«

Jan Lankow rüttelte heftig am Tor, ohne dass es sich auch nur einen Millimeter öffnete.

»Das Tor klemmt!«

»Nein. Das Tor ist verschlossen und die Seitentür ebenfalls«, stellte Marco Doyen ernüchternd fest.

»Wir brauchen die Schlüssel. Frag Herrn Hegemann, ob er einen Schlüssel für die Garage hat.«

Nach vier Minuten kam Doyen mit zwei Schlüsseln zurück.

»Der kleine Schlüssel ist für das Tor und der andere für die Seitentür.«

Marco Doyen lief zunächst zum Tor.

»Nichts! Das Ding lässt sich nicht öffnen. Irgendetwas blockiert das Schloss.«

»Was ist mit der anderen Tür?«, fragte Lankow.

»Zu. Lässt sich nicht aufschließen. Ich vermute, dass von

innen ein Schlüssel steckt.«

»Merkwürdig. Sollte Frau Hegemann sich in der Garage eingeschlossen haben?«

Lankow trommelte gegen die Tür.

»Hallo, Frau Hegemann, hören Sie mich. Machen Sie bitte auf. Mein Name ist Lankow. Ich bin von der örtlichen Polizeidienststelle.«

Nichts rührte sich.

»Wir müssen die Tür aufbrechen«, sagte Marco Doyen.

»Das geht nicht so einfach. Erstens haben wir nicht das Werkzeug dazu und zweitens benötigen wir die Zustimmung des Eigentümers.«

»Was ist, wenn die Frau dort drin ist. Vielleicht geht es ihr nicht gut.«

»Ich spreche mit Flessner.«

Nach drei Minuten kam Lankow zurück.

»Und? Was machen wir jetzt?«

»Flessner informiert die Feuerwehr. Sie wird die Tür aufbrechen. Ich informiere Herrn Hegemann und hol mir sein Einverständnis.«

»Nimm etwas zu schreiben mit.«

MIT DEM EINTREFFEN der Feuerwehr kam auch Lankow wieder aus dem Haus.

»Hegemann ist einverstanden. Wir können die Tür gewaltsam öffnen.«

Zwei Männer von der Feuerwehr folgten Lankow mit Werkzeug und Atemmasken.

»Wofür die Masken?«

»Es ist durchaus möglich, dass sich in der Garage giftige Gase befinden. Ich gehe lieber auf Nummer sicher, bevor mein Kollege und ich aus den Latschen kippen«, sagte der Mann mit Helm.

Die einfache, aus Holzbrettern gefertigte Tür, gab schnell nach, als der Feuerwehrmann einen fast zwei Meter langen »Kuhfuß« ansetzte. Innen war es dunkel. Einer der Feuerwehrleute trat ein und betätigte den Lichtschalter neben der Tür. Er erschrak. Wie versteinert blieb er stehen.

Lankow stellte sich nun unmittelbar hinter den Feuerwehrmann. »Scheiße! Das sieht nicht gut aus. Marco, ruf einen Krankenwagen! Sofort! Vielleicht ist die Frau noch zu retten«, schrie Lankow.

»Ist sie tot?«

»Weiß ich nicht. Wir müssen sie herunterholen. Fasst alle mit an!«, rief Jan Lankow.

Im Schein einer flackernden Neonröhre wirkte die Situation gespenstisch. Um Cornelia Hegemanns schmalen Hals lag ein weißes, fingerdickes Kunststoffseil, das zu einem Querbalken führte. Eine Trittleiter lag am Boden.

Marco Doyen richtete die Leiter auf und durchtrennte das Seil. Jan Lankow und zwei Feuerwehrmänner fingen den leblosen Körper auf.

»Lebt sie noch?«, fragte Marco Boyen.

»Keine Ahnung. Bringt sie schnell nach draußen«, befahl Lankow.

Mit vereinten Kräften trugen sie Cornelia Hegemann an die frische Luft. Die zeitnah eingetroffenen Rettungssanitäter legten sie sofort auf eine bereitgestellte Trage.

»Wie geht es der Frau?«

»Wir können nichts mehr für sie tun. Sie ist schon einige Stunden tot. Suizid, nehme ich an. Kommt häufig vor. Statt uns, hätten Sie besser gleich den Leichenwagen rufen können. Schade, um die Frau. Ich kenne sie. Sie war mal Ärztin in Wittmund«, sagte der Notarzt sachlich, als würde er über einen Gebrauchtwagen mit Motorschaden reden und lief zurück zum Einsatzfahrzeug.

Kapitel 5

Um diese Zeit saßen die Feriengäste in Hotels, Pensionen und Ferienwohnungen beim Frühstück. Am Badestrand verweilten noch nicht viele Menschen. Draußen schien die Sonne und in der Innenstadt richteten die Besitzer ihre Läden für den Verkauf her.

Für die Polizisten begann der Tag wenig angenehm, dennoch war es Routine. Sie informierten den Bestatter, kümmerten sich um den Angehörigen Herrn Hegemann und protokollierten alles, bevor sie die Garage nach zwei Stunden wieder frei gaben.

Es war ein tragischer Fall, selten, aber nicht ungewöhnlich. Suizid gab es leider auch auf einer schönen Ferieninsel wie Norderney.

»Wo soll der Leichnam hin, Herr Lankow?«, fragte der Mann vom Bestattungsinstitut.

»Laut Ehemann zur Einäscherung nach Wilhelmshaven.«

»Wird ein paar Tage dauern. Wir müssen erst den Totenschein abwarten, einen Platz auf der Fähre reservieren, mit dem Krematorium sprechen und die Abholung der Urne organisieren. Nicht zu vergessen ist das Finanzielle. Solange wir nicht wissen, wer die Kosten trägt, passiert gar nichts.«

»Wie gar nichts?«, wollte Marco Doyen wissen.

»Wir nehmen die Tote mit. Sie kommt in den Kühlraum und dann sehen wir weiter. Wenn kein Angehöriger zahlt, muss der Staat einspringen.«

»Ich denke, Herr Hegemann wird sich bald mit Ihnen in Verbindung setzen«, sagte Lankow und stieg in den Dienstwagen.

ER WUSSTE, dass ihm nicht viel Zeit blieb. In zwei Wochen musste er die Insel verlassen. Zwei Wochen, um alles zu regeln. Drei Personen standen auf der Liste. Die eine wohnte auf der Insel und die beiden anderen würden in den nächsten Tagen anreisen. Er hatte alle Informationen und er war gut vorbereitet.

Die Werkzeuge, die er für seine Vorhaben benötigte, kaufte er nicht auf der Insel, das war ihm zu riskant. Tage zuvor suchte er einen Fachhandel unweit von Bremen auf. Dort fragte niemand, dort kannte ihn keine Menschenseele und dort gab es alles, was er benötigte.

Mit einem Glas und einer fast vollen Flasche Whisky in der Hand ging er ins Wohnzimmer. Entspannt ließ er sich in das weiche Ledersofa fallen. Nach langer Zeit zeigte sich wieder ein Lächeln auf seinem Gesicht, als er die Wettervorhersage in der Zeitung für den nächsten Tag las. Dieser Tag mit dem wolkenverhangenen Himmel kam ihm gelegen wie dem Dieb die unverschlossene Haustür. Eine bessere Voraussetzung für sein Vorhaben konnte er sich nicht vorstellen. Sein Plan war mörderisch, aber genial, das wusste er. Er setzte das Glas an die Lippen. Das blumige Bouquet mit der eleganten Holznote umschmeichelte seine Sinne. Er nahm einen winzigen Schluck und genoss den weichen, samtigen, herzhaften Geschmack, der seine Zunge für einen Wimpernschlag tangierte. Er schloss die Augen. Ein wohliger Schauer durchströmte seinen Körper.

Als er die Augen wieder öffnete, fiel sein Blick auf die Fensterbank. Eine unerwartete Regung störte ihn. Missmutig stellte er das Glas auf den gläsernen Couchtisch. Ohne Hast nahm er die Tageszeitung vom Tisch und legte sie sorgsam zusammen. Sanft strich er über die gefaltete Lektüre, als wollte er sich mit dieser Geste für die gerade gelesene Information bedanken. Lächelnd nahm er sie zur Hand, schlug gezielt zu und erwischte das Insekt, als es über die Fensterbank krabbelte.

»Töten ist so einfach«, dachte er und entsorgte die zermalmte Wespe im Abfalleimer.

Kapitel 6

»Ihr wart lange unterwegs. Hattet ihr Erfolg? Ist die Vermisste wieder zu Hause?«, fragte Flessner, als die beiden Beamten das Dienstgebäude in der Knyphausenstraße betraten.

»Wir haben sie gefunden. Suizid. Wir kamen zu spät. Die Frau hat sich in der Garage das Leben genommen«, sagte Lankow sichtlich betroffen.

»Es ist tragisch. Leider kommt so etwas immer wieder vor. Die Gründe für solch eine Handlung wird man selten erfahren. Oft ist es eine Kurzschlusshandlung oder eine jahrelange Depression geht einer solchen Handlung voraus«, sagte Flessner.

»Dann können wir diese Sache abschließen?«, fragte Marco Doyen.

»Wenn die Obduktion nichts Auffälliges zu Tage fördert, kann die Akte geschlossen werden.«

»Obduktion? Die Tote ist jetzt beim Bestatter. Ich dachte ...«

»Sorgen Sie dafür, dass die Leiche sofort obduziert wird. Was seid ihr für Anfänger? Das muss doch jedem klar sein, dass eine Leiche untersucht werden muss!«, schimpfte Flessner.

»Ich kümmere mich darum«, sagte Doyen kleinlaut und verließ den Raum.

»Was ist mit dem Unfallbericht? Ist die Sache mit der Fahrerfluch abgeschlossen?«

»Nein, Chef. Uns fehlt noch der Bericht der KTU«, antwortete Lankow.

»Hast du geschaut, ob ein Fax gekommen ist?«, fragte Flessner.

Lankow verschwand und kam nach wenigen Minuten zurück.

»Tatsächlich, das Fax von der KTU ist da.«

Lankow las das Schreiben ohne sichtliche Regung.

»Und?«, fragte Flessner neugierig.

»Ich denke, wir haben das Unfallfahrzeug. Hier steht, dass die gefundenen Teile von einem weißen Mercedes Coupé stammen.«

»Diese Information bringt uns nicht viel weiter. Dennoch sollten wir die Reederei informieren. Sobald ein weißer Mercedes die Insel verlassen will, sollen die uns anrufen. Übernehmen Sie das, Lankow?«

»Nicht nötig. Ich denke, wir haben das Fahrzeug bereits gefunden«, sagte Lankow leicht euphorisch.

»Wie? Sie haben doch gerade erst die Info bekommen, um welches Auto es sich handelt«, entgegnete Flessner neugierig.

»Frau Hegemann, die vor wenigen Stunden bei dem Suizidversuch verstarb, besaß ein weißes Mercedes Coupé«, sagte Lankow.

»Interessant! Haben Sie das Fahrzeug überprüft?«

»Nein, dafür fehlte die Zeit. Wir haben uns nur um die Frau gekümmert. Ich bin mir dennoch sicher, dass dort ein weißer Mercedes stand.«

»Was sagen Sie dazu, Doyen?«

Doyen, der abseits stand, schaute verwundert, als er angesprochen wurde,

»Worum geht es?«

»Haben Sie nicht zugehört? Wo sind Sie mit Ihren Gedanken, Doyen? Stand in der Garage der toten Frau ein weißer Mercedes?«

»Ich habe nur die Frau gesehen. Es war das erste Mal in meinem Leben, dass ich ...«, Marco Doyen stockte. Für einen kurzen Moment konnte er nicht weiter reden. Seine Beine zitterten.

»Setz dich hin, Junge. Beruhige dich. Jan, hol deinem Kollegen ein Glas Wasser. So eine Situation muss man erst mal verdauen.«

»Es geht schon wieder, Chef.«

»Gut, fahrt zur Südhoffstraße und schaut euch den Wagen genauer an. Dann sehen wir weiter.«

»Okay, Chef, wird gemacht.«

MAN HATTE SIE GEFUNDEN. Schneller, als er gedacht hatte. Fast 15 Minuten stand er am Fenster hinter der Gardine und beobachtete das Treiben von Polizei und Feuerwehr. Als der Notarzt eintraf, musste er schmunzeln.

Lächerlich, dass noch ein Rettungswagen gerufen wurde. Sie hängt dort seit mehr als 10 Stunden, ihr Amateure. Das überlebt niemand, dachte er und lief zurück zur Küche. Eine neue Flasche Whisky stand auf dem Küchentisch. Er gönnte sich ein halbes Glas, bevor er sich dem aktuellen Fernsehprogramm widmete. Er brauchte Ablenkung.

NACH IHRER RÜCKKEHR suchten Lankow und Doyen sofort das Büro ihres Vorgesetzten auf.

»Müsst ihr das Zeug auf meine Zeitung legen?«

»Diese Sachen sind sauber, Chef. Die KTU hat sie gereinigt. Vom Unfallort ist da nichts mehr dran. Alles was hier vor Ihnen liegt, stammt von dem Unfallfahrzeug.«

Flessner beugte sich über die Teile, die vor ihm auf dem Schreibtisch lagen.

»Was ist eure Meinung. Ist das Fahrzeug von der Südhoffstraße das Unfallfahrzeug?«

»Ja! Ich bin mir sicher«, antwortet Doyen.

Jan Lankow nickte zustimmend und zeigte auf ein weiß lackiertes Kunststoffteil.

»Dieses Teil beispielsweise stammt exakt aus dem Stoßfänger des Wagens. Wir haben es vor Ort überprüft. Es fehlt am Fahrzeug. Das gleiche trifft für das Scheinwerferglas zu.«

»Keine Frage, das ist definitiv das Unfallfahrzeug«, betonte Marco Doyen.

»Das passt doch aber irgendwie alles nicht zusammen. Unfall, Fahrerflucht und dann gleich Suizid?« Flessner kratzte sich am Hinterkopf.

»Meiner Vermutung nach hat sich die Unfallverursacherin aus Reue oder aus Angst vor Konsequenzen das Leben genommen. Jeder Mensch reagiert da eben anders «, erwiderte Lankow.

»Eigenartig. Die Frau fährt nach einem Unfall nach Hause und erhängt sich in der heimischen Garage. Ist das nicht ein bisschen drastisch? Seid ihr sicher, dass es Suizid war?«

»Hundertprozentig, Chef«, sagten beide Polizisten wie im Chor.

»Die Garage hat zwei Türen. Einen Seiteneingang und ein Tor. Beide waren von innen verschlossen und konnten von außen nicht geöffnet werden. Somit war die Frau alleine in der Garage. Alles, was sie für ihren Freitod benötigte, fand sie in der Garage«, sagte Lankow.

»Und Fremdeinwirkung kann definitiv ausgeschlossen werden?«, fragte Flessner skeptisch.

»Definitiv nicht, Chef«, betonte Doyen. »Es gibt keine andere Möglichkeit. Die Frau hat den Freitod selbst herbeigeführt. Sie hatte keine Hilfe. Wie gesagt, die Garage war von innen verschlossen. Das Schloss vom Tor war mit Klebstoff unbrauchbar gemacht worden. Es ließ sich nur noch von innen entriegeln. Zutritt konnte man sich von außen nur verschaffen, wenn man Gewalt angewendet hätte. Wir haben beide Türen überprüft. Beide Eingänge, Tür und Tor, waren unbeschädigt.«

»Gab es ein Fenster?«

»Nein. Nur Glasbausteine. Die sorgten für spärliches Tageslicht in der Garage.«

»Wir müssen die Obduktion abwarten.«

Kapitel 7

»Ich habe die Zeitung durch. Was jetzt?«

»Warum bist du so gereizt?«, Sabine schaute fragend zu ihrer Chefin.

»Schmeckt dir der Kaffee nicht? Es ist die gleiche Sorte Kaffeebohnen wie letzte Woche.«

»Der Kaffee ist in Ordnung. Mich nervt derzeit alles.« Lea schleuderte die Zeitung auf den Küchentisch.

»Ich weiß, das mit der Kündigung ist scheiße, aber irgendwie wird es weitergehen. Das Leben ist ja nicht vorbei. Wir werden doch nur vor die Tür gesetzt«, sagte Sabine mitfühlend.

»Das ist mir klar. Ich hätte nicht gedacht, dass dieser Brief mich so von den Füßen haut. Neulich wollte ich noch alles hinschmeißen und jetzt ...« Lea musste schlucken. »Ich fühle mich als Frau ungerecht behandelt.«

»Rede mit Doktor Maibach und kläre, was es mit der Kündigung auf sich hat.«

»Ich denke, wir haben hier gute Arbeit geleistet. Es war nicht immer leicht, aber wir haben uns durchgeboxt. Warum jetzt diese Bestrafung?«

»Bestrafung ist nicht das richtige Wort, Lea«, sagte Sabine vorsichtig.

»Ich erwarte nicht viel, aber eine kleine Anerkennung für die bisherige Arbeit wäre angemessen gewesen, stattdessen bekommen wir per Einschreiben eine Kündigung zugestellt.«

»So ist nun mal das Leben. Lorbeeren bekommen immer die anderen«, erwiderte Sabine.

»Warum? Weil hier kein Mann hinter dem Schreibtisch sitzt!«, schrie Lea wütend.

»Frag Doktor Maibach.«

»Das werde ich machen.«

»Jetzt bin ich in der richtigen Stimmung, um Doktor Maibach anzurufen. Ich will wissen, warum er uns die Kündigung geschickt hat.«

»Du musst mit dem Telefonat noch warten. Ich weiß zufällig, dass er vor 14 Uhr nicht in seinem Büro erreichbar ist. Er ist heute fast den ganzen Tag im Gericht.«

»Okay, dann trinke ich jetzt meinen Kaffee aus und dann wird weitergearbeitet. Das Präventionskonzept für die Ostfriesischen Inseln wartet auf mich.«

Es fiel ihr schwer, sich auf diese Ausarbeitung zu konzentrieren. Missmutig schaute sie nach draußen. Die Sonne schien, während in ihrer kleinen Dienststelle dunkle Wolken über dem Team hingen. Lea konnte keinen klaren Gedanken fassen. In ihrem Kopf drehte sich alles um die Kündigung. Immer wieder stellte sie sich die Frage: Warum werden wir rausgeschmissen?

LEA VERLIESS gegen Mittag das Büro, lief zum Strand und versuchte am Wasser den Kopf freizubekommen, was ihr nicht gelang.

Eine Weile schaute sie dem Treiben von zwei Jungs und einem Mädchen im Kindergartenalter zu, die ihre Eimerchen mit Wasser für den Sandburgenbau füllten. Warum konnte sie nicht so unbekümmert sein wie diese spielenden Kinder?

Sie machte sich Sorgen. War ihre Zukunft auf Norderney mit diesem Einschreiben besiegelt worden?

Es war kurz nach 14 Uhr, als Lea sich wieder an ihren Schreibtisch setzte. Sie wollte es wissen. Was hatte das Schreiben für einen Hintergrund? Welche Fehler warf man ihr vor? Wie sollte es in nächster Zeit weitergehen? Gab es für sie und ihre Mitarbeiterin noch eine Chance oder mussten sie bald ihre Koffer packen?

Lea wählte die Nummer der Staatsanwaltschaft Aurich. Wider Erwarten wurde sie sofort von der etwas zickigen Vorzimmerdame zu Doktor Maibach durchgestellt.

Lea erinnerte sich noch gut an ihren ersten Tag auf der Insel. Damals hatte Doktor Maibach sie persönlich und voller Stolz durch die Räumlichkeiten geführt. Irritiert nahm sie seinerzeit zur Kenntnis, dass ihre zukünftige Arbeit nur darin bestehen solle, die Kriminalpolizei vor Ort zu repräsentieren. Prävention und Information standen im Vordergrund. Sie sollte Vermieter beraten und Touristen informieren. Dennoch war sie an dem Tag schon ein wenig stolz gewesen, dass sie Leiterin einer Außenstelle der Kripo Aurich geworden war. Sie hatte eine Mitarbeiterin, ein großes Büro, einen Besprechungsraum und zudem noch eine gut ausgestattete Küche. Das sollte jetzt mit einem Mal Geschichte sein? Lea konnte und wollte es nicht glauben.

Als Doktor Maibach am Telefon war, fragte Lea geradeheraus, was der Grund für ihre Kündigung war. Doktor Maibach versuchte die Sachlage zu erklären und schön zu reden.

»Wie ich es Ihnen bereits vor einem Jahr, damals an Ihrem ersten Tag, berichtet habe, ist Norderney keine Hochburg für Verbrechen. Ihre Stelle wurde auf Drängen der Kommunen und der Touristikverbände ins Leben gerufen.

Jährlich verbringen etwa fünf Millionen Menschen ihren Urlaub an der Nordseeküste. Das sind mehr als manche Großstadt Einwohner hat. Der Tourismus ist ein bedeutender Wirtschaftsfaktor für Ostfriesland. Hunderttausende von Urlaubsgästen übernachten hier. Da ist eine verstärkte Präsenz der Kriminalpolizei seitens der Kurverwaltungen und der Vermieter gefragt. Einen großen Teil der Arbeit bewältigen die Kollegen und Kolleginnen vom Festland, aber der Tag hat nur 24 Stunden und die Verbrechen, insbesondere die organisierte Kriminalität nimmt zu. Diese Außenstelle war geplant als Anlaufpunkt für Einheimische, Vermieter und für Touristen und das soll auch so bleiben. Nur die Kosten machen den Initiatoren dieses Projekts erhebliche Sorgen«, schilderte Doktor Maibach in einem sachlich ruhigen Ton.

»Sie haben uns gekündigt, Herr Doktor Maibach«, sagte Lea vorwurfsvoll. »Ich habe das Einschreiben vor mir liegen. Können wir jetzt unsere Koffer packen?«

»Nein, nein, Frau Landgraf. So dramatisch ist die Lage auch wieder nicht. Nur das Mietverhältnis wurde gekündigt.«

»Das ist mir klar. Nur, was ist der Grund? Statt Anerkennung für unsere geleistete Arbeit zu erhalten, werden wir kurzerhand auf die Straße gesetzt?«

»Ich habe nicht Ihnen gekündigt, das wäre auch gar nicht möglich, da Sie nicht die Mieterin sind. Mieter ist das Land Niedersachsen, das dieses Projekt aus Steuermitteln finanziert. Einige Herrschaften aus Hannover und Vertreter anderer Landkreise wollten dieses Vorhaben sofort beenden, aber Bürgermeister Redenius, meine Wenigkeit sowie Repräsentanten der Ostfriesischen Inseln haben dafür plädiert, dass diese Außenstelle erhalten bleibt. Voraussetzung ist, dass die Kosten zukünftig nicht weiter steigen.«

Doktor Maibach räusperte sich, bevor er fortfuhr.

»Wie Sie wissen, wird alles teurer. Land und Kommunen müssen sparen. Die Kassen sind leer und da Ihr Büro ohnehin nur eine Außenstelle ist, hat der Landrat massive Kosteneinsparungen beantragt. Gemeinsam wurde während einer Zusammenkunft letztendlich beschlossen, dass wir die derzeitigen Räumlichkeiten kündigen. Ich habe mich dafür eingesetzt, dass Frau Kirsch Ihnen erhalten bleibt. Ihre Stelle, Frau Landgraf, stand nie zur Diskussion. Gegner dieses Projekts meinten, dass zwei Räume für eine beratende Tätigkeit ausreichend wären. Kurzfristig stellt Bürgermeister Redenius andere Räumlichkeiten zur Verfügung, die von den Kosten besser in das Jahresbudget passen.«

»Warum so ein förmliches Schreiben, Herr Doktor Maibach? Das hätten Sie mir auch am Telefon sagen können.«

Lea fühlte sich auf den Arm genommen. Statt offenem Dialog herrschte altmodische Bürokratie.

»Ich musste Ihnen diese Angelegenheit schriftlich mitteilen, so sind nun mal die Spielregeln in einem überregulierten Staat. Von meiner Seite aus spreche ich Ihnen mein Bedauern aus. Ich war, wie auch Bürgermeister Redenius, strikt gegen irgendwelche Veränderungen. Ohne Frage fand ich die bisherigen Räumlichkeiten optimal. Sie und Ihre Mitarbeiterin haben meine vollste Anerkennung. Bislang haben Sie einen guten Job gemacht.«

»Und dennoch die Einsparung. Wo ist die Logik, Herr Doktor Maibach?«

»Es ist nicht meine Entscheidung. Nehmen Sie es sportlich, Frau Landgraf. In wenigen Wochen werden Sie sich in dem neuen Büro eingelebt haben. Übrigens, der Bürgermeister sorgt für den Umzug.«

FLESSNER SASS IN SEINEM BÜRO. Bürgermeister Redenius saß ihm gegenüber. Beide, gut bekannt, plauderten über neue Sicherheitsbestimmungen, die das Innenministerium für die Inselgemeinden ausgearbeitet hatte. Weder der Bürgermeister noch der Leiter der Polizeidienststelle schienen darüber sehr erbaut zu sein.

Vorsichtig klopfte Lankow an die Tür, bevor er eintrat.

»Chef! Darf ich kurz stören?«

»Was gibt es, Lankow?«

»Ich habe etwas Druck gemacht. Es hat gewirkt. Wir haben soeben das Obduktionsergebnis erhalten.«

»Und? Raus mit der Sprache. Was hat die Obduktion ergeben?«

Doyen schaute zu dem Besucher, der gerade seinen Tee trank.

»Reden Sie, Lankow. Unser Bürgermeister ist involviert. Er kann mithören.«

»Sie hat nur das bestätigt, was wir bereits wussten. Die Frau hat ihren Tod selbst herbeigeführt. Es gab allerdings Hämatome an einigen Körperstellen. Leider konnte die Rechtsmedizin nicht eindeutig sagen, ob sie ihr vor oder nach dem Tod zugefügt wurden.«

»Wie? Das verstehe ich nicht.« Flessner schaute fragend zu Lankow, als hätte er kein Wort verstanden.

»Der Arzt meinte, wir hätten die Tote wohl etwas zu grob angefasst. Was sollten wir machen, Chef? Wir wollten sie doch retten. In so einer Situation packt man jemanden doch nicht mit Samthandschuhen an.«

»Nein, das macht man nicht. Man lässt sie hängen und wartet auf die Spurensicherung.«

»Und wenn ...?«

»Der Notarzt sagte mir am Telefon, die Leichenstarre wäre bereits fortgeschritten gewesen.«

»Aber ... Ich dachte ...«

»Lankow, die Frau war seit fast 12 Stunden tot. Die konnte man nicht mehr wiederbeleben. Das hätten Sie sehen müssen. Erst nachdenken, dann handeln, Lankow. Ich hoffe, ihr habt keine Spuren vernichtet bei eurem ungestümen Handeln.«

»Beim nächsten Mal werden wir vorsichtiger sein.«

»Jetzt werden wir wohl nie erfahren, ob es Fremdeinwirkung war. Schließen Sie die Sache ab, Lankow. Ich erwarte den Bericht bis Mittag auf meinem Schreibtisch.«

»Ja, Chef. Den Bericht erhalten Sie auf jeden Fall noch vor Mittag.«

»Was ist mit dem Wagen?«

»Es steht in einer verschlossenen Halle eines Abschleppdiensts. Die Schlüssel und Wagenpapiere liegen in unserem Safe«, sagte Lankow.

»Ich werde vorsorglich noch einen Sachverständigen zur Begutachtung des Unfallschadens anfordern. Der Rest ist Sache der Versicherungen und der Hinterbliebenen.«

»Wo befindet sich der Leichnam der Frau?«, wollte Flessner wissen.

»Sie ist bereits auf dem Weg nach Wilhelmshaven. Spätestens übermorgen wird sie eingeäschert.«

»Hat der Ehemann sich zu dem Auto geäußert?«

»Er möchte den Wagen umgehend verkaufen.«

»Solange die Sache mit der Fahrerflucht nicht abgeschlossen ist, rührt niemand das Fahrzeug an. Die Spurensicherung soll sich das Fahrzeug noch einmal ansehen. Ich will wissen, ob vielleicht doch noch jemand anderes im Auto saß.«

»Die Frau saß am Steuer!«

»Das wissen wir nicht, Lankow. Die Frau ist tot. Wir können Sie nicht mehr befragen.«

»Klar. Wer denn sonst?«

»Das sollen Sie herausfinden. Sprechen Sie noch einmal mit den Zeugen.«

»Vielleicht sollten wir Hauptkommissarin Landgraf involvieren? Sie hat sicherlich mehr Erfahrungen mit solchen Vorkommnissen als wir«, sagte Lankow vorsichtig.

»Was soll Frau Landgraf tun, was wir nicht schon längst getan haben? Nein, Lankow. Dies ist Arbeit der Polizeidienststelle. Frau Landgraf hat andere Aufgaben hier auf der Insel.«

Kapitel 8

Die Stunden, die er bis zu ihrer Ankunft warten musste, nutzte er für Vorbereitungen. Nichts wollte er dem Zufall überlassen. Er schaute durch das Wohnzimmerfenster nach draußen. Die Sonne schien an einem leicht bewölkten Himmel. Von irgendwo hörte er Kinder plärren. Auf der Straße fuhren Urlauber in Shorts mit ihren geliehenen Fahrrädern und ein Hund rannte kläffend über den Gehweg. Vermutlich folgte er einem Spaziergänger. Noch war von der Regenfront nichts zu sehen. Er wusste, dass sich das auf einer Insel schnell ändern konnte.

Immer wieder schaute er zur Uhr an der Wand. Er durfte den richtigen Zeitpunkt nicht verpassen. Noch einmal überprüfte er sein Werkzeug. Er bezeichnete das, was er benötigte, immer als Werkzeug, obwohl es sich weder um Bohrmaschine, Schraubendreher noch um Hobel oder Zange handelte. Es waren nur einfache Utensilien. Todbringende Utensilien.

Ihren Gewohnheiten entsprechend müsste sie zwischen 19 Uhr 30 und 20 Uhr 15 in der Oderstraße eintreffen. Bereits kurz vor 19 Uhr nahm er seinen Rucksack, zog sich einen schwarzen Overall über, steckte die Einweghandschuhe in die

Hosentasche und begab sich zu dem Wagen, der zwei Straßen entfernt stand. Von seinem Wohnsitz benötigte er 10 Minuten dorthin. Sein Gesicht bedeckte er mit einer schwarzen OP-Maske. Zusätzlich trug er Baseball-Cap und Sonnenbrille. Er wusste, äußerlich war er nicht zu erkennen, nur sein unsicherer Gang könnte ihn verraten.

Nach kurzer Fahrzeit erreichte er die Oderstraße. Er hielt mit dem geliehenen Auto vor einem Mehrfamilienhaus, das quer zur Straße stand. Vier Wohnungen beherbergte das Gebäude. In einer der Wohnungen wohnte sie. Nele Reimers. Eine junge Frau, die er seit Tagen beobachtete. Sie sah noch genauso aus wie auf dem fünf Jahre alten Foto, was in seiner Jackentasche steckte. Er kannte nicht nur ihr Aussehen und ihre Adresse. Ihm waren auch ihre Gewohnheiten bekannt. Er wusste, dass sie jeden Abend nach der Arbeit ihren Wagen auf der kleinen, schmalen Auffahrt abstellte. An diesem Abend nicht. Er parkte seinen Wagen direkt vor die Einfahrt und versperrte ihr somit die Zufahrt zum Grundstück.

MIT BRILLE, Cap und Maske stieg er aus, ging die Straße entlang und verschwand nach 50 Metern hinter Bäumen, die zu einem kleinen Wäldchen gehörten. Dunkel gekleidet war er dort kaum auszumachen.

In der Hand hielt er eine lange Hundeleine. Das eine Ende hatte er um einen Baum gebunden. Immer, wenn Passanten vorbeikamen, zog er daran, als wolle er seinen Vierbeiner zur Räson bringen. Sobald sie außer Sichtweite waren, ließ er die Leine wieder fallen.

Er schaute auf die Uhr. 19 Uhr 25. Jetzt hieß es warten. Mit Atemübungen, die er aus dem Internet kannte, versuchte er, seinen Puls zu senken. Er musste sich beruhigen, was ihm nach mehreren Minuten gelang.

Wiederholt blickte er auf die Uhr am Handgelenk. *In*

wenigen Minuten wird sie ein letztes Mal durch diese Straße fahren, dachte er und schaute von links nach rechts. Er war bereit. Alles, was er benötigte, trug er bei sich. Jetzt musste nur noch dieser feuerrote Mini auftauchen. Ein Fahrzeug, das man unmöglich übersehen konnte.

NELE REIMERS HATTE ES GESCHAFFT. Nach einer Ausbildung zur Bankkauffrau in Frankfurt arbeitete sie zwei Jahre bei Sevlon & Marakat, einem der renommiertesten Immobilienbüros in Europa. Nach vier Jahren Betriebszugehörigkeit bot man ihr die Leitung des Büros auf Norderney an. Sie kannte Norderney von ihrer Kindheit. Ohne lange zu überlegen, nahm sie die gut dotierte Position an.

MITTAGS, wenn ihre Kolleginnen für eine Stunde das Telefon übernahmen, verließ sie das Büro und lief zum nahe gelegenen Supermarkt, um Besorgungen zu erledigen, frisches Obst, Salat und einen Wein für den Abend einzukaufen. So auch an diesem Tag.

Ihr Job, geprägt von Telefonaten, Meetings und Kundenkontakten, ließ ihr begrenzt Zeit, Luft zu holen. Umso mehr freute sie sich auf den Feierabend und auf ihr Zuhause.

Es war wieder einmal spät geworden. Das Notebook verschwand in der Schublade ihres Schreibtisches. Den Anrufbeantworter eingeschaltet und das Licht gelöscht, zog sie ihren grau-melierten Gucci-Feinstrick-Cardigan, den sie so liebte, über und verließ den Arbeitsplatz. Nachdenklich schaute sie auf ihren Chronografen. Es war bereits 19 Uhr 15.

»Endlich Feierabend«, seufzte sie.

Noch 20 Minuten, dann war sie zu Hause. Sie lebte, seit sie sich von ihrem Partner getrennt hatte, alleine auf Norderney. Die Beziehung begann zu bröckeln, als sie sich für

Karriere statt Ehe und Kinder entschied. Ihr Lebensgefährte, ein Banker, blieb in Frankfurt. Die Wochenendbeziehung hielt 2 Jahre, dann kam eine andere Frau ins Spiel. Als das erste Kind kam, brach er den Kontakt zu ihr ab. Das letzte Mal sah sie ihn beim Notar, als es um die gemeinsame Immobilie in Frankfurt ging, danach begann für sie ein neues unbeschwertes und ungebundenes Leben. Sie war glücklich auf Norderney.

IHR JOB, in einem hochkarätigen Immobilien-Unternehmen hatte sie sich schwer erkämpfen müssen. Viele würden sie als Karrierefrau titulieren, womit sie nicht ganz falsch lagen. Dennoch gefiel ihr die Bezeichnung nicht. Für ihren Lebenstraum hatte sie eine Zukunft als Ehefrau und Mutter geopfert und das ganz ohne schlechtes Gewissen. Sie war angekommen in ihrem Leben, fühlte sich wohl als Single, verdiente gut und konnte ein Leben führen, von denen die meisten nur träumten. Dass ihre Mutter in der Nähe wohnte, war purer Zufall. Trotz der geringen Entfernung sahen sie sich nur selten, was Nele Reimers mittlerweile bereute. Seit dem Vorfall vor wenigen Tagen sah sie alles aus einem anderen Blickwinkel.

IHR APARTMENT mit Dachterrasse lag an der Oderstraße. Eine ruhige Straße ohne Durchgangsverkehr und nur wenige Kilometer von ihrem Arbeitsplatz entfernt. Fast immer konnte sie vor dem Grundstück parken, an diesem Abend nicht. Verärgert über die Vielzahl der dort stehenden Autos hielt sie 50 Meter entfernt. Nele Reimers parkte ihr Auto unter einer Straßenlaterne, die sich in den Sommermonaten nicht vor 23 Uhr einschaltete.

Sie stieg aus ihrem roten Mini und schaute nachdenklich

zum Himmel. Gewöhnlich war es um diese Zeit draußen noch taghell. An diesem Abend nicht. Dunkle, schwere Wolken hingen über Norderney, die sich im Westen violettblau bis tiefschwarz zeigten.

Das wird eine stürmische Nacht werden, dachte sie, als eine heftige Windböe sie von der Seite erwischte und ihre Frisur zerzauste. Erste feine Regentropfen kündeten von einem nahenden Wolkenbruch.

»Mist! Gerade heute muss ich hier abseits an der Straße parken«, schimpfte sie, als sie bemerkte, dass ihr Schirm und die »Schlechtwetterjacke« noch im Büro lagen.

Eilig lief sie zum Kofferraum ihres Wagens. Sie musste sich anstrengen, um den gut gefüllten Korb über die Ladekante des Fahrzeuges zu hieven. Vorsichtig schlug sie den Deckel des Kofferraums zu. Um diese Zeit wollte sie keinen unnötigen Lärm verursachen.

Mit dem Korb in der linken und den Schlüsseln in der rechten Hand lief sie die Oderstraße entlang. Baumwipfel bogen sich, als eine Windböe über die Wohnsiedlung hinwegfegte. Laub wirbelte über die Straße und der Wind wuselte ihr langes Haar immer wieder durcheinander. Erste Regentropfen trafen ihr Gesicht. Gerne wäre sie jetzt gerannt, doch der schwere Einkaufskorb ließ eine schnelle Fortbewegung nicht zu. Noch 40 Meter, dann war sie zuhause und sicher vor Regen und Sturm. Sie freute sich auf den mitgebrachten Salat, auf einen heißen Tee und auf ihr rotes, mit Samtstoff bezogenes Sofa.

Nele Reimers schaffte es, sich 20 Schritte von ihrem Auto zu entfernen. Wie vom Blitz getroffen, stürzte sie abrupt zu Boden. Der schwere Korb fiel mit einem dumpfen Poltern auf das Pflaster. Äpfel rollten über den Bürgersteig. Ein Marmeladenglas zersplitterte auf den rötlichen Steinen. Zischend und schäumend lief der Inhalt aus zwei Glasflaschen Cola in den Rinnstein.

Für den Bruchteil einer Sekunde sah sie einen Feuerschein, hell wie die Sonne. Ein brennender, stechender Schmerz folgte, der rasant ihren Körper durchströmte. Sie wollte atmen, tief durchatmen, schreien, doch die Kraft dazu blieb ihr verwehrt. Nur ein leises Röcheln kam über ihre Lippen.

Sie ruhte auf dem Pflaster, als wäre sie beim Gehen ausgerutscht, zu Fall gekommen und rücklings liegen geblieben. Mehrere Sekunden lag sie mit geschlossenen Augen auf den nassen, kalten Steinen. Kaum, dass sie ihre Lider einen winzigen Spalt geöffnet hatte, den feuchten Untergrund an ihren Fingerkuppen spürte, folgte ein erneuter Schmerz. Ein Schmerz, der um ein Vielfaches heftiger war als der zuvor. Sie krümmte sich, zuckte und zitterte, bis weitere gnadenlose Attacken auf ihren Oberkörper ihr Leben unvermittelt beendeten.

Als würde der Himmel plötzlich weinen, setzte starker Regen ein. Rinnsale aus Blut, Regenwasser und Cola liefen die Straße entlang. Niemand sah, wie ein dunkler Schatten hinter den parkenden Autos verschwand.

Nach wenigen Minuten kehrte wieder Ruhe in der Oderstraße ein. Eine streunende Katze leckte Reste aus dem Marmeladenglas auf und hetzte davon, als ein Fahrzeug hielt und ein Mann ausstieg.

»Oh, mein Gott!«, schrie er in den wolkenverhangenen Himmel, lief zurück zu seinem Wagen und jagte davon, ohne sich weiter um das Opfer zu kümmern.

BEREITS IN DER Frühe lockte die wärmende Sonne mit angenehmen 19 Grad die Menschen ins Freie. Nach dem heftigen Regen der Nacht spiegelten sich die weißen Häuser in den Pfützen, die sich überall auf den Straßen gebildet hatten. Frühaufsteher unter den Feriengästen joggten auf der

Promenade entlang. Kinder stapften mit ihren Gummistiefeln durch Wasserlachen und irgendwo über den Dächern der Stadt kreischten Möwen.

Lea stand verträumt am Fenster ihres Büros und schaute nach draußen, als sich die Tür, begleitet von einem heftigen Poltern, öffnete. Lea wurde abrupt aus ihren Gedanken gerissen.

»Hallo, Lea. Ich muss dich kurz stören.«

Sabine betrat mit einem Käsebrot in der Hand den Raum.

»Entschuldigung. Ich hatte so einen Hunger. Heute Morgen hatte ich nur Zeit für eine Portion Haferflocken mit Joghurt. Davon kann doch kein Mensch leben.«

»Was gibt es?«, fragte Lea.

»Willst du das wirklich wissen?«

»Ja, Sabine.«

»Weißbrot mit Edamer Käse. Auf Butter habe ich bewusst verzichtet aufgrund der Kalorien. In meiner Brotdose habe ich jetzt noch ein zweites Stück Vollkornbrot mit einem leckeren Quarkaufstrich sowie eine Scheibe Wellnessbrot mit Camembert. Extrem lecker. Willst du probieren?«

»Bist du deshalb ohne Anklopfen in mein Büro gestürmt?«

»Nein, natürlich nicht. Flessner hat Sehnsucht nach dir. Er rief vor zwei Minuten an. Du möchtest umgehend zur Oderstraße kommen.«

»Hat er gesagt, warum ich kommen soll?«

»Nein. Ich habe auch nicht nachgefragt. Ich denke, es ist etwas Ungewöhnliches passiert, sonst würde er nicht anrufen.«

»Es ist kurz nach acht Uhr. Ich habe weder gefrühstückt noch einen Kaffee getrunken.«

»Lea, du solltest Flessner nicht warten lassen. Du kennst ihn mittlerweile. Er schätzt die alten Tugenden.«

»Ich weiß. Pünktlichkeit ist eine davon.«

. . .

LEA NAHM IHRE SACHEN, verließ das Gebäude, stieg in ihren Smart und fuhr vom Hof. Obwohl sie sich bereits sehr gut auf Norderney auskannte, war ihr die Oderstraße nicht geläufig. Gut, dass die nette Stimme vom Navi ihr den Weg erklärte.

Die Oderstraße befand sich am Ende der Nordhelm Siedlung. Eine unscheinbare, wenig befahrene Straße, die über die Richthofen- und die Lippestraße erreichbar war.

Von Weitem sah Lea schon die Einsatzfahrzeuge von Polizei und Rettungsdienst und hielt am Straßenrand. Sie stieg aus und lief dorthin, wo die Wagen parkten. Flessner stand 50 Meter entfernt vor der Zufahrt zu einem Mehrfamilienhaus mit rot verklinkerter Fassade, einem kleinen Vorgarten und schmaler Auffahrt. Lea lief zu ihm.

»Moin, Herr Flessner! Was ist passiert?«

»Moin, Frau Landgraf. Ich wollte gerne Ihre Meinung hören. Wir haben schon wieder eine Leiche«, sagte Flessner und reichte Lea die Hand.

»Wie? Schon wieder? Von welchen Leichen sprechen Sie?«

»Vor einigen Tagen wurde ein Fußgänger überfahren. Der Verursacher beging Fahrerflucht. Der Fußgänger starb noch an der Unfallstelle. Kurze Zeit später fanden meine Mitarbeiter eine vermisste Frau tot in ihrer Garage. Und jetzt liegt dort drüben eine weitere Tote.«

»Ungewöhnlich diese Häufung. Was ist mit dieser Toten? Ein erneuter Unfall?«

»Ich denke nicht. Sie können sich die Leiche gleich selbst anschauen.«

»Wer hat die Leiche entdeckt?«, wollte Lea wissen.

»Ein Anwohner hat uns am frühen Morgen informiert. Beim Gassigehen mit dem Hund machte er einen unangenehmen Fund. Direkt neben den parkenden Autos lag eine Frau auf dem Gehweg. Neben ihr verstreut die Sachen vom Einkauf.«

»Wurde sie angefahren?«, fragte Lea.

»Das dachte ich zunächst auch, dann sah ich ihre Verletzungen ...« Flessner stockte kurz, bevor er weiterredete.

»Die Frau wurde übelst zugerichtet. Sie hat mehrere Einstiche in der Brust.«

»Ein Tötungsdelikt!«

»Ja, davon können wir mit Gewissheit ausgehen.«

»Was sagte der Notarzt?«

»Nicht viel.«

»Ist ihm etwas Besonderes aufgefallen?«

»Eine Verletzung am Hinterkopf, vermutlich vom Aufprall auf den Gehweg. 14 Einstiche in der Herzgegend. Sonst nichts.«

Wie immer sagte Flessner nur das Nötigste. Ihm zufolge musste bei der Arbeit nicht viel geredet werden. Plaudern kann man zu Hause oder im Urlaub, so seine Devise.

»14 Einstiche«, wiederholte Lea. »Da wollte jemand auf Nummer sicher gehen.«

»Dieser Jemand war wütend oder einfach nur brutal.«

»Raubmord?«, fragte Lea.

»Wissen wir nicht. Außer dem Doktor hat niemand die Frau angefasst oder durchsucht.«

»Was ist mit Zeugen?«

»Nur der Mann dort drüben.«

Flessner zeigte auf eine Person, die an der Straße stand und von einem Sanitäter betreut wurde. Ein Rauhaardackel lag zu seinen Füßen.

»Er wollte seinen Hund ausführen und fand die Leiche. Er ist völlig fertig.«

»Kennt er das Opfer?«

»Ja. Es ist seine Nachbarin. Nele Reimers. Er wohnt drei Häuser von ihr entfernt.«

»Verständlich, dass der Mann schockiert ist. Wo wohnte das Opfer?«

»Hier. In diesem Haus. Wir stehen direkt davor. Wir waren kurz in ihrer Wohnung. Ein Schlüsselbund lag neben der Toten. Sie lebte alleine. Ich habe soeben dem Stiefvater die schreckliche Nachricht überbracht. Er war völlig mit den Nerven fertig. Ein Sanitäter ist bei ihm und gibt ihm ein Beruhigungsmittel.«

»Wohnt der Stiefvater auch hier?«

»Nein. Fünf Minuten von hier entfernt, in der Südhoffstraße. Er heißt Stefan Hegemann. Stellen Sie sich vor, die Mutter von Nele Reimers ist die Frau, die vermisst wurde und Suizid beging. Cornelia Hegemann.«

»Suizid?« Erstaunt blickte Lea zu Flessner.

»Sie haben richtig gehört. Zumindest sieht es danach aus.«

»Hat sie einen Abschiedsbrief oder Ähnliches hinterlassen?«

»Nein. Wir haben Beweise dafür, dass mit ihrem Wagen ein Fußgänger in der Jann-Berghaus-Straße überfahren wurde. Der Fahrer oder die Fahrerin des Fahrzeuges entfernte sich anschließend vom Unfallort.«

»Die tote Frau saß am Steuer und begann anschließend Selbstmord?«, fragte Lea verwundert.

»Es ist nicht sicher, wer den Wagen gefahren hat. Sicher ist nur, dass Mutter und Tochter jetzt nicht mehr leben. Sie können sich vorstellen, wie der Ehemann reagiert hat, als er erfuhr, dass jetzt auch noch seine Stieftochter ums Leben gekommen ist. Manchmal kommt es ganz dicke«, sagte Flessner nachdenklich.

»Seltsam. Mutter und Tochter. Beide tot. Und das in wenigen Tagen.«

»So etwas habe ich in all meinen Dienstjahren auch noch nicht erlebt«, sagte Flessner. »Manchmal kennt das Schicksal keine Gnade.«

»Wahre Worte, Herr Flessner.«

Lea notierte alles, während der Chef der Norderneyer Polizei sie über den aktuellen Stand informierte.

»Gibt es weitere Angehörige?«

»Zwei Schwestern. Diese Information habe ich wiederum vom Stiefvater. Sie wohnen nicht auf Norderney. Ihre Adressen konnten wir bislang nicht ermitteln. Der Stiefvater hatte nur die Telefonnummern von ihnen. Ich werde sie später informieren, wenn ich Näheres weiß.«

»Was ist mit Zeugen? Konnten Sie die Anwohner schon befragen?«, fragte Lea.

»Nein. Noch nicht. Ich muss auf Hauptkommissar Eggers warten.«

»Ist das die richtige Vorgehensweise? Wir verlieren wertvolle Zeit.«

»Das sehe ich auch so, Frau Landgraf, aber ich habe keine Handhabe, wir müssen notgedrungen auf die Kollegen vom Festland warten.«

»Bescheuerte Situation«, fügte Lea hinzu.

»Korrekt. Nutzen Sie die Zeit, um sich ein Bild von der Lage zu machen. Wer weiß, wofür das gut ist. Ich bin überzeugt, Sie sehen aufgrund Ihrer Erfahrung und Ausbildung ohnehin mehr als diese Truppe aus Aurich.«

»Wo ist die Tote?«, fragte Lea und schaute sich um.

»Dort drüben. 50 Meter von hier entfernt, wurde sie gefunden.«

Flessner zeigte mit ausgestrecktem Arm die Straße entlang.

»Neben dem schwarzen Geländewagen liegt sie. Offenbar hat sie eine freie Parklücke gesucht und ist dort fündig geworden. Gestern standen vermehrt Autos in der Straße. Unüblich.«

»Was war der Grund?«

»Eine private Feier«, antwortete Flessner.

Eilig stapfte er die Straße entlang. Lea hatte Probleme, Schritt zu halten.

»Wir haben die Leiche mit einer Plane abgedeckt. Zu viele Schaulustige. Ich möchte nicht, dass vorbeigehende Schulkinder die Tote sehen. Weder für Kinder noch für Erwachsene ist das ein schöner Anblick«, sagte Flessner. »Viel Zeit bleibt Ihnen nicht. Ich denke, in 20 Minuten wird Hauptkommissar Eggers hier eintreffen.«

VON WEITEM UNSCHWER ZU ERKENNEN, lag die Frau auf dem Pflaster, abgedeckt von einer dunklen Kunststoffplane. Überall lagen Scherben und Reste von Lebensmitteln. Anscheinend hatten sich in der Nacht und in den Morgenstunden Ratten oder Vögel an den Sachen zu schaffen gemacht.

»Hier noch verwertbare Spuren zu finden, ist nahezu unmöglich. Der Regen hat alles weggespült«, sagte Lea sichtlich enttäuscht.

Ein Polizist entfernte die graue Plane. Fassungslos schaute Lea auf das, was sie sah.

»So viele Einstiche. Soviel Blut. Welche Wut, welchen Hass und welche Gedanken trieben diesen Täter zu dieser Tat? Sie ist noch jung. Ich schätze 35 Jahre«, sagte Lea.

Sie nahm ihr Smartphone, fotografierte das Umfeld und den leblosen Körper aus unterschiedlichen Perspektiven. Danach steckte sie ihr Smartphone zurück in die Jackentasche, zog Einweghandschuhe über und begann die Leiche vorsichtig abzutasten. Die Zeit saß ihr im Nacken. Wenn Eggers das sehen würde, könnte das Folgen haben.

Lea durchsuchte alle Taschen und fand ein Smartphone, eine Geldbörse mit 73 Euro sowie Ausweis, Führerschein und einen Kraftfahrzeugschein.

»Fast richtig geschätzt. Die Frau ist 36 Jahre alt. Das hier war kein Raubmord. Schmuck, Uhr, Handy, Geld und Papiere sind noch da. Und nichts deutet auf ein Sexualdelikt hin. Der Grund für diese schreckliche Tat muss ein anderer gewesen sein.«

»Als wir hier eintrafen, lag der Einkaufskorb auf der Straße und der Inhalt verstreut daneben. Dieser Schlüsselbund lag in unmittelbarer Nähe der Toten. Wie gesagt, den Schlüsselbund haben wir genutzt, um die Wohnungstür zu öffnen. Ansonsten haben wir nichts angefasst oder verändert«, sagte Flessner.

»Haben Sie etwas Auffälliges in der Wohnung entdeckt?«

»Nein. Wir haben nur geschaut, ob dort Angehörige, Kinder oder Haustiere sind. Allem Anschein nach, lebte sie alleine. Was auch der Nachbar bestätigte.«

»War das ihr Auto?« Lea zeigte auf den schwarzen Geländewagen.

»Nein, der rote Mini, der hinter dem SUV parkt, gehörte der Toten. Wir haben die Zentralverriegelung mit dem Schlüssel ausprobiert und dieser Wagen hat reagiert«, antwortete Flessner.

»Dann lief sie von dort kommend in diese Richtung.« Lea zeigte mit ausgestrecktem Arm zu den Häusern.

»So sieht es aus. Der Täter kam von hinten und hat sie niedergestochen. Seltsam, dass sie auf dem Rücken zu liegen kam.«

»Ich frage mich, warum sie den Angreifer nicht bemerkt hat. Sie hätte flüchten oder um Hilfe schreien können.«

»Gute Frage, Frau Landgraf.«

Nachdenklich schaute Flessner zu seiner jungen Kollegin.

»Offenbar war der heftige Regen am Abend der Grund, dass sie ihn nicht gehört hat.«

Lea hob einen Arm nach dem anderen, soweit es die Totenstarre noch erlaubte.

»Soweit ich das beurteilen kann, hat sie sich nicht gewehrt. Hätte es einen Kampf gegeben, wären Kratzspuren oder Hämatome an Armen und Händen zu sehen.«

Lea beugte sich über den Kopf des Opfers. Mit der Hand streifte sie die Haare der Toten zur Seite, die nass und verklebt über Gesicht und Hals lagen.

»Seltsam, dass niemand einen Schrei gehört hat«, sagte Flessner gedankenversunken.

»Sie hatte keine Chance zu schreien. Sehen Sie diese Flecken, Herr Flessner?«

Lea zeigte mit dem Finger auf eine große Hautverfärbung seitlich am Hals der Toten.

»Das könnte ein Elektroschocker gewesen sein. Zweifellos kam der Täter von hinten, überraschte die Frau und brachte sie mit Hilfe des Elektroschockers zu Fall«, erläuterte Lea.

»Dann war sie schon benommen, bevor der Täter auf sie einstach.«

»Genau. Ein leichtes Spiel für den Täter. Die Frau hatte die Hände voll und war in Gedanken schon fast zu Hause. Durch den Elektroschocker fiel sie zu Boden. Als sie benommen und wehrlos auf dem Pflaster lag, stach er zu. Mehrfach. Immer wieder. Ihr Tod war für ihn von entscheidender Bedeutung«, sagte Lea, während sie das Opfer weiter aus der Nähe betrachtete.

»Wer macht so etwas?«, fragte Jan Lankow, der gerade kam und sich neben Flessner stellte.

»Ein Psychopath, ein Frauenhasser, ein Raubmörder oder ein Wahnsinniger«, mutmaßte Flessner.

»Das muss Kollege Eggers herausfinden«, sagte Lea.

»Übrigens, da kommt er inklusive Gefolge«, erwiderte Flessner unaufgeregt.

Forsch ging Eggers auf die drei plaudernden Personen zu.

»Guten Morgen zusammen. Ich hoffe, Sie haben noch nichts angefasst. Ich habe Herrn Heyen mitgebracht. Er ist Kriminaltechniker.«

»Moin!«, sagten die Anwesenden im Chor, als die Auricher näher traten.

»Ich denke, für Herrn Heyen wird es schwierig werden. Nach dem Regen in der Nacht wird er wenig verwertbare Spuren finden«, sagte Lea, als der Fachmann seinen Aluminiumkoffer abstellte und nachdenklich den Tatort betrachtete.

»Der Niederschlag ist sicherlich ein Grund, Ihre Unachtsamkeit ein anderer. Sie sollten als ehemalige Kommissarin vom LKA wissen, wie ein Tatort zu behandeln ist. Wo sind die Absperrungen? Jeder läuft hier herum, als sei er auf einer Kirmes.«

»Ich denke, Sie sind sich darüber im Klaren, dass dies weder mein Tatort noch der Tatort der hiesigen Polizei ist. Sie wurden rechtzeitig informiert, somit fällt dieser Tatort in die Zuständigkeit der Kriminalpolizei Aurich. Die Polizei hier vor Ort ist nur für die Sicherung des Fundortes der Leiche zuständig. Alles andere fällt, wie sie wissen, in Ihre Zuständigkeit«, erwiderte Lea forsch. Eggers, verblüfft, lief wortlos davon.

Wütend verließ Lea den Tatort. Sie lief zurück zu ihrem Wagen. Mit gebührendem Abstand betrachtete sie den Schauplatz des Geschehens. Eggers laute Stimme war auch aus der Ferne gut vernehmbar.

»Wo gibt es hier Kaffee?«, hörte Lea ihn rufen.

Niemand antwortete.

»Wissen wir schon, wer diese Frau ist?«, rief er in Richtung Flessner.

Flessner nickte. Lea hörte, wie der sonst wortkarge

Ostfriese dem Beamten aus Aurich alles, was er wusste, mitteilte. Die Erkenntnisse, die Lea in der kurzen Zeit am Tatort gewonnen und mit Flessner geteilt hatte, behielt er für sich. Insofern fiel der Bericht nach Eggers Ansicht dürftig aus. Unzufrieden schaute er sich um, lief einige Schritte auf und ab und wandte sich dann erneut an Flessner.

»Herr Flessner, ich werde jetzt den Staatsanwalt informieren, währenddessen werden Sie Ihre Leute instruieren. Die ganze Nachbarschaft muss umgehend befragt werden. Haben Sie das verstanden?«

»Zeugenbefragung?«

»Korrekt, Herr Flessner. Ich muss wissen, ob jemand etwas gehört oder gesehen hat. Hauptkommissar Fleischmann wird Ihre Männer dabei unterstützen.«

»Die ganze Straße?«, fragte Flessner ungläubig.

»Ja, Herr Flessner, die ganze Straße«, betonte Hauptkommissar Eggers mit lauter Stimme.

»Jedes Haus und jeden Bewohner, vom Greis bis zum Kleinkind. Ich will von allen eine Zeugenaussage haben. Nachdem ich telefoniert habe, sprechen wir beide mit dem Partner der Toten. Wo wohnt dieser Typ?«

»In Frankfurt«, sagte Flessner gelassen.

»Frankfurt? Wollen Sie mich auf den Arm nehmen?«

»Die Frau ist solo, so die Information von dem Nachbarn. Der nächste Angehörige der Toten ist der Stiefvater. Er wohnt einige Kilometer entfernt von hier. Er ist bereits informiert. Viel wird Ihnen der Mann nicht berichten können. Er steht unter Schock«, sagte Flessner.

»Die wichtigsten Fakten zu seiner Tochter wird er mir sicherlich mitteilen können. Ansonsten muss er in den nächsten Tagen in Aurich antanzen«, schnauzte Eggers.

»Das mit dem Tanzen wird schwierig werden, Herr Eggers. Der Mann ist seit einem Schlaganfall halbseitig gelähmt und verbringt die meiste Zeit des Tages in einem Rollstuhl.«

Für kurze Zeit schien es so, als hätte diese Information Eggers völlig aus dem Gleichgewicht gebracht. Verwirrt schaute er zu seinem Mitarbeiter, als erwarte er aus dessen Munde spontane Hilfe.

»Nun ja, dann werden wir eine andere Lösung finden. Folgen Sie mir, Herr Flessner. Wir schauen uns die Wohnung der Toten an«, sagte Eggers und lief mit großen Schritten in Richtung Haus Nummer 246.

Der Norderneyer Polizeihauptmeister teilte kurz seine Leute ein und folgte dem Kollegen aus Aurich. Man sah ihm seinen Unmut an.

»Herr Flessner, wo bleiben Sie? Um 13 Uhr muss ich wieder am Flugplatz sein! Viel Zeit bleibt uns nicht!«

Lea schaute zu Flessner, gab ihm ein Handzeichen, stieg in ihr Auto und fuhr davon.

Den Tag verbrachte sie im Büro, wertete die Fotos aus, schrieb ein Protokoll und befasste sich erneut mit ihrem Inselkonzept. Immer wieder musste sie an das denken, was Flessner ihr erzählt hatte. Bislang gab es wenige Informationen. So viel wusste sie: Es gab drei tote Menschen und zwei kamen aus einer Familie. Über den Unfalltoten wusste sie so gut wie nichts.

Gerne hätte Lea recherchiert, nach Hintergründen geforscht, Menschen befragt und Spuren analysiert. Sie durfte nicht. Ihr waren die Hände gebunden. Ihr Tätigkeitsschwerpunkt lag in der Prävention. Ermitteln durften nur die Auricher. Lea betrachtete die Fotos vom Tatort. In ihrer bisherigen Laufbahn bei der Kripo hatte sie bereits viele Tatorte gesehen. Dieser Tatort war anders. Irgendetwas störte sie. Lea wusste nur nicht was. Immer wieder betrachtete sie die Bilder, bis ihr etwas auffiel. Sollte Sie Eggers informieren?

Kapitel 9

Weniger als 24 Stunden waren vergangen. Flessner studierte die Ostfriesen-Zeitung, als sich sein Telefon mit einem nervigen Klingelton bemerkbar machte.

»Flessner«, meldete sich der Chef der Norderneyer Polizei hörbar genervt.

»Hauptkommissar Eggers. Guten Morgen, Herr Flessner! Ich hoffe, mein Anruf kommt nicht ungelegen.«

»Nee. War nur gerade in einer Besprechung. Was kann ich für Sie tun?«

»Es geht um den Bericht, den sie uns geschickt haben. Der Suizid. Südhoffstraße lese ich hier. Den Experten von der Rechtsmedizin ist einiges aufgefallen, was Fragen aufwirft. Die Leiche wies diverse Hautveränderungen und Hämatome auf, vermutlich von einem Sturz. So steht es in dem Bericht. Es könnte somit ein Verbrechen vorliegen.«

»Verbrechen? Nein. Die Frau hat in der Garage Selbstmord begangen. Die Sachlage war eindeutig. Sie hatte die Garage von innen verschlossen. Niemand konnte hinein.«

»Korrekt, so stand es in Ihrem Bericht, Herr Flessner. Nur, wie erklären Sie sich die Verletzungen?«

»Nun ja, Herr Eggers. Das war so: Als meine Männer die

Frau vorfanden, hing sie noch ... Sie wissen schon. Die Jungs haben sie mit Unterstützung der Feuerwehr dort runtergeholt. Die Frau wog etwa 75 kg. Der Feuerwehrmann wollte sie auffangen, verlor das Gleichgewicht und stürzte zu Boden. Grund für die Hämatome ist vermutlich die unsachgemäße Handhabung der Leiche gewesen.«

»Ihre Leute haben die Tote fallen gelassen?«, brüllte Eggers. »Wie war das möglich?«

»Die Männer haben das zum ersten Mal gemacht.«

»Warum haben sie die Frau nicht hängen lassen?«

»Sie wollten Erste Hilfe leisten, Herr Eggers.«

»Bei einer Toten?« Eggers war außer sich.

Flessner versuchte, das Thema zu wechseln.

»Was ist mit der Toten von gestern. Gibt es Neuigkeiten?«

Kurzes Schweigen, dann antwortete Eggers in einem ruhigen, sachlichen Ton, als wäre nichts gewesen.

»Sie wurde weder ausgeraubt noch missbraucht. Laut Rechtsmedizin wurde sie mit einem Elektroschocker zu Fall gebracht und danach mit einem Survivalmesser getötet. Mehr kann ich Ihnen dazu nicht sagen. Ich spreche später noch mit dem Staatsanwalt. Tschüss, Herr Flessner.«

»Komisch«, bemerkte Flessner, als seine Mitarbeiter Lankow und Doyen das Büro betraten.

»Was ist komisch, Chef?«

»Ich wundere mich nur über Hauptkommissar Eggers. Zunächst hat er mich angeschrien bezüglich der Panne mit der Suizidleiche. Plötzlich war er wie umgewandelt. Er war so etwas von freundlich am Telefon, das war schon irgendwie unheimlich.«

»Demnächst schickt er Ihnen noch Blumen, Chef.« Lankows Bemerkung führte zu ungewohnter Heiterkeit in der Dienststelle.

. . .

ER WAR sich zunächst unsicher gewesen und hatte sich gefragt: Was würde nach dem Fund der Leiche geschehen? Wäre es sinnvoll, für eine geraume Zeit unterzutauchen? Sollte er Norderney verlassen? Seine plötzlich auftretende Unsicherheit war aber unbegründet. Überraschend verlief alles wesentlich unspektakulärer als er im Vorfeld gedacht hatte. Die Kripo vom Festland arbeitete langsam, schlampig und oberflächlich. Sie kamen mit viel Getöse wie eine Horde Elefanten auf die Insel. Die Truppe entpuppte sich als ein Haufen aufgeregter Erdmännchen, die kaum in der Lage waren, systematisch und koordiniert zu ermitteln.

Ein Glücksfall für ihn. Das waren nur zwei läppische Wochen, die er bis zu seinem neuen Leben überbrücken musste. Wenig für die meisten, viel für eine Person, die von der Polizei gesucht wurde.

Bereits vor Tagen besorgte er sich die Online-Zugänge von diversen Zeitungen. Informationen erschienen ihm in seiner Situation von Vorteil. Täglich las er mehrere Zeitungen. Er war erstaunt, dass nur wenig über Norderney und über den Mord in der Oderstraße berichtet wurde.

Einerseits beruhigte es ihn, andererseits machten ihn die fehlenden Informationen und Berichterstattungen nervös. Hielt man bewusst Meldungen zurück, um den Fortschritt der Ermittlungen nicht zu gefährden? Er wusste es nicht. Wie sollte er sich jetzt verhalten?

Ein ganz normales Leben führen, war zweifellos der beste Schutz für ihn. Optimal wäre eine attraktive Frau an seiner Seite, resümierte er, bevor er zu Bett ging.

Er erinnerte sich an eine interessante Begegnung. Vor Kurzem sah er eine Frau auf einer Veranstaltung im Conversationshaus. Sie war jung und attraktiv. Sie gefiel ihm. Er behielt sie den ganzen Abend im Auge. Tage später entdeckte er sie in der Innenstadt. Zusammen mit einem jungen Mann saß sie in einem Café. Die Insel war zu klein, um jemanden aus den Augen zu verlieren. Er folgte ihr, soweit es ihm möglich war. Überrascht fand er heraus, dass sie Kontakte zur hiesigen Polizei unterhielt. Welche Verbindung zwischen ihr und der Dienststelle bestand, erschloss sich ihm nicht. Später sah er sie frühmorgens in der Oderstraße. Wieder sprach sie mit der Polizei. War sie Journalistin oder war sie eine von denen? Er wusste es nicht. Eines wusste er mit Sicherheit: Er musste sie im Auge behalten. Sie könnte ihn mit ihrer Neugier gefährlich werden. Unter Umständen musste er sie aus dem Weg räumen. Seine Werkzeuge lagen bereit.

Kapitel 10

»Lea, wir können doch nicht immerzu Kaffee trinken, während auf Norderney Menschen sterben.«

Sabine stand in der offenen Tür. Lea saß vor dem Schreibtisch und arbeitete an ihrem Konzept, das sie nächste Woche dem Gemeinderat präsentieren wollte.

»Kaffee gehört für mich zum Tag wie mein Bett zur Nacht. Auf beides möchte ich nicht verzichten.«

»Das verstehe ich, aber ....«

»Nichts aber. Unser Job ist es, für Vermieter und Gäste da zu sein. Information, Aufklärung und Prävention zählen zu unseren Aufgaben. Dass Menschen sterben, ist nicht ungewöhnlich. Es passiert immer wieder. Nur in einem Fall lag ein Tötungsdelikt zu Grunde. Dieser Fall ist Sache der Kripo Aurich. Insofern haben wir genügend Zeit für Kaffee und unsere gewohnten Aufgaben. Dazu zählt mein Workshop für Vermieter und Feriengäste, den ich in zwei Wochen durchführen möchte. Ich habe bereits einen Titel für meinen Vortrag gefunden: ‚*Betrüger unterwegs. Wie schütze ich mich vor Trickdieben und dubiosen Geschäftemachern?*‘«

»Das klingt sehr gut.«

»Danke, Sabine.«

»Belastet dich das nicht?«

»Was soll mich belasten?«

»Dass du hier ...«

»Bine, mach dir darüber keinen Kopf. Ich mag meinen Job. Ich arbeite auf Norderney. Norderney ist eine Urlaubs- und Ferieninsel. Was will man mehr?«

»Du hast recht. Warum soll man sich mehr Arbeit aufhalsen als nötig? Ich werde uns Brötchen vom Bäcker holen. Wenn ich zurück bin, mache ich uns eine leckere Kanne Tee und dann machen wir uns ganz entspannt ein zweites Frühstück.«

»Du hast es verstanden, Bine. Man muss immer das Beste aus seiner Situation machen.«

»Und was machst du in der Zeit?«

»Wenn ich mit dem Konzept fertig bin, muss ich noch eine Stellenbeschreibung anfertigen.«

»Hat das mit unserem Umzug zu tun?«

»Ja. Die Bürokraten verlangen so etwas. Sonst gibt es in Zukunft keine Gelder mehr und dann müssen wir endgültig die Koffer packen.«

»Warum macht das nicht jemand anders?«

»Weil die vermutlich weder Zeit noch Ahnung haben.«

»Verstehe. Tschüss! Ich gehe Brötchen holen.«

SCHREIBTISCHARBEIT GEHÖRTE NICHT zu Leas Leidenschaft. Im Gegenteil, sie versuchte möglichst jegliche Art von Tätigkeit, die mit einem Formular oder irgendeinem Schriftstück verbunden war, zu delegieren. Sabine war ihr insofern eine große Hilfe.

Formulare schränken die Kreativität eines Menschen ein, deshalb gehören sie nur in die Hände von Bürokraten, Politikern, Beamten oder ähnlichen Personen, dachte Lea und speicherte ihr Konzept.

Ein Formular, das sie aus Aurich erhalten hatte, druckte sie aus und betrachtete es in aller Ruhe. Ihre eigene Stelle positiv und vorteilhaft zu beschreiben, war schwierig und mühselig.

Sie schaute aus dem Fenster und beobachtete wie eine Möwe auf dem Dachfirst eines Nachbarhauses landete. Das Tier war bemüht etwas Essbares zu bändigen, das es im Schnabel festhielt. Leider war der Dachfirst für eine Frühstückspause wenig geeignet. So kam es, dass dem Vogel das Futter, beim ersten Versuch, es zu zerteilen, aus dem Schnabel fiel. Verdutzt schaute er nach unten auf die Straße, als das Brötchenstück auf dem Pflaster landete. Eine Schar Artgenossen stürzte sich sofort mit lautem Gekreische auf das unerwartete Nahrungsangebot. Lea musste über den ‚Pechvogel‘, der nach wie vor auf dem Dach saß, schmunzeln.

SABINE WAR BEREITS eine Weile außer Haus, als ein tönendes Geräusch Lea aufschreckte. Gerne hätte Lea dem traurigen Vogel weiter zugeschaut, doch das Telefon hatte wie immer Vorrang.

Ich muss dringend den Klingelton ändern, dachte Lea und griff nach dem lärmenden Gerät.

»Maibach! Guten Morgen, Frau Landgraf«, tönte es aus dem Telefon.

»Moin, Herr Doktor Maibach. Ich sitze gerade am Schreibtisch und verfasse eine Stellenbeschreibung.«

»Nicht mehr nötig, Frau Landgraf. Die Situation hat sich unerwartet geändert. Deshalb rufe ich Sie an.«

»Doch kein Umzug?«

»Es bleibt beim Umzug. Dennoch gibt es einige einschneidende Veränderungen, die ich mit Ihnen besprechen möchte.«

Doktor Maibach redete und redete, bis er nach fast 10 Minuten auf den entscheidenden Punkt zu sprechen kam.

»Herrn Eggers von der Kripo Aurich kennen Sie ja bereits. Er ist neu in Ostfriesland und sehr tüchtig. Leider versteht er es nicht, Aufgaben zu delegieren. Seinem Ehrgeiz entsprechend, möchte er alles in eigenen Händen behalten, was bei der Fülle der Arbeit zu Problemen führt.«

»Den Zusammenhang verstehe ich nicht. Was hat das mit dem Einschreiben und dem Umzug zu tun?«

»Ich habe Herrn Eggers eine Aufgabenteilung vorgeschlagen. Er hat nach langem Zögern zugestimmt. Mein Vorschlag, Herrn Eggers zu entlasten, fiel bei den Kollegen in Aurich auf fruchtbaren Boden.«

»Interessant. Und was hat das mit mir zu tun?«

»Sehr viel, Frau Landgraf. Ihre Dienststelle auf Norderney steht nach wie vor in der Schusslinie. Die Verantwortlichen haben Probleme, die hohen Ausgaben zu rechtfertigen. Immerhin ist Norderney eine relativ kleine Insel. Deshalb kam vor wenigen Tagen der Vorschlag, Ihr Betätigungsfeld auszuweiten.«

»Ausweiten? Inwiefern? Welches Betätigungsfeld, Herr Doktor Maibach?« Lea konnte Maibachs Gedankensprünge nicht ganz folgen.

»Wie bereits gesagt, bekommen Sie und Ihre Mitarbeiterin ein neues Büro. Sie können zufrieden sein. Sie bekommen ein neues Domizil mit einer Top-Ausstattung. Dieses war unter anderem mein Verdienst.«

»Da muss doch ein Haken dabei sein. Oder?«

»Als Haken würde ich das nicht bezeichnen. Wie ich schon sagte, Ihr Betätigungsfeld wird ausgeweitet. In Zukunft werden Sie nicht nur auf Norderney ihren Dienst ausüben, sondern Sie werden nach Bedarf auch an anderen Orten eingesetzt. Vorwiegend Orte an der ostfriesischen Nordseeküste.«

»Nordseeküste?« Lea war leicht verwirrt.

»Von Fall zu Fall wird Herr Eggers Sie für Ermittlungsarbeiten anfordern. Ich hoffe, das ist in Ihrem Sinne. Das bedeutet mehr Arbeit für Sie und Ihre Mitarbeiterin. Deshalb auch die bessere Ausstattung des neuen Büros. Ob Inseln oder Festland, das bestimmen nicht wir.«

»Was heißt das konkret?« Lea konnte nicht glauben, was sie da hörte.

Mund offen, Stirn runzelnd und Freude im Bauch spürend, lauschte sie den Ausführungen ihres Gesprächspartners.

»In der Vergangenheit haben Sie gezeigt, dass Sie eine sehr gute Ermittlerin sind. Man hat Ihre Erfolge mit Wohlwollen zur Kenntnis genommen, wenngleich Ihre Vorgehensweisen nicht immer regelkonform waren. Wie gesagt, Sie haben sich, seit Sie hier in Ostfriesland sind, einige Lorbeeren verdient. Gründe, die uns veranlasst haben, Sie mit ins Boot zu nehmen. Somit werden Sie in Zukunft auch Aufgaben außerhalb Norderneys wahrnehmen müssen. Um es genauer zu formulieren: Ihr Betätigungsfeld erstreckt sich zukünftig von Greetsiel bis Horumersiel. Sie müssen sich somit auf einige Ausflüge auf das Festland einstellen.«

»Wie soll das ablaufen?«

»Man wird Sie informieren, sobald eine Straftat vorliegt, die in die Zuständigkeit der Kriminalpolizei Aurich fällt. Die Auricher Kollegen entscheiden vor Ort, ob Sie hinzugezogen werden oder nicht. Wie gesagt, es hängt vom Arbeitsaufkommen ab.«

»Das bedeutet, ich muss noch intensiver mit Herrn Eggers zusammenarbeiten?«

»Von Fall zu Fall würde ich sagen. Für die Informations- und Präventionsarbeit sind Sie alleine verantwortlich. Bei der Kriminalitätsbekämpfung werden Sie mit dem Dezernat 11 zusammenarbeiten müssen.«

»Arbeite ich im Team oder alleine?«

»Vorwiegend alleine. Natürlich können Sie, wenn erforderlich, auf die Beamten vor Ort, beziehungsweise auf die Kollegen in Aurich zurückgreifen. Entscheidend ist, dass die Dienststelle in Aurich entlastet wird und wir Ergebnisse erzielen, die für alle mehr als befriedigend sind.«

»Verstehe. Wie oft wird es passieren, dass ich auf das Festland gerufen werde?«

»Schwer zu sagen. Weder kann ich den Informations- und Präventionsbedarf noch die Zahl zukünftiger Straftaten abschätzen.«

»Von wem bekomme ich meine Anweisungen?«

»In erster Linie ist die Staatsanwaltschaft Aurich Ihr direkter Ansprechpartner, wie auch in diesem Norderneyer Fall, den ich hiermit offiziell an Sie übertrage. Für Eggers und seine Leute ist die Ermittlungsarbeit vor Ort mit einem viel zu großem Aufwand verbunden, deshalb sollen Sie seine Arbeit auf Norderney alleine fortsetzen.«

»Meinen Sie das Tötungsdelikt von der Oderstraße?«

»Ja, natürlich. Oder gibt es noch andere Fälle, von denen ich nichts weiß?«

»Nein, das war nur eine rhetorische Frage.«

»Alle notwendigen Unterlagen erhalten Sie aus Aurich. Federführend werden Sie die Ermittlungen im Tötungsfall *»Oderstraße«* übernehmen. Sie haben alle Befugnisse und können sofort mit der Arbeit beginnen. Die Polizeidienststelle Norderney ist informiert. Wie gesagt, Herr Eggers hat seine Zustimmung gegeben. Er wird Sie, falls erforderlich, mit Rat und Tat vom Festland aus unterstützen. Das Schreiben, aus dem alles Nähere hervorgeht, müsste morgen bei Ihnen eintreffen. Viel Erfolg, Frau Landgraf und einen schönen Tag.«

. . .

GRÜBLERISCH SASS LEA AM SCHREIBTISCH. Hatte sie das alles richtig verstanden? Sie, Lea Landgraf, sollte ab sofort alle Ermittlungen auf Norderney durchführen und sporadisch Fälle außerhalb Norderneys übernehmen. War das ein Traum?

Wach auf, Lea!, hörte sie sich in Gedanken sagen. *Da will dich jemand auf den Arm nehmen.*

Sie konnte es nicht glauben. Hatte der Staatsanwalt das wirklich gesagt?

Schade, dass ich das Gespräch nicht aufgezeichnet habe. Gerne hätte ich mir die lobenden Worte von Maibach noch einmal angehört, dachte sie und widmete sich erneut der Stellenbeschreibung.

»Mist! Warum mache ich das noch? Maibach sagte doch, dass diese Stellenbeschreibung hinfällig sei. Lea, du kannst alles entsorgen«, sagte sie zu sich und beförderte die Dokumente in den Papierkorb.

URPLÖTZLICH WURDE Lea von einem Geräusch, das aus dem Flur kam, aus ihren Gedanken gerissen. Es war Sabine, ihr war die Handtasche auf den Boden gefallen. Ein Großteil des Inhaltes hatte sich auf dem gefliesten Fußboden verteilt. Lea kam ihr zu Hilfe.

»Ist das nicht etwas viel, was du da täglich mit dir herumträgst?«

»Nein! Das brauche ich. Alles notwendige Dinge«, sagte Sabine vorwurfsvoll.

»Gut, dass ich keine Handtasche habe«, dachte Lea und reichte Sabine einen Lippenstift, eine Haarbürste, ein Desinfektionsspray und ein Deodorant.

»Was ist los, Lea? Happy siehst du nicht aus.«

»Ein plötzlicher Ortswechsel und unerwartete Veränderungen stehen uns bevor. Wie soll man da seine gute Laune behalten?«

»Nimm es nicht so schwer, Lea. Zusammen werden wir das alles schaukeln«, sagte Sabine aufmunternd. »Hauptsache, du bleibst mir erhalten.«

»Egoistin!«, erwiderte Lea, während Sabines verschmitztes Lächeln sie zum Schmunzeln brachte.

»Übrigens, die Stadt kümmert sich um den Umzug. Damit haben wir nichts zu tun. Diese Info habe ich vor wenigen Minuten von Doktor Maibach erhalten«.

»Hast du mit ihm gesprochen?«

»Er rief vor einer Dreiviertelstunde an.«

»Er hat unsere Arbeit gelobt, kann aber sonst nichts für uns tun. Ursache allen Übels sind leere Kassen. Angeblich wollte ein Landrat unsere Stellen streichen, um auf diese Weise Kosten zu sparen.«

»Komisch, die Kassen sind angeblich leer, aber für einen dicken Dienstwagen reicht es noch«, erwiderte Sabine empört.

»Das kannst du nicht vergleichen. Ein Landrat braucht einen gewissen Status. Der Mann ist wichtig.«

»Sind wir nicht wichtig?«, fragte Sabine.

»Nicht wichtig genug.«

Beide lachten herzhaft.

»So gefällst du mir, Lea. Ich denke, auch in den neuen Räumlichkeiten werden wir unseren Spaß haben.«

»Ich hoffe, du liegst mit deiner Prognose richtig«, bemerkte Lea.

»Ich habe etwas zu futtern aus der Stadt und die Post mitgebracht. Ein großer Umschlag aus Aurich war dabei. Hat das etwas zu bedeuten?«

»Doktor Maibach hat den Brief angekündigt.«

»Und?«

»Erzähle ich dir gleich.«

»Wollen wir uns in die Küche setzen?«, fragte Sabine, die noch immer mit einem Korb voll mit Lebensmitteln im Flur stand.

»Gute Idee. Wir reden dort weiter. Ich muss dir ohnehin etwas erzählen, was alles Bisherige verändern wird. Ich komme gleich. Ich will nur kurz einen Blick auf die Post werfen und kurz telefonieren.«

ZWEI TEETASSEN, Sahne und Kluntjes standen bereits auf dem kleinen Küchentisch. Sabine balancierte gerade eine gut gefüllte, dampfende Teekanne zum Tisch, als Lea den kleinen Raum betrat.

»Tee? Keinen Kaffee?«

»Lea, wir sind in Ostfriesland. Du musst dich langsam an unser Nationalgetränk gewöhnen.«

»Kaffee oder Sekt wäre mir jetzt lieber.«

»Warum Sekt? Gibt es etwas zu feiern?«

»Ja und nein. Nachdem Doktor Maibach lang und breit noch einmal über die Kündigung geredet hatte, teilte er mir in wenigen Sätzen mit, dass ich zukünftig alle Ermittlungen hier auf Norderney alleine durchführen soll. Mit allein meinte er, ohne Eggers und seine Mannschaft.«

»Das klingt doch super! Dann musst du dich nicht mehr über diesen Typen ärgern.«

»Ich weiß, darüber freue ich mich auch. Gleichzeitig deutete Doktor Maibach noch etwas anderes an.«

»Du bekommst einen neuen Dienstwagen. Richtig?«

»Nein, Sabine. Künftig soll ich auch außerhalb von Norderney als Ermittlerin eingesetzt werden. Angeblich schätzt man meine Fähigkeiten auch auf dem Festland.«

»Was ist mit deiner Arbeit hier vor Ort?«

»Die wird weiterhin bestehen bleiben. Nur von Fall zu Fall muss ich auf das Festland, um die Kollegen dort zu entlasten. Zudem soll ich in einigen Orten, die von vielen

Feriengästen frequentiert werden, Vorträge zum Thema Prävention halten.«

»Freust du dich?«

»Ich weiß nicht. Ich bin mittlerweile gerne auf Norderney, dennoch freue ich mich über jede neue Herausforderung.«

»Ich finde es toll. Endlich bekommst du die Anerkennung für deine Leistung, die du verdient hast.«

»Einerseits finde ich es auch gut, andererseits ...«

Lea schaute nachdenklich auf den gedeckten Tisch.

»Das hier werde ich vermissen. In Zukunft bin ich viel unterwegs und da bleibt wenig Zeit für Tee, Kaffee und leckere Inselbrötchen.«

»Was ist mit Sven? Hast du mit ihm gesprochen?«

»Nur kurz. Er hat mich beglückwünscht. Er meint, solch eine Chance darf man sich nicht entgehen lassen.«

»Da werdet ihr euch nicht mehr so oft sehen. Oder?«, fragte Sabine vorsichtig.

»Da wird sich nicht viel ändern. Sven ist in der Woche ohnehin viel unterwegs. Die Wochenenden werde ich mir freihalten und auf der Insel verbringen. So bleibt genügend Zeit für gemeinsame Unternehmungen.«

»Lea, ich freue mich für dich. Endlich kannst du deinen Beruf voll ausleben.«

»Wirst du mich vermissen?«, fragte Lea mit einem Lächeln im Gesicht.

»Ich weiß, dass du immer wieder zurückkommst. Hier spielt die Musik. Hier ist dein Büro und hier wartet dein Kaffeebecher auf dich.«

Lea musste lachen.

»Du hast vollkommen recht. Ich werde in Zukunft alles so planen und koordinieren, dass ich einen Großteil meiner Arbeitszeit hier verbringen kann. Wie soll ich ohne deine Hilfe einen Fall aufklären? Unmöglich, Bine. Ich brauche dich.«

Sabine war gerührt. Sie holte ein Papiertaschentuch aus der Tasche und wischte sich dicke Tränen aus den Augen.

»Jetzt frühstücken wir und dann sehen wir weiter«, schluchzte Sabine und reichte Lea die Tüte mit den duftenden Brötchen.

»In den nächsten Tagen bekomme ich eine schriftliche Bestätigung. Ab Morgen kann Hauptkommissar Eggers mir nicht mehr in meine Arbeit reinpfuschen. Ich muss nur noch der Staatsanwaltschaft Rechenschaft ablegen.«

»Cool. Gratuliere Lea. Das ist wirklich ein Grund zum Feiern. Soll ich uns doch noch Sekt besorgen?«

»Nein! Den Sekt trinken wir später. Zunächst müssen wir ein Tötungsdelikt aufklären. Die Unterlagen zu dem Fall ‚Oderstraße' sind gerade mit der Post gekommen. «

»Ist Flessner informiert?«

»Ja, der weiß Bescheid. Jetzt trinken wir in Ruhe unseren Tee, stärken uns und dann beginnen wir mit der Ermittlungsarbeit.«

»Hast du die Unterlagen gelesen, die aus Aurich gekommen sind?«

»Ich habe sie nur kurz überflogen.«

»Hat man schon Anhaltspunkte, wer der Täter sein könnte?«, fragte Sabine.

»Sieht nicht so aus. Die Auricher hatten bislang nichts vorzuweisen. Sie fanden weder Spuren am Tatort noch Hinweise in der Wohnung. Auch die Zeugenbefragungen führten zu keinen nennenswerten Ergebnissen. Jedenfalls geht aus den Unterlagen nichts hervor. Keinerlei Hinweise, die uns zum Täter führen könnten.«

»Eggers und seine Leute tappen tatsächlich im Dunklen? Das bedeutet, wir fangen bei null an?«

»Ja, Sabinc. Das bedeutet, es kommt viel Arbeit auf uns zu. Es könnte stressig werden.«

»Cool! Ich liebe Stress.«

Sabine lachte und musste zeitgleich husten. Beinahe hätte sie sich beim Teegenuss verschluckt.

»Gut, packen wir den Fall an. Zeigen wir den Männern auf dem Festland, was richtige Frauenpower ist. Ich denke, heute und in den kommenden Tagen könnte es spät werden«, stellte Lea klar.

»Kein Problem. Mein Freund hat ohnehin Nachtschicht«.

Sabine erhob sich von ihrem Platz. Eifrig räumte sie das Geschirr vom Tisch. Lea verließ die Küche und lief zu ihrem Büro.

»Ich werde mich in Ruhe mit den Unterlagen aus Aurich beschäftigen.«

»Was soll ich machen?«, fragte Sabine, nachdem sie Teller, Tassen, Messer und Löffel in den Geschirrspüler verstaut hatte.

»Wenn du mit der Küchenarbeit fertig bist, besorge mir bitte alles über Stefan Hegemann, Cornelia Hegemann und Nele Reimers. Stefan und Cornelia Hegemann sind die Eltern der Toten. Cornelia Hegemann starb vor Kurzem durch Suizid. Nele Reimers ist das Opfer von der Oderstraße. Flessner hat einiges an Infos für uns. Mich interessieren Beruf, Hobbys, Freunde, Freundinnen, Arbeitsumfeld und, und, und ... Das Übliche. Du weißt schon, was ich meine.«

»Geht klar, Lea. Ich kümmere mich darum.«

»Übrigens, dein Tee war richtig gut«, sagte Lea.

»Das war auch ein echter Ostfriesentee. Die Zubereitung habe ich von meiner Oma gelernt.«

»Das schmeckt man. Deine Oma schien etwas von der Teezubereitung zu verstehen.«

»Klar. Sie hat das von ihrer Oma gelernt. Und die von …«

Lea musste lachen.

»Danke, danke, Sabine. Ich weiß jetzt, dass du eine Tee-Expertin bist und aus einer Teetrinkerfamilie kommst. Bevor ich in Pension gehe, musst du mich in die Geheimnisse der ostfriesischen Teezubereitung einweihen.«

»Dann bist du weit über 50 Jahre, vielleicht schon über 60. Vermutlich trinkst du dann nur noch Eierlikör«, spottete Sabine.

»Eierlikör? Mit 60 Jahren geht bei mir die Post ab. Dann trinke ich nur noch Prosecco und genieße das Leben am Strand von Palma de Mallorca.«

»Das hört sich gut an. Leider dauert es noch eine Weile, bis wir die Beine hochlegen können.«

»Richtig, Sabine. Erst die Arbeit, dann das Vergnügen. Ich fahre, nachdem ich die Unterlagen studiert habe, zur Oderstraße. Jetzt, wo Eggers und seine Leute wieder in Aurich sind, möchte ich mir in Ruhe ein Bild vom Tatort und der Wohnung des Opfers machen.«

LEA ERHOB sich von ihrem Platz. Sabine startete den Geschirrspüler und ihr Lärm erfüllte den Raum. Eine Unterhaltung war von nun an in der Küche nicht mehr möglich.

Lea eilte zu ihrem Büro. Sie schloss die Tür. Die Geräusche aus der Küche hätten sie sonst beim Telefonieren gestört.

Es war eine der ersten Nummern, die sie zu Beginn ihrer Tätigkeit auf Norderney gespeichert hatte. Sie ahnte damals bereits, dass eine gute Zusammenarbeit mit der Polizeistation für sie von Nutzen sein könnte. Lea wurde umgehend durchgestellt.

»Guten Morgen, Herr Flessner.«

»Moin«, antwortete Flessner auf seine typisch norddeutsche Art.

»Wie Sie sicherlich bereits wissen, hat mich die Staatsanwaltschaft Aurich mit neuen Aufgaben betraut. Ab heute soll ich, ganz offiziell, sämtliche Ermittlungsarbeiten auf der Insel in eigener Regie durchführen.«

»Ich habe heute Morgen ein Fax aus Aurich erhalten. Gratuliere, Frau Landgraf. Das haben Sie sich doch immer gewünscht. Jetzt kommt eine Menge Arbeit auf Sie zu.«

»Ich hoffe, ich kann weiterhin auf Ihre Unterstützung zählen.«

»Natürlich, Frau Landgraf. Wir Insulaner arbeiten doch immer Hand in Hand. Das war früher so und das wird auch in Zukunft so bleiben«, sagte der Leiter der Polizeidienststelle Norderney.

»Das freut mich.«

»Dann werden wir Hauptkommissar Eggers selten auf Norderney zu Gesicht bekommen.«

»Davon gehe ich aus. Laut Staatsanwalt Maibach hat er genug auf dem Festland zu tun.«

»Ich werde ihn nicht vermissen.«

»Eine Frage, Herr Flessner: Haben Sie noch den Schlüssel zur Wohnung des Opfers aus der Oderstraße?«

»Es sind zwei Schlüssel. Sie liegen hier im Safe. Wenn Sie die Schlüssel benötigen, können Sie die jederzeit hier abholen.«

»Danke, Herr Flessner!«

Kapitel 11

Bevor Lea zur Oderstraße fuhr, durchforstete sie die Zeugenaussagen, die sie aus Aurich erhalten hatte und machte sich Notizen.

In der Oderstraße angekommen, sah sie sofort den roten Mini. Er stand auf der Auffahrt zum Mehrfamilienhaus. Lea parkte ihren Smart und lief die Oderstraße auf und ab. Sie sprach mit Passanten, die ihr begegneten und fragte Anwohner, die sich draußen in ihren Gärten aufhielten.

Der exakte Tatort lag circa 50 Meter von der Meldeadresse des Opfers entfernt. Von der schrecklichen Tat war dort nichts mehr zu sehen. Die Blutspuren und Glassplitter auf der Pflasterung hatten Mitarbeiter der Stadtwerke bereits entfernt. Alles wirkte so, als wäre hier nie etwas geschehen. Ein Mord schon gar nicht.

Eine schwarze Katze lief gemächlich über die Straße und verschwand in einem Wäldchen. Erst jetzt bemerkte Lea den üppigen Baumbestand, der sich gegenüber vom Tatort befand.

Irgendwie fühlte sie sich von den Bäumen, Sträuchern und wild wuchernden Pflanzen angezogen. Vielleicht lag es daran, dass sie sich bereits als Kind gerne im Wald aufhielt.

Sie erinnerte sich, wie sie mit Freundinnen und Freunden auf Bäume kletterte und im Wald verstecken spielte.

Wälder sind für Kinder ein natürlicher Abenteuerspielplatz, wo man toben und viel entdecken kann, dachte Lea und überquerte die Straße. Ein schmaler Weg führte durch Gestrüpp, Brennnessel und vorbei an hohen Bäumen.

Trockene Zweige knackten unter ihren Füßen. *Was will ich hier eigentlich?,* ging es ihr durch den Kopf, als ein tiefhängender Zweig sie an der Schulter traf. Obwohl hier nur verhältnismäßig wenige Bäume standen, roch es nach Wald. Sie schloss die Augen, atmete tief ein und genoss den angenehmen Duft. Erinnerungen an unzählige Ausflüge mit Eltern und Geschwistern zum Deister oder dem Solling wurden wach. Es waren schöne Erinnerungen. Lea öffnete ihre Augen. Ihr Blick fiel auf den Boden. Ein silberfarbener Karabinerhaken, der zwischen Tannenzapfen und vertrocknetem Geäst glänzte, weckte ihre Neugier.

Lea wollte ihn aufheben und war erstaunt, dass neben zertretenen Pflanzen, eine Leine auf dem weichen Waldboden lag. *Eine Lederleine, vermutlich von einem Hundebesitzer achtlos weggeworfen,* dachte sie.

Bevor sie sich nach dem Fundstück bückte, zog Lea Einweghandschuhe über. Sie griff danach und musste überraschend feststellen, dass die mehrere Meter lange Leine an einem Baum befestigt war.

Wer macht denn so etwas?

Bei näherer Betrachtung stellte sie fest, dass diese Leine aller Voraussicht nach noch nie ein Hund getragen hatte. Sie war neuwertig, dunkelbraun und nur leicht verschmutzt. Wahrscheinlich vom Regen.

Das Ding muss ich eintüten. Die Leine muss unbedingt zur KTU, dachte sie und kramte in ihren Taschen. Was sie an Tüten bei sich trug, war nur für Kleinzeug geeignet, nicht für eine circa fünf Meter lange Hundeleine.

Erst die Wohnung, dann die Hundeleine. Sobald ich im Haus fertig bin, hole ich eine größere Tüte aus dem Auto, tüte das Ding ein und fahre damit direkt zu Flessner, dachte sie. Lea verließ das kleine Waldstück und eilte zu dem Mehrfamilienhaus, wo das Opfer zuletzt gewohnt hatte.

DIE WOHNUNG BEFAND sich im Obergeschoss. Sie schloss die Wohnungstür auf, die überraschenderweise nicht versiegelt war.

Vom geräumigen Flur führten fünf Türen in verschiedene Räume. Überall hingen Bilder an den Wänden, vorwiegend postkartengroße Fotos von Menschen. Lea tippte auf Angehörige.

Im gemütlich eingerichteten Wohnzimmer waren die Vorhänge zugezogen. Lea musste das Deckenlicht einschalten. Wie im Flur hing auch hier eine Vielzahl von Fotos an den Wänden. Sie hingen, in unterschiedlichen Größen gerahmt neben- und übereinander. Einige Fotos sogar in Schwarz/Weiß. Sie zeigten überwiegend die gleichen Personen wie im Eingangsbereich. Offenbar war das Opfer ein Familienmensch gewesen, was aus einem selbst gefertigten Poster hervorging. Unter jedem Motiv dieser Collage standen Namen. Hinter dem Wort »Mama« klebte ein Kreuz aus schwarzem Tonpapier.

Lea nahm ihr Smartphone und fotografierte die gerahmten Bilder. Danach lief sie von Raum zu Raum. In der ganzen Wohnung roch es muffig. Hier war seit Tagen nicht gelüftet worden. Lea schaute in Schränke und öffnete Schubladen. Im Schlafzimmer stand der Schreibtisch des Opfers direkt vor dem Fenster. Lea schaute sich um, fand aber nichts Ungewöhnliches. Beim Durchwühlen des Papierkorbes entdeckte sie einen Zettel mit Telefonnummern. Lea steckte ihn ein.

Ob Wohnzimmer, Schlafzimmer oder Bad, alles war

ordentlich aufgeräumt und sauber. Selbst in der Küche stand weder ein benutzter Teller noch ein Glas noch ein Kaffeebecher.

Lea fotografierte jeden Raum. Nirgends lagen getragene Kleider und nirgends hing eine Jacke über einem Stuhl. Es war wie der Gang durch ein Möbelhaus. Nur die Preisschilder an den Möbeln fehlten.

Weder im Flur noch in einem anderen Bereich der Wohnung standen Schuhe. Besaß das Opfer nur ein Paar? Nach langem Suchen fand Lea einen Schuhschrank. Versteckt hinter einem Vorhang. Die Schuhe waren nach Farben sortiert. 28 Paar sauber aufgereiht und geputzt. Daneben ein Regal mit Putz- und Reinigungsmitteln.

Eine Ordnung, die vermutlich für viele schwer zu ertragen war. Sicherlich lebte sie auch deshalb alleine. Lea fühlte sich in dieser tristen, sterilen Umgebung nicht sonderlich wohl.

Typisch Single, dachte Lea, ohne daran zu denken, dass auch sie alleine lebte.

Auf einem Wandkalender in der Küche las Lea den Eintrag »Trauerfeier Mama«.

Seltsam, nur wenige Tage nach dem Suizid der Mutter, stirbt die Tochter, grübelte Lea, verschloss die Wohnungstür und lief zurück zu ihrem Wagen.

Dort angekommen, fiel ihr ein, sie könnte noch weitere Nachbarn befragen. Sie nahm ihr Smartphone und informierte Sabine und wünschte ihr einen schönen Feierabend.

Zu den Informationen, die sie aus Aurich erhalten hatte, gehörten auch alle Zeugenaussagen. Nur wenige der Befragten konnten ein nachprüfbares Alibi vorweisen, die überwiegende Mehrheit wurde von ihren Partnern entlastet. Einerseits waren die Alibis der Anwohner für die Ermittlungen wichtig, andererseits schwer überprüfbar. Solange noch kein Anfangsverdacht bestand, verließ man sich auf die Aussagen der Bewohner und deren Glaubwürdigkeit.

Sie hatte sich kein System ausgedacht, verließ sich auf ihr Bauchgefühl und lief von Haus zu Haus. Es würde mühsam werden, das wusste sie, dennoch war ihr die persönliche Befragung der Menschen wichtig.

Lea interessierte sich vorrangig für das ganz normale Leben der Verstorbenen. Wie hatte der Alltag von Nele Reimers ausgesehen? Welches Verhältnis hatten sie zur Nachbarschaft gehabt? Gab es häufig Besucher? Wurden Streitigkeiten von den Anwohnern beobachtet? Wer ging bei Nele Reimers ein und aus?

Lea lief von Tür zur Tür, bekam viele Antworten und mehrfach einen Tee angeboten.

Bevor sie die Oderstraße verließ, holte sie einen größeren Plastikbeutel aus dem Auto und lief dorthin zurück, wo sie die Hundeleine gesehen hatte.

Erschrocken blieb sie stehen, als sie den Platz zwischen den Bäumen erreicht hatte. Die Leine war verschwunden. Lea schaute sich um und vergewisserte sich, dass sie auch wirklich an der richtigen Stelle stand. Es gab keinen Zweifel. Sie stand auf der gleichen Position, mit Blick auf die Oderstraße, wie vor einigen Stunden. Erst jetzt wurde ihr bewusst, wie gut die Oderstraße von hier aus einsehbar war.

Das ist der ideale Platz, um auf das Opfer zu warten, dachte sie, blieb stehen und suchte mit den Augen den Boden ab. Vor ihren Füßen waren Gräser niedergetreten worden. Eine Pflanze hatte ihre gelben Blüten eingebüßt. Daneben ein Fußabdruck.

Wer hatte die Hundeleine vom Baumstamm entfernt und mitgenommen? War der Täter noch einmal zurückgekehrt? Womöglich hatte er sie beobachtet. War sie ihm über den Weg gelaufen? Sie versuchte, sich zu erinnern. Welchen Menschen war sie in der Nähe des Tatortes begegnet?

Ihr war klar, wenn der Täter noch einmal zurückgekehrt war, dann wusste er jetzt, wer ihm auf den Fersen war.

Lea nahm sofort ihr Handy, informierte Flessner und den Kriminaltechniker.

FLESSNERS LEUTE RIEGELTEN den Wald ab. Lea musste lange warten. Kriminaltechniker Andreas Heyen kam mit dem Flieger. Jan Lankow holte ihn vom Flugplatz ab. Zwei Stunden untersuchte er den Fundort, was in diesem dichtbewachsenen Wäldchen schwierig war.

Dort, wo Lea die Hundeleine gesehen hatte, fand Heyen mehrere Fußabdrücke und Müll. Müll, den man hier vor längerer Zeit entsorgt hatte.

Während der Kriminaltechniker aktiv tätig war, telefonierte Lea mit Sven. Sie hatten sich für den Abend verabredet. Ihr Freund musste sich gedulden. Lea vernahm die Enttäuschung in seiner Stimme. Seit Tagen hatten sie sich nicht gesehen.

Es war bereits 19 Uhr 40, als Andreas Heyen seinen Alukoffer nahm und sich von Lea verabschiedete.

»Es wird ein wenig dauern, Frau Landgraf, bis ich die Schuhabdrücke analysiert und mit der Datenbank verglichen habe. Derzeit ist sehr viel zu tun. Ich sende Ihnen das Ergebnis online«, sagte er und stieg in das Auto von Lankow.

Enttäuscht von dem mageren Ergebnis der Aktion fuhr Lea nach Hause. Sie schloss die Wohnungstür auf und wurde sofort von wohlriechenden Düften aus der Küche begrüßt.

»Du bist spät, Lea. Es ist schon nach 20 Uhr!«

»Tut mir leid, Sven. Ich musste auf einen Kollegen vom Festland warten.«

»Alles okay? Komm setz dich. Ich habe eine leckere Überraschung für dich.«

»Du hast für uns gekocht? Du bist ein Schatz. Ich liebe dich.« Lea umarmte und küsste den jungen Mann mit der dunkelblauen Kochschürze.

»Kannst du das nicht jeden Abend für uns machen?«, fragte Lea mit einem schelmischen Blick.

»Lieber nicht. Erstens habe ich dann keine Zeit mehr für meine Reportagen und Fototermine und zweitens würden wir beide mit Sicherheit ordentlich zunehmen.«

NACH DEM ÜPPIGEN Essen saßen sie im Wohnzimmer und genossen einen Pinot Noir, den Sven aus Hamburg mitgebracht hatte.

»Wie war dein Aufenthalt in der Hansestadt?«

»Stressig. Gerne wäre ich an der Elbe spazieren gegangen, aber meine Termine dauerten länger als geplant. Dafür habe ich einen neuen Auftrag bekommen.«

»Gratuliere! Eine Reportage?«

»Ja. Über das Wattenmeer. Ende des Jahres soll sie in einem Magazin veröffentlicht werden. Insofern bleiben mir nur wenige Wochen bis Redaktionsschluss.«

»Das heißt, wir sehen uns noch weniger?«

»Nein. Ich bin vorwiegend zwischen Borkum und Wangerooge unterwegs. Ich denke, es bleibt genügend Zeit für gemeinsame Abendessen.«

»Schön. Ich mag deine Art zu kochen. Sehr kreativ und abwechslungsreich. Du solltest deinen Job an den Nagel hängen und hier auf Norderney ein Restaurant eröffnen.«

»Nein, Lea. Dafür macht mir die Arbeit mit der Kamera viel zu viel Freude. Mir würde das Leben draußen zwischen Dünen, Meer und Watt fehlen.«

»Du hast recht, der Spaß an der Arbeit darf nicht zu kurz kommen.«

»Du schaust so nachdenklich. Was ist los, Lea?«

»Ich habe das Gefühl, dass ich heute unwissentlich einem Mörder begegnet bin.«

»Einem Mörder? Sei vorsichtig Lea. Eventuell handelt es

sich um einen Psychopathen. Das ist äußerst riskant. Geh bitte nie wieder alleine am Abend raus. Versprich mir das! Diese Menschen sind unberechenbar.«

»Ich weiß. Mach dir keine Sorgen. Ich kann gut auf mich alleine aufpassen.«

»Lea, nimm das nicht auf die leichte Schulter!«

»Ich frage mich nur, was wird er nach dieser Begegnung machen? Ist ihm bewusst, dass ich ihm auf der Spur bin? Wird er noch weitere Taten begehen oder ist er jetzt eingeschüchtert?«

»Solche Menschen kannst du nicht einschüchtern, Lea. Wende dich an Flessner. Mache nichts auf eigene Faust.«

»Das kann ich dir nicht versprechen.«

»Was, wenn er dir auflauert?«, fragte Sven besorgt.

»Das werden wir sehen, wenn es so weit ist.«

Kapitel 12

Der Morgen begann mit viel Lärm. Arbeiter hatten unmittelbar vor Leas Bürofenster eine Baustelle eingerichtet.

»Muss das sein?«, stöhnte sie, als sie aus dem offenen Fenster schaute und die aufgerissene Straße sah. Wütend schloss sie das Fenster.

Verärgert über den permanenten Lärm der Maschinen und Geräte, lief sie zur Küche. Sabine war noch nicht da, die Kaffeemaschine noch nicht eingeschaltet und alle Fenster, zu Leas Erleichterung, noch verschlossen.

Heute wird es wohl nichts mit Lüften. Bei dem Lärm kann man keine Fenster aufmachen. Ich muss hier raus. Wie soll ich hier konzentriert arbeiten?, dachte sie und schaltete die Kaffeemaschine ein. Das Gerät begrüßte die Hauptkommissarin mit einem langanhaltenden Brummen, Dröhnen und Schlürfen.

Noch mehr Lärm. Das ist fast wie Rushhour in Hannover.

Seit sie auf Norderney lebte, hatte Lärm für sie eine andere Bedeutung bekommen. Hier gab es Autoverkehr, doch der war nicht zu vergleichen mit dem Gedröhne von der B6, der Hildesheimer Straße oder dem Messeschnellweg in Hannover.

Norderney war beschaulich, naturnah und fast lärmfrei. Abgesehen von einigen Möwen, die hin und wieder versuchten, lautstark auf sich aufmerksam zu machen.

Lea holte sich einen Becher aus dem Küchenschrank, füllte ihn mit heißem duftenden Kaffee aus der Maschine und verließ den Raum. Eigentlich wollte sie, wie es in Ostfriesland üblich ist, mehrmals täglich Tee trinken, aber es funktionierte nicht. Obwohl sie Sabines Tee schätzte, liebte sie den Duft von frisch aufgebrühtem Kaffee. Ohne ihr Lieblingsheißgetränk fehlte ihr etwas. Sie brauchte ihren Kaffee wie ein Veilchen das Wasser.

»MOIN, Lea!«, hörte sie eine laute, freudige Stimme rufen. Ihre Mitarbeiterin stand mit gelber Regenjacke, Fahrradhelm und Rucksack in der Küchentür.

»Guten Morgen, Bine.«

»Was ist los, Lea? Schmeckt dir der Kaffee nicht?«

»Der Kaffee ist okay. Nur die Baustelle nervt. Direkt vor meinem Fenster. Können die ihre Arbeit nicht woanders verrichten?«

»Es werden neue Kabel verlegt. Muss wahrscheinlich so sein.«

»Lass uns nach nebenan gehen. Dort ist es ruhiger.«

»Okay. Gestern habe ich bereits einiges vorbereitet und sortiert. Ich ziehe nur schnell meine Sachen aus, mache mir einen Tee und dann komme ich«, sagte Sabine und verschwand in ihrem Büro.

»Keine Hektik, Sabine. Ich werde mir schon mal einiges zu Gemüte führen.«

»Nebenan«, das bedeutete, einen Raum zu betreten, der nüchtern war wie eine Turnhalle aus den 1970er-Jahren. Neben einigen Tischen und diversen Stühlen, die dort ungeordnet standen, zierte ein Inselplan, der an der Wand hing, den riesigen Raum.

Lea war positiv überrascht, als sie eintrat. Ihre Mitarbeiterin hatte die Stirnwand des Raumes neugestaltet. Dutzende Fotos, Zeitungsartikel und Notizen hingen mit Klebestreifen befestigt an der Wand.

Lea schaute sich alles in Ruhe an. Besonders die Zeitungsartikel über den Verkehrsunfall mit Fahrerflucht weckte ihr Interesse. Daneben hingen drei Berichte aus drei verschiedenen Zeitungen, die sich mit dem Mord in der Oderstraße befassten. Bei einem Foto musste sie trotz des unschönen Themas schmunzeln. Es zeigte Hauptkommissar Eggers und seine Mannen am Tatort. Sie wirkten leicht deplatziert.

»Warum schmunzelst du?«, fragte Sabine, als sie den Besprechungsraum betrat, in der einen Hand ein belegtes Brötchen, einen Notizblock samt Kugelschreiber und in der anderen Hand einen Becher mit Tee.

»Ich schaue mir die Presseartikel an. Interessant. Besonders die Herrschaften vom Festland machen eine gute Figur.«

»Das war doch sicherlich ironisch gemeint. Oder?«

»Klar. Wie Topmodels sehen sie nicht gerade aus.«

»ICH HABE ALLES AUFGEHÄNGT, was ich finden konnte.«

»Hoffentlich hält das die Tapete aus«, sagte Lea.

»Ist doch egal. Wir ziehen hier ohnehin bald aus«, erwiderte Sabine.

»Was hast du herausgefunden?«

Sabine stellte den Becher auf einen der Tische, hielt das Brötchen mit den Zähnen, während sie den Notizblock zur Hand nahm. Angespannt schaute sie auf ihre Stichwörter.

»Genieß erst mal dcin Frühstück und danach beginnst du mit der Berichterstattung.«

»Mein zweites Frühstück«, betonte Sabine mit vollem Mund.

»Keine Hektik, Bine. Für Essen und Trinken muss immer genügend Zeit vorhanden sein.«

Sabine nahm einen kräftigen Schluck aus ihrem Becher, bevor sie ihren Block erneut zur Hand nahm.

»Bevor ich über die Tote von der Oderstraße berichte, möchte ich noch etwas zu der Familie Hegemann sagen. Die Mutter, Cornelia Hegemann, kommt gebürtig aus Wittmund. Nach dem frühen Tod ihres Mannes heiratete sie den Tischlermeister Stefan Hegemann. Sie lernten sich in Wittmund kennen. Hegemann war Patient in ihrer Praxis.«

»Frau Hegemann war Ärztin?«, fragte Lea erstaunt.

»Ja, aber ohne Doktortitel, dafür mit einer gut gehenden Praxis, die sie von ihrem verstorbenen Mann übernommen hatte.«

»Als Ärztin hat sie doch sicherlich gut verdient. War sie vermögend?«

»Ja. Sehr vermögend. Ihr Mann hat ihr einiges hinterlassen. In Wittmund besaß sie neben einem Wohnhaus noch ein Gesundheitshaus mit diversen Praxen. Zudem besaß die Familie ein Haus auf Norderney sowie diverse Wohnungen und Häuser an der Küste. Nach der Heirat mit Stefan Hegemann beendete sie mit 54 Jahren ihre berufliche Tätigkeit. Sie zogen zusammen nach Norderney. Seitdem engagierte sie sich in verschiedenen Vereinen, Organisationen und Bürgerinitiativen.«

»Wer erbt die vielen Immobilien?«, wollte Lea wissen.

»Wie gesagt, sie war mit Stefan Hegemann verheiratet. Hegemann sitzt seit geraumer Zeit im Rollstuhl.«

»Im Rollstuhl«, wiederholte Lea.

»Ja, ein Schlaganfall.«, sagte Sabine. »Falls kein Testament vorhanden ist, wird Stefan Hegemann alles erben.«

»Hatte das Paar Kinder?«

»Cornelia Hegemann hatte drei Töchter aus erster Ehe. Ihr verstorbener Mann, auch Arzt, verunglückte vor 17 Jahren mit dem Auto auf einem unbeschrankten Bahnübergang.«

»Was ist mit den Kindern? Nele Reimers lebte ja auf Norderney? Was ist mit den anderen beiden? Wie alt sind sie? Wohnen sie auch auf Norderney?«

»Über die anderen Töchter habe ich keine Infos. Ich habe weder Namen noch Adressen von ihnen.«

»Flessner hatte mir zwei Telefonnummern, die er vom Stiefvater erhalten hatte, gegeben. Festnetzrufnummern. Ich habe sie bereits gewählt. Ich dachte, es wären die Nummern von Angehörigen. Beide Telefonnummern sind aber nicht vergeben.«

»Weshalb gibt der Stiefvater diese Nummern an die Polizei?«

»Keine Ahnung. Vielleicht wurden die Anschlüsse erst kürzlich aufgehoben. Eventuell war es auch nur ein Versehen und er hat Flessner den falschen Zettel in die Hand gedrückt.«

»Reichen dir diese Informationen?«

»Gute Arbeit, Bine. Wende dich bitte an die Polizeidienststelle Norderney. Ich benötige alle Informationen zu dem Suizid von Frau Hegemann und diesem Verkehrsunfall mit Fahrerflucht. Wende dich bitte an Jan Lankow, der ist involviert.«

»Was willst du mit dem ganzen Zeug? Was hat das eine mit dem anderen zu tun?«

»Ich weiß es nicht. Ich möchte nur ausschließen, dass wir irgendeine Spur übersehen.«

»Das eine war ein Verkehrsunfall, das andere ein Suizid und dann gab es noch dieses Tötungsdelikt in der Oderstraße. Unterschiedlicher können Todesfälle wohl nicht sein.«

»Ich weiß, Bine. Sie sind verschiedenartig aus dem Leben geschieden, dennoch möchte ich mehr zu diesen Vorfällen wissen.«

»Auf Norderney sterben immer wieder Menschen. Lauf einmal über den Friedhof. Du wirst staunen, wie viele Menschen in den letzten Jahren verstorben sind. Willst du alle in deine Ermittlungen einbeziehen?«

»Natürlich nicht. Ungewöhnlich ist die Häufung. Drei Tote in weniger als zwei Wochen. Zwei aus einer Familie. Ist das normal für eine friedliche Insel wie Norderney?«

»Ich denke nicht. Vielleicht liegst du richtig. Wir hatten weder eine Grippewelle noch eine Naturkatastrophe. Und an dem neuen Matjes-Eis, das es jetzt in der Stadt zu kaufen gibt, wird es wohl auch nicht liegen«, sagte Sabine beiläufig.

»Fisch-Eis? Wer isst denn so etwas?«, fragte Lea.

»Ich habe es probiert. Wenn man den Geschmack von Hering ignoriert, schmeckt es ganz okay.«

»Eine Frage noch zu den Töchtern von Frau Hegemann: Hat die Kripo Aurich sie in irgendeiner Form erwähnt? Haben sie sie erreichen können oder befragt?«, fragte Lea.

»Nein. In den Berichten der Kripo Aurich habe ich nichts entdeckt«, antwortete Sabine.

»Seltsam. Was ist mit den Infos der Staatsanwaltschaft? Werden dort die Töchter erwähnt?«

»Nicht dass ich wüsste.«

»Was hast du über Nele Reimers herausgefunden?«

»Sie zog von Frankfurt nach Norderney. Hier wohnte sie seit vier Jahren. Ihr früherer Partner ist jetzt verheiratet und lebt in Wiesbaden. Nele Reimers arbeitete zuletzt in einem Immobilienbüro. Sie leitete die Niederlassung eines Frankfurter Unternehmens hier auf Norderney. Laut Bericht der Rechtsmedizin ...«

»Hast du den schon vorliegen? Ich dachte, der kommt erst Morgen mit der Post aus Aurich.«

»Ja. Ich habe ihn vorab per Mail erhalten. Im Bericht steht, dass die Frau mit 14 Messerstichen getötet wurde. Auf Details gehe ich jetzt nicht näher ein. Nur so viel, bei der

Tatwaffe handelte es sich um ein Survivalmesser mit einer 15 Zentimeter langen Klinge. Wie du es bereits vermutet hattest, wurde die Frau zudem mit einem Elektroschocker attackiert. Spuren eines Kampfes fand man nicht und auch ein Sexualdelikt schließt die Rechtsmedizin aus.«

»Das ist alles?« Enttäuschung lag in Leas Stimme.

»Ja, das ist in der Tat alles. Tut mir leid. Ich könnte dir noch etwas über ihren Mageninhalt sagen, falls es dich interessiert.«

»Nicht nötig, Bine«.

»Nur so viel, was sie gegessen hat, stammt definitiv nicht aus einem Restaurant. Ich schätze, sie war Selbstversorger. Man fand ...«

»Keine Details, Bine.«

»Okay. Der Täter war sehr vorsichtig bei der Ausübung seines Verbrechens. Es wurden weder Fremd-DNA noch Faserspuren oder etwas anderes gefunden, was uns zu ihm führen könnte.«

»Um es auf den Punkt zu bringen: Wir haben nichts«, sagte Lea merklich unzufrieden.

Wütend warf sie einen Kugelschreiber, den sie in der Hand hielt, gegen die Wand. Sabine blickte verwundert zu Boden, wo der Kugelschreiber in Einzelteilen liegen blieb.

Wortlos starrte Lea auf die Wand, wo mehr als zwei Dutzend Zettel, Fotos und Zeitungsausschnitte hingen. Die plötzliche Ruhe machte Sabine zu schaffen. Eine Weile schwieg sie, was ihr sichtlich schwerfiel, dann platzte es aus ihr heraus.

»Wir sind am Anfang, Lea. Mit der Zeit werden wir mehr Informationen bekommen. Das war bislang immer so. Geduld gehört auch zur Ermittlungsarbeit.«

»Geduld? Sollen wir hier sitzen, Tee trinken und abwarten, bis der Täter sich stellt?«, sagte Lea verbittert.

»Du warst doch in der Oderstraße. Was hat denn deine Recherche ergeben?«, fragte Sabine vorsichtig.

»Wenig. Familienfotos, ein Zettel mit Telefonnummern und ein Eintrag im Kalender. In einer Woche ist die Trauerfeier für die Mutter der Toten. Ein Foto musst du mir ausdrucken.«

»Was ist mit dem Foto, was ich ausdrucken soll?«, fragte Sabine.

»Es handelt sich um eine Fotocollage, die in der Wohnung der Toten hing. Die Collage wurde offenbar vom Opfer angefertigt. Es zeigt diverse Aufnahmen der Familie. Nele Reimers schien ein Familienmensch gewesen zu sein. Die ganze Wohnung hing voll mit Familien- und Urlaubsfotos.«

»Finde ich nicht ungewöhnlich. Bei meiner Oma sieht es ähnlich aus.«

SABINE ERLEDIGTE die aufgetragene Arbeit sofort und kam nach wenigen Minuten zurück in den Besprechungsraum, in der Hand ein Foto.

»Diese Collage hat mich nachdenklich gemacht.« Lea zeigte auf das Foto, das Sabine in DIN A4-Größe ausgedruckt und auf einen der Tische gelegt hatte.

»Und was ist so besonders an dieser Collage?«, wollte Sabine wissen.

»In dieser Collage ist ein Rollstuhlfahrer zu sehen. Auf den anderen Bildern in der Wohnung nicht.«

»Ich sehe keinen Rollstuhlfahrer.«

»Verständlich, Bine. Der Rollstuhlfahrer wurde mit einem schwarzen Filzschreiber übermalt.«

»Ich sehe nur einen schwarzen Fleck. Wie weißt du, dass ein Rollstuhlfahrer mit auf dem Bild war? Vielleicht wurde etwas anderes unkenntlich gemacht.«

»In der Schreibtischschublade des Opfers fand ich ein zweites, ähnliches Foto. Es war intakt. Dort war der Rollstuhlfahrer deutlich zu erkennen.«

Lea verließ den Raum und kam nach weniger als einer Minute zurück.

»Hier, das ist das Foto mit dem Rollstuhlfahrer.« Lea reichte Sabine ein postkartengroßes Bild. »Ich vermute, dass dieser Mann im Rollstuhl Stefan Hegemann ist. Ich kenne ihn nicht und ich weiß nicht, wie er ausschaut. Nahezu alle Fotos in der Wohnung zeigen eine glückliche Familie. Nur auf dieser Collage taucht Stefan Hegemann auf.«

»Weshalb wurde er unkenntlich gemacht?«

»Es muss etwas vorgefallen sein. Der Filzschreiber lag noch auf dem Schreibtisch. Diese Aktion muss sie in den letzten Tagen durchgeführt haben. Urplötzlich hatte Nele Reimers anscheinend einen tiefen Hass auf ihren Stiefvater. Weshalb auch immer.«

»Sie kann es uns nicht mehr sagen«, fügte Sabine sachlich hinzu.

»Gerne wüsste ich, was sie dazu gebracht hat, dieses Bild so zu verunstalten.«

»Wen willst du fragen?«

»Den Stiefvater. Ich werde ihn besuchen.«

»Glaubst du, dass er Internes über die Familie ausplaudert?«

»Mit Sicherheit wird er nicht alles erzählen, was ihm auf der Seele brennt. Vielleicht offenbart mir sein Verhalten und seine Mimik, was er über seine Stieftochter denkt.«

»Was ist mit dem Zettel, den du gefunden hast?«

»Er lag im Papierkorb.«

»Was steht auf dem Zettel?«

»Zwei Handynummern.«

»Ich werde sie checken.« Sabine nahm den Zettel und verließ den Raum.

»Danke, Sabine. Wenn du schon dabei bist. Recherchiere bitte, ob du noch etwas über Nele Reimers findest. Sie war ja Chefin des Immobilienbüros. In dem Sektor wird mit harten Bandagen gekämpft. Vielleicht hatte sie in der Branche Feinde. Eventuell gab es Kunden, die sich betrogen fühlten. Möglicherweise wurde sie von einem Stalker belästigt. Sammle bitte alles, was du findest.«

»Mache ich. Ich werde alle meine Quellen anzapfen.«

»Außerdem muss ich wissen, ob es in der Vergangenheit ähnliche Messerattacken in dieser Region gab.«

»Was machst du in der Zeit, wo ich die ganze Welt mit meinen Fragen löchere?«, fragte Sabine mit einem verschmitzten Lächeln.

»Ich fahre zur Südhoffstraße, befrage die Anwohner und später besuche ich den Stiefvater des Opfers.«

»Das hat Eggers bereits getan. Steht in den Unterlagen aus Aurich.«

»Mag sein. Ich muss mehr über die Tote erfahren, über die Familie und deren Umfeld. Der Stiefvater ist der einzige noch lebende Angehörige auf Norderney? Ich hoffe, er ist bereit uns zu helfen. Heute nehme ich mir die Südhoffstraße vor. Zunächst möchte ich mit möglichst vielen Nachbarn reden, bevor ich mit Herrn Hegemann spreche.«

»Weshalb sind dir die Nachbarn so wichtig?«, fragte Sabine.

»Nachbarschaftstratsch kann oft sehr hilfreich bei den Ermittlungen sein. Manche Nachbarn nehmen kein Blatt vor den Mund, wenn sie über andere plaudern können. Ob aus Missgunst, Zwietracht oder Mitgefühl. Viele wollen sich gerne alles von der Seele reden.«

»Da könntest du richtig liegen«, bestätigte Sabine.

»Und noch etwas: Soweit ich informiert bin, hat Nele Reimers dort einen Teil ihrer Jugend verbracht. Die Nachbarn werden sich sicherlich an sie erinnern.«

Kapitel 13

Sie waren alle tot. Sieben hatte er getötet. Mit etwas Geschick und dem Gespür für den richtigen Augenblick war es kein Problem gewesen. Jetzt hatte er seine Ruhe, dennoch fragte er sich immer wieder, wie diese Viecher in sein Wohnzimmer gelangen konnten. Fliegen waren nur lästig, aber vor Wespen hatte er Respekt. Er mochte keine Tiere. Insekten schon gar nicht. Mit Sicherheit hätte eine Psychologin den Kern seines Verhaltens in der Jugend oder in einem noch früheren Stadium seiner Entwicklung vermutet.

Er kam aus ärmlichen Verhältnissen. Die Eltern betrieben einen kleinen Laden für Haushaltswaren auf der Insel. Die Einnahmen reichten kaum, um die Familie zu ernähren. Er wollte später nicht so leben, das hatte er sich geschworen. Doch der Weg in eine bessere Zukunft war beschwerlich. Er fand die Liebe seines Lebens. Alles war gut, bis sie ...

Erinnerungen an die Frau, die er so liebte, ließen seinen Blutdruck steigen. Sein Herz raste und es dauerte lange, bis er wieder einen klaren Gedanken fassen konnte.

Lange ging er als Single durchs Leben. Arbeitete viel, trank übermäßig und lebte über seine Verhältnisse, bis er sie traf. Es war, als würde ein unsichtbares Band sie verbinden.

Sie verstanden und mochten sich von der ersten Sekunde an. Sie war etwas Besonderes. Es war wie in einem Kitschroman. Sie war die Liebe seines Lebens. Jetzt verband ihn nur noch Schmerz und eine unbändige Wut mit dieser Frau.

Er entfernte die zermalmten Wespen, schaute aus dem Fenster und zuckte zusammen. Da war sie. Die Frau, der er bereits mehrfach begegnet war. Zuletzt sah er sie, wie sie das Dienstgebäude der Polizei betrat. Warum kam sie zu ihm? Er war nicht vorbereitet. Sie sollte sterben, aber nicht jetzt, nicht zu diesem Zeitpunkt. Wie sollte er es auch bewerkstelligen? Er fuhr sich mit den Händen durch die Haare, schaute sich um. Nichts streifte sein Blickfeld, was er als Tatwerkzeug nutzen konnte. Sie näherte sich dem Haus. Er musste handeln. Schnell handeln. Wo war der Elektroschocker? Wo das Messer?

»Verdammt!«, kam es über seine Lippen, als ihm bewusst wurde, dass er seine Tötungswerkzeuge gut versteckt im Eisfach des Kühlschranks hinter Tüten mit Gemüse deponiert hatte. Was sollte er tun? Noch wenige Meter, dann hatte sie die Haustür erreicht. Schweißperlen sammelten sich auf seiner Stirn. Sie vereinigten sich zu einem Rinnsal, das langsam einen Weg durch sein zerfurchtes Gesicht suchte. Viel Zeit blieb ihm nicht mehr. Sein Blick fiel auf einen silbernen Kerzenständer, von der Größe einer schlanken Weinflasche, schwer und massiv. Er schätzte das Gewicht dieses Erbstückes, das seit Jahren mehr oder weniger nutzlos auf der Kommode stand, auf etwa ein Kilo. Es lag gut in der Hand, das wusste er.

Was, wenn er sie mit dem ersten Schlag nicht niederstrecken konnte? Es gab keinen zweiten Versuch. Er musste es wagen. Und dann? Wohin mit der Leiche?

Die Zeit reichte nicht, über diese Frage nachzudenken.

. . .

WER WAR DIESE FRAU? Sollte sie womöglich von der Kripo sein? Der Gedanke ließ seinen Blutdruck steigen. Zweimal wurde er bereits aufgesucht. Die Beamten aus Aurich und von der Polizeidienststelle Norderney befragten alle. Anwohner und Feriengäste. Sie notierten Namen, prüften die Identität und fragten nach einem Alibi. Mit dieser Vorgehensweise gingen sie von Haus zu Haus. Bei manchen erschienen sie nur einmal, bei manchen mehrmals.

Er hatte ihnen alles berichtet und war sich sicher, dass er von diesem Zeitpunkt an in Ruhe gelassen würde. Und jetzt stand sie vor der Tür. Diese hübsche, forsche aber impertinente Person.

Er hatte mittlerweile einiges von ihr gehört. Sie sei gut in ihrem Beruf. Manche behaupten, sie sei die Beste. Er mochte diese Frauen nicht, die glaubten, sie könnten den Männern das Wasser reichen.

Er tat alles, damit sie keinen Verdacht schöpfte, dennoch fühlte er sich unwohl. Sie stellte zu viele Fragen, war neugierig und zudem klug.

Keine gute Kombination, dachte er.

Was, wenn sie noch einmal wiederkommen würde? Er musste vorbereitet sein. Sollte sie in den nächsten Tagen auftauchen, war er gezwungen zu handeln.

LEA DRÜCKTE den Knopf neben der Tür. Sie hörte den melodischen Klang der Türklingel. Mehrfach wiederholte sie das Klingeln, ohne dass jemand darauf reagierte. Auch ihr Klopfen führte zu keinem Resultat. Die Tür blieb verschlossen.

SO LEISE WIE NUR MÖGLICH ENTFERNTE ER sich vom Fenster, verschanzte sich hinter der Sitzgarnitur, hörte permanent die Türglocke läuten, reagierte aber nicht. Er atmete vorsichtig und kaum hörbar. Nicht aus Furcht, sondern, wie er es in Gedanken formulierte, aus taktischen Gründen.

Plötzlich herrschte Ruhe. Angespannt, als hätte er gerade eine nervenaufreibende Tätigkeit ausgeübt, schlich er zurück zum Fenster.

Minutenlang stand er hinter dem Vorhang und beobachtete, wie die blonde Frau in ihren Smart stieg und davonfuhr. Würde sie noch einmal wiederkommen? Bei ihrem nächsten Besuch wollte er vorbereitet sein. Er musste sich etwas überlegen. Einen direkten Körperkontakt wollte er vermeiden. Als er das Wohnzimmer verließ, kam ihm ein teuflischer Gedanke.

NOCH HATTE sie nicht alle befragt. Es waren zu viele Häuser für eine Person und für einen Vormittag. Lea fuhr zurück zum Büro. Später wollte sie die Befragung fortführen. Sie ahnte nicht, dass sie vor wenigen Minuten an die Tür eines Mörders geklopft hatte.

»HALLO, Bine. Ich bin wieder da!«, rief sie durch den Flur. »Gibt es Neuigkeiten?«

Sabine kam aus ihrem Büro.

»Die Bauarbeiter sind wieder verschwunden.«

»Gott sei Dank«, seufzte Lea.

»Soll ich uns einen Tee machen?«

»Gute Idee, Bine. Ich habe Croissants mitgebracht. Setzen wir uns in die Küche.«

»Hast du etwas Neues erfahren?«

»Wenig. Die Anwohner aus der Südhoffstraße waren sehr offen und freundlich. Letztendlich habe ich aber nur erfahren, dass die Hegemanns nette und umgängliche Leute waren. Sie haben sich nichts zuschulden kommen lassen, waren hilfsbereit und überall beliebt. Um alle Anwohner zu befragen, reichte die Zeit nicht. Ich habe an vielen Türen geklingelt. Nicht alle Anwohner öffneten. Einige sind vermutlich berufstätig und erst am Nachmittag oder am Abend erreichbar. Ich muss später noch einmal dorthin. Insofern könnte es ein langer Tag werden.«

»Warst du beim Stiefvater des Opfers?«

»Nein, ich habe es nicht mehr geschafft. Am Nachmittag werde ich die Befragung fortsetzen, dann suche ich auch gezielt Herrn Hegemann auf.«

Lea aß ihr Croissant und blätterte in ihrem Notizbuch.

»Was ist mit dir? Konntest du etwas über Nele Reimers in Erfahrung bringen?«

»Wenig. Hier sind einige Ausdrucke. Die wichtigen Informationen habe ich dir markiert. Schau dir alles in Ruhe an.«

»Die ganze Fragerei zerrt an der Substanz. Ich war nach dem siebten Haus total ausgepowert. Eine kleine Pause zwischendurch tut gut und weckt die Lebensgeister. Jetzt habe ich wieder Energie.«

»Möchtest du noch einen Tee?«

»Keine Zeit, Sabine. Ich muss wieder los. Die Ausdrucke nehme ich mit.«

»Warum diese Eile?«

»Bis zum Abend muss ich mit der Befragung durch sein. Ich muss noch diverse Nachbarn in der Südhoffstraße aufsuchen. Ganz dringend muss ich mit Stefan Hegemann sprechen. Alles, was er bislang den Kollegen aus Aurich erzählt hat, war sehr dürftig. Ich will mehr wissen. Gerne wüsste ich, welches Verhältnis er zu seiner Stieftochter hatte. Und wenn ich schon mal bei ihm bin, werde ich ihm auch Fragen zu seiner verstorbenen Frau stellen. Ich will wissen, wie sie vor ihrem Tod gelebt hat. Hatte sie Probleme? Wie stand es um die Ehe? War sie depressiv?

Litt sie an einer Krankheit? Wie war ihr Verhältnis zu der Tochter?«

»Die Frau beging Selbstmord. Weshalb willst du den Mann noch mit Fragen über seine Frau quälen?«

»Neugier, Sabine.«

»Ich würde das nicht machen. Laut Flessner ist die Sache abgehakt.«

»Kann sein. Ich frage trotzdem.«

»Der Zettel«, sagte Sabine urplötzlich, als hätte sie eine spontane Eingebung.

»Was für einen Zettel?«

»Der Zettel aus dem Papierkorb des Opfers. Ich weiß, was die Nummern zu bedeuten haben«, betonte Sabine.

»Es sind Handynummern. Das war mir bekannt«, erwiderte Lea.

»Ich weiß aber jetzt, wem die Handynummern gehören.«

»Mache es nicht so spannend, Sabine«.

»Eine ist die Handynummer ihrer Schwester. Sie heißt Heike Fischer. Sie ist nicht erreichbar. Nur Mailbox. Die andere Nummer ist die Handynummer eines Notars hier auf Norderney. Ebenfalls nur Mailbox.«

»Notar? Wetten, dass sie sich nach dem Testament erkundigt hat. Wir sollten mit diesem Notar sprechen.«

Lea nahm ihr Smartphone und wählte die Nummer. Alles, was sie nach wenigen Sekunden zu hören bekam, war die Mailbox.

»Das wollte ich dir gerade sagen, der Notar ist schwer zu erreichen.«

»Ich werde es morgen früh versuchen.«

»Soll ich es für dich versuchen?«, fragte Sabine.

»Nicht nötig. Ich möchte persönlich mit ihm sprechen. Heute ist die Südhoffstraße dran und morgen der Notar.«

»Was ist mit der Schwester?«

»Gib mir die Nummer. Ich werde kurz versuchen, ob ich sie erreiche.«

Lea nahm den Zettel und ging in ihr Büro, schloss die Tür und setzte sich an ihren Schreibtisch. Sie musste lange warten, bis sich eine feine, freundliche Stimme meldete.

»Heike Fischer?«

»Guten Tag, Frau Fischer. Ich bin Hauptkommissarin Lea Landgraf. Ich rufe von Norderney aus an. Mein herzliches Beileid zum Tode ihrer Mutter und ihrer Schwester.«

Lea hörte die Frau am anderen Ende der Leitung schluchzen. Es dauerte eine Weile, bis sie antworten konnte.

»Entschuldigung, ich, ich ...«

»Frau Fischer, können Sie mir einige Fragen beantworten? Hätten Sie ein paar Minuten Zeit für mich? Ich wüsste gerne etwas über das Leben Ihrer Mutter und Ihrer Schwester. Wie gut verstanden Sie sich? Wann haben Sie das letzte Mal mit ihnen gesprochen?«

»Können wir das Gespräch auf übermorgen vertagen? Ich bin gerade beim Packen. Morgen fahre ich nach Norderney. Wir könnten uns treffen. Ich erzähle Ihnen alles, wenn ich vor Ort bin.«

»Das ist eine gute Idee«, erwiderte Lea.

»Ich rufe Sie an, sobald ich auf Norderney bin.«

Lea legte den Zettel mit den Rufnummern in die Schublade, nahm ihre Sachen und verließ das Gebäude.

Kapitel 14

Sie musste lange warten, bevor sie hinter der Tür eine Stimme hörte.

»Die Tür ist offen«, rief jemand, als sie zum dritten Mal klingelte.

Zögerlich stieß Lea die weiße, fensterlose Tür auf. Sie hörte ein Geräusch, das von Sekunde zu Sekunde lauter wurde. Ein Knirschen, wie auf dem Deck eines alten Seglers. Es war der Holzfußboden, der unter der Last des Hausherrn stöhnte. Hegemann stapfte mühsam auf sie zu, blieb nach wenigen Metern stehen und betrachtete den unerwarteten Besuch aus der Distanz. Er wirkte erschöpft. Leicht nach vorne gebeugt, stützte er sich auf zwei graue Gehhilfen. Lea war überrascht, dass er laufen konnte. Sie hatte bisher nur gehört, dass er im Rollstuhl saß.

Etwas Freundliches konnte Lea in dem Gesicht des Mannes nicht entdecken.

»Moin, Herr Hegemann! Ich bin Kriminalhauptkommissarin Landgraf. Kann ich Sie einen Moment sprechen?«

»Was wollen Sie? Ich habe Ihren Kollegen bereits alles erzählt«, antwortete Hegemann mürrisch.

»Ja, ich weiß, aber es sind noch ein paar Fragen offen.

Darf ich hereinkommen?«, fragte Lea betont höflich.

»Wenn es sein muss.«

»Ja, es muss sein.«

Mühsam kam Hegemann näher. Er trug ein grob kariertes Baumwollhemd. Seine Jeans, weit und ausgebeult, hatten schon bessere Tage gesehen. An den Füßen trug er weiße Marken-Sportschuhe, die so gar nicht zu dem üblichen Outfit passten. Zögerlich setzte er einen Fuß vor den anderen, bis er eine Armlänge vor der jungen Hauptkommissarin stand.

»Sie müssen sich gedulden. Ich bin nicht mehr der Schnellste. Gewöhnlich sitze ich im Rolli, aber das ist nicht gut für die Muskeln, sagt mein Physiotherapeut. Ich muss mich bewegen, wenn es auch fast unmöglich ist und es mir sehr schwerfällt. Ohne Rolli und diese Dingern komme ich nicht von der Stelle.«

»Gibt es eine Chance auf Besserung?«

»Man soll die Hoffnung nie aufgeben, aber der leitende Arzt in der Rehaklinik sagte, ich müsste mich auf ein Leben im Rollstuhl einstellen. Weder mit Medikamenten noch mit intensivem Training könnte man das Übel überwinden.«

»Nehmen Sie sich die Zeit, die Sie benötigen«, sagte Lea mitfühlend.

»Das Problem sind die Gehhilfen. Ich muss verdammt vorsichtig sein. Wenn ich mit den Dingern stolpere und hinfalle, habe ich schlechte Karten. Mit den Händen abstützen kann ich mich nicht, dafür fehlt mir die Kraft, ich plumpse wie ein nasser Sack zu Boden.«

»Haben Sie ein Hausnotrufsystem?«

»Ja, das Ding habe ich in der Tasche. Sobald ich hinfalle, wird mein Nachbar benachrichtigt. Reagiert er nicht, kommt innerhalb von 30 Minuten der Rettungsdienst. Bislang hat mir mein Nachbar immer wieder auf die Beine geholfen. Ohne ihn wäre ich aufgeschmissen.«

»Gut, wenn man einen solchen Nachbarn hat.«

»Folgen Sie mir ins Wohnzimmer, Frau Kommissarin.«

IN DEM GERÄUMIGEN Flur führte eine dunkelrot gestrichene Holztreppe nach oben. Hegemann sah, wie Lea sich umschaute.

»Nach oben komme ich nicht mehr. Seit meinem Schlaganfall sitze ich nur unten am Fenster oder im Wohnzimmer vor der Glotze.«

»Haben Sie eine Haushaltshilfe?«

»Nein! Brauche ich nicht. Mit meinen Krücken komme ich fast überall hin im Haus. Es dauert nur etwas länger als früher. Mit einer Hand kann ich die Mikrowelle, die Waschmaschine und den Kaffeeautomaten bedienen, das reicht. Nach jedem Gang mit den Gehhilfen muss ich mich eine halbe Stunde ausruhen. Mein Kreislauf macht sonst nach wenigen Minuten schlapp. Einmal in der Woche besucht mich mein Nachbar. Er geht für mich einkaufen. Sonst habe ich wenige Kontakte.«

Zögerlich führte Hegemann Lea Schritt für Schritt ins Wohnzimmer. Ein Möbelstück fiel ihr sofort ins Auge. Es stand direkt vor dem Fenster. Hegemann stützte sich auf die Fensterbank, stellte die Gehhilfen zur Seite und ließ sich in den Sessel fallen. Lea setzte sich auf einen Stuhl, holte ein Notizbuch aus der Tasche und begann mit der Befragung.

»Mein Beileid zum Tod Ihrer Frau und Ihrer Tochter.«

»Danke«, erwiderte Hegemann schroff.

»Können Sie sich erklären, wie es zum Freitod Ihrer Frau kam? Gibt es einen Abschiedsbrief?«

»Die Polizei vermutet, dass Sie aus Reue aus dem Leben geschieden ist. Wie Sie sicherlich wissen, hat sie mit ihrem Wagen einen Fußgänger, der die Straße überqueren wollte, angefahren. Statt zu helfen, ist sie geflüchtet. Der Mann hat den Unfall nicht überlebt.«

»Hat sie mit Ihnen über diesen Unfall gesprochen?«

»Nein. Kein Wort. An dem betreffenden Tag haben wir uns nur am Morgen gesehen. Sie ging gegen neun aus dem Haus.« Stefan Hegemann antwortete mit gesenktem Kopf.

»Wann haben Sie zuletzt mit ihr gesprochen?«

»Morgens. Später haben wir telefoniert. Wann, weiß ich nicht mehr genau.«

»Sie ist an diesem Abend nicht nach Hause gekommen. Haben Sie sich keine Sorgen gemacht?«

»Nein. Es kam regelmäßig vor, dass sie später heimkehrte. Meistens schlief ich schon. Sie ging, wenn sie nach 21 Uhr kam, sofort nach oben. Ich schlafe unten, wegen der Treppe. Sie hatte oben ihr Reich.«

»Sie haben ihr Auto nicht kommen gehört?«

»Nein. Wenn ich schlafe, können sie mich wegtragen. Ich höre nichts. Nicht einmal ein Gewitter.«

»Haben Sie in letzter Zeit eine Veränderung festgestellt? Hatte Ihre Frau Probleme, Sorgen oder Kummer? Wurde sie belästigt oder bedroht?«

»Nicht, dass ich wüsste. Mir ist nichts Außergewöhnliches aufgefallen. Manchmal, besonders in den letzten Tagen, schien sie etwas gestresst zu sein, sonst war alles okay.«

»Was machte Ihre Frau beruflich?«

»Sie war Ärztin in Wittmund. Seit wir verheiratet sind, leben wir hier gemeinsam auf Norderney. Mit dem Umzug zur Insel beendete sie ihre Arbeit als Ärztin. Zuletzt war sie Leiterin einer Umweltorganisation hier auf Norderney.«

»Hat Ihre Frau von dieser Organisation berichtet?«

»Wenig. Ich weiß nur, dass sie diverse Aktionen planten, um mehr Aufmerksamkeit in den Medien zu bekommen. Details kann ich Ihnen nicht nennen. Mit ihrer direkten Art eckte sie häufig an.«

»Wie kann ich das verstehen?«, fragte Lea.

»Meine Frau nahm kein Blatt vor den Mund. Sie sagte,

was sie dachte und das gefiel nicht jedem.«

»Wie äußerte sich das?«

»Sie wurde neulich bei einer Veranstaltung dieser Umweltorganisation von einer Tomate getroffen. Vor drei Wochen musste die Seitenscheibe von ihrem Coupé ersetzt werden. Zwei Tage später war ein Reifen zerstochen und im Briefkasten lag ein stinkender, toter Hering. Ich denke, das war die Antwort der Krabbenfischer. Diese Umweltorganisation, für die sie tätig war, plädierte für eine Reduktion der Fangquoten.«

»Haben Sie das der Kripo erzählt?«

»Nein. Die haben mich ja nicht danach gefragt.«

»Dürfte ich mir die Räumlichkeiten Ihrer Frau ansehen, Herr Hegemann?«

»Warum? Meine Frau ist tot.«

»Routine, Herr Hegemann. Darf ich mir jetzt die Räumlichkeiten Ihrer Frau ansehen?«

»Dort wurde seit dem Tod von Cornelia weder gelüftet noch aufgeräumt.«

»Stört mich nicht«, erwiderte Lea.

»Gehen Sie die Treppe hoch. Seien Sie vorsichtig, die Treppe ist sehr steil. Oben sind vier Räume. Früher war das eine Ferienwohnung. Vor meinem Schlaganfall habe ich mich um die Gäste gekümmert. Wir hatten noch zwei weitere Wohnungen in Strandnähe, die haben wir letztes Jahr veräußert. Meine Frau war nicht der Typ, der gerne Betten bezog, Mülleimer geleert und Klos geschrubbt hat.«

Lea verließ das Wohnzimmer, vorbei an einem Rollstuhl, der mitten im Weg stand, zu der Treppe. Oben mündete die Treppe in einen kleinen Flur. Durch ein Dachfenster fiel Tageslicht. Drei Türen standen offen, als warteten sie auf Besucher. Lea lief von Raum zu Raum. Das Bad war aufgeräumt. Frische Handtücher hingen an ihrem Platz. Außer einem Seifenspender fehlten Bad-Utensilien wie Shampoo,

Zahncreme und Zahnbürste. Im Zimmer nebenan stand ein einzelnes Bett, daneben ein Nachtschränkchen, eine Kommode und ein Kleiderschrank. Der Schrank war gefüllt mit Kleidung. Keine Sachen von der Stange, sondern ansprechende Textilien großer Markenhersteller. In einem kleinen Raum, unmittelbar neben dem Schlafzimmer hatte die Verstorbene ihr Büro. Überall an den Wänden hingen Zeitungsausschnitte. Die meisten dieser Artikel nahmen Bezug auf Umwelt- und Klimaprobleme. Lea dokumentierte alles mit ihrem Smartphone. Am Ende des Flurs kam Lea zu einer verschlossenen Tür. Sie führte in einen fensterlosen Raum. Lea war überrascht, als sie das Deckenlicht einschaltete und einen gut ausgestatteten Fitnessraum vorfand.

Sie machte sich Notizen, fotografierte Räume und einige Details, bevor sie die relativ steile Treppe wieder hinunterging.

Hegemann saß noch immer in seinem Sessel und starrte nach draußen.

»Haben Sie oben alles gesehen, Frau Kommissarin?«

»Wer war nach dem Tode Ihrer Frau dort oben?«

»Niemand. Nur mein Nachbar. Er sollte nachschauen, ob alle Fenster geschlossen sind. Ihr Kollege, dieser ruppige Kommissar aus Aurich, er war nur zwei Minuten oben, dann stand er wieder vor mir. Obwohl er wusste, dass ich noch unter Schock stand, versuchte er mich, auszuquetschen. Unverschämt. Er nahm keine Rücksicht auf mein Befinden.«

»Wie heißt Ihr Nachbar, Herr Hegemann?«

»Nannen. Harald Nannen. Er wohnt hier gleich nebenan. Er ist mir eine große Hilfe. Harald ist auch der Einzige, der mich hochheben kann, wenn ich wieder einmal gestürzt bin. 93 Kilo ist ja nicht gerade wenig.«

»Kam es schon öfter vor, dass Ihr Nachbar helfen muss?«

»Mehr als einmal. Mit der Gehhilfe komme ich gut durchs Haus, aber manchmal bleibt man irgendwo mit dem

Fuß oder der Krücke hängen und dann liege ich, hilflos wie ein Käfer auf dem Rücken am Boden. Harald hat einen Schlüssel von meinem Haus.«

»Gut, wenn man so einen Nachbarn hat.«

»Ja.«

»Eine Frage noch. Haben Sie Kinder?«

»Nein. Meine Frau hat Kinder mit in die Ehe gebracht. Drei Mädchen. Nele ...« Hegemann hielt inne.

»Nele … kennen Sie ja bereits. Die anderen beiden wohnen nicht auf Norderney. Ich habe sie telefonisch informiert. Ich musste ihnen sagen, dass ihre Mutter ...«

Hegemann stockte. Für einen Moment konnte er nicht weitersprechen.

»Soll ich Ihnen ein neues Glas Wasser holen?«

»Es geht schon. Wie gesagt, ich habe sie angerufen, irgendjemand muss sich ja um die Formalitäten kümmern. Ich schaffe das nicht alleine.«

»Verständlich. Wie alt sind diese Kinder? Wie kann ich sie erreichen?«

»Nele war 36. Heike müsste etwas älter sein. Die Jüngere ist Mitte zwanzig. Ich weiß es nicht genau. Ich habe sie lange nicht gesehen. Wir hatten wenig Kontakt in den letzten Jahren. Heike lebt in Osnabrück und die Kleine in Remscheid.«

»Haben Sie die Adressen von den beiden?«

»Nein. Nur eine Telefonnummer. Sie steht in dem kleinen Notizbuch, das dort neben dem Telefon liegt. Die Kleine ist nur über ihre Schwester erreichbar.«

Hegemann zeigte mit ausgestrecktem Zeigefinger zu einem Sideboard.

»Weshalb kann man die Jüngste nicht erreichen?«

»Sie wohnt mal hier mal da. Geld für ein Handy hat sie nicht. Ich weiß nicht, was mit der Kleinen los ist. Die älteren Schwestern reden nicht darüber.«

»Wann kommen die beiden?«

»In den nächsten Tagen werden sie hoffentlich hier eintreffen. Ich brauche Hilfe bei den Vorbereitungen für die Beisetzung.«

»Werden sie bei Ihnen wohnen?«

»Sie wohnen in Ferienwohnungen. Sie wollen etwas länger bleiben und sich um die Sachen ihrer Mutter kümmern. Was mir ganz recht ist. Ich komme nicht nach oben, um die Schränke auszuräumen. Wo soll ich mit den ganzen Klamotten meiner verstorbenen Frau hin?«

»Kann ich verstehen, Herr Hegemann. Wenn Ihre Töchter eintreffen, sagen Sie ihnen bitte, sie sollen sich umgehend bei der Polizeidienststelle Norderney melden.«

»Weshalb?«

»Der Tod ihrer Stieftochter ist noch nicht aufgeklärt. Da gibt es noch Fragen seitens der Polizei.«

»Gut, ich werde es den Mädchen sagen.«

»Falls Ihnen noch irgendetwas einfallen sollte, dann rufen Sie mich bitte an.«

Lea reichte dem Mann im Sessel ihre Visitenkarte.

»Eine Frage hätte ich noch«, sagte sie.

»Ja, bitte.«

»Kann ich mir die Garage ansehen?«

»Weshalb? Die Polizei war mehrfach da. So langsam reicht es mir.«

»Nur einen kleinen Blick, Herr Hegemann. Dann bin ich auch verschwunden.«

»Die Seitentür ist offen. Schauen Sie sich um. Ich war seit ewigen Zeiten nicht mehr dort.«

Lea erhob sich von Ihrem Platz.

»Entschuldigung, bevor ich gehe, habe ich noch eine Frage zu Ihrer Tochter Nele. Wie war das Verhältnis zwischen Ihnen beiden?«

»Gut. Sehr gut«, antwortete Hegemann.

»Vor Jahren, als ich noch laufen konnte, sind wir alle zusammen in Urlaub gefahren. Meine Frau, Nele und ihre Schwestern. Italien, Spanien, Österreich, Türkei. Wir waren überall und wir verstanden uns sehr gut.«

»Und wie war das Verhältnis in der letzten Zeit? Wann hatten Sie zuletzt Kontakt mit ihr?«

»Es war schwierig mit ihr zu reden. Sie hatte so wenig Zeit. Von morgens bis abends war sie nur am Arbeiten, deshalb ist wohl auch ihre Partnerschaft in Frankfurt gescheitert. Wäre ich mobil gewesen, hätte ich sie bestimmt im Büro aufgesucht und sie zu einem Kaffee überredet. Leider kommt man im Rollstuhl nicht weit und mit dem Taxi fahre ich sehr ungern. Nach dem Tod ihrer Mutter rief ich sie an. Wir sprachen nur kurz miteinander.«

»Wann war das?«, wollte Lea wissen.

Stefan Hegemann stockte bei der Frage. Seine Antwort kam, nachdem er einen Schluck Wasser aus einem Glas getrunken hatte, zögerlich.

»Ich weiß es nicht mehr genau. Wie gesagt, gleich nach dem Tod meiner Frau.«

»Wie hat sie reagiert?«

»Nele war schockiert. Sie weinte unaufhörlich. Wir mussten das Telefonat abbrechen.«

»Was hat sie gesagt?«

»Sie sagte, sie wollte mich besuchen und dann hat sie aufgelegt.«

Hegemann legte die Hände vors Gesicht und schwieg.

LEA VERLIESS DAS WOHNZIMMER, sie wollte gehen, kam aber sofort zurück.

»Eine allerletzte Frage noch, Herr Hegemann. Wissen Sie, ob Ihre Frau ein Testament gemacht hat und wer zu den Begünstigten zählt?«

»Entschuldigung, Frau Kommissarin. Das geht jetzt aber zu weit. Meine Frau ist noch nicht einmal bestattet und Sie fragen, was mit ihrem Erbe passiert. Das ist taktlos. Ich sollte mich bei Ihren Vorgesetzten beschweren.«

»Machen Sie das! Ich werde mir jetzt die Garage anschauen. Danke für Ihre Zeit. Tschüss, Herr Hegemann.«

Hegemann blieb in seinem Sessel sitzen, krallte die Finger in die Armlehnen und verfolgte mit einem wütenden Blick die Besucherin, als diese den Raum verließ.

WIE HEGEMANN SAGTE, war die Garage unverschlossen.

Lea schaltete die Deckenleuchte, eine leicht flackernde Neonröhre, ein.

Hier ist also Frau Hegemann gestorben. Kein schöner Raum für einen freiwilligen Abgang, dachte Lea und schaute sich um.

Mit einer Taschenlampe von der Größe eines Kugelschreibers leuchtete sie das Innere der Garage ab. Das kleine Gebäude stammte wie das Wohnhaus vermutlich aus den 1960er-Jahren. Im hinteren Bereich gegenüber dem Tor standen zwei Regale mit Farbtöpfen, Kanistern, Reinigungsmitteln und Tüten mit Rasen- und Rosendünger. Angelehnt an der Wand stand eine Leiter. Wie in den 1960er-Jahren üblich, verfügte die Garage über ein Spitzdach, das mit roten Ziegeln eingedeckt war. Das Dach war von innen nicht gedämmt. Leas Blick fiel auf die Dachsparren. Hölzerne Balken. Dazwischen überall Spinnweben.

Lea sah sich um, schaute sich die Schlösser aus der Nähe an, bevor sie nach 15 Minuten den Raum wieder verließ. Draußen umrundete sie das Gebäude, fand aber nichts Ungewöhnliches.

Wie erklärte sich Hegemann, dass die Türen verschlossen waren, als sich seine Frau hier umbrachte? Soll ich ihn fragen? Lea entschied sich dagegen. Sie wollte den Mann, der so eingeschränkt war, nicht noch einmal dazu bewegen, die Tür für sie zu öffnen. Eine weitere Befragung könnte sie auch zu einem späteren Zeitpunkt durchführen. Lea verließ das Grundstück. Sie schaute auf die Uhr. Die Zeit reichte noch für weitere Besuche.

VON HEGEMANNS GRUNDSTÜCK zum Nachbargrundstück waren es nur wenige Schritte. »Nannen« stand auf einem Schildchen am Briefkasten. Der Hausherr schien daheim zu sein. Auf der Auffahrt parkten ein älterer VW Golf und das Fahrzeug eines Gas- und Wasser-Installateurs.

Ein Hund bellte, als sich Lea der Haustür näherte. Sie betätigte den Klingelknopf. Wenige Sekunden später öffnete sich die Tür. Ein stämmiger, großgewachsener Mann, Mitte 40 mit einem freundlichen Gesichtsausdruck öffnete. Mit Mühe konnte er den schwarzen Labrador zurückhalten.

»Moin, wollen Sie zu mir?«, grinste der Hausherr.

»Ich bin Hauptkommissarin Lea Landgraf. Wenn Sie Herr Nannen sind, dann möchte ich tatsächlich zu Ihnen.«

»Ja, das bin ich. Entschuldigung. Carlos ist neugierig und verspielt, sonst aber harmlos.«

Nannen öffnete die Tür und ließ dem Hund freien Lauf. Der tänzelte um die Besucherin, schnupperte an Hand und Kleidung, bevor er ungestüm in den Garten rannte.

»Kommen Sie herein. Meine Frau ist gerade einkaufen, aber eine Tasse Tee kann ich uns auch zubereiten. Sie trinken doch Tee?«

»Ja, gerne.«

Nannen führte die Kommissarin in die Küche, die in hellen Holztönen eingerichtet war. Der Raum wirkte einladend und gemütlich.

»Setzen Sie sich. Kommen Sie wegen des Todesfalls? Schrecklich, oder? Wie ist es möglich, dass Menschen sich so einfach das Leben nehmen? Und jetzt auch noch die Sache mit der Tochter. Mein Gott! Wie ist das möglich?«

»Ist Ihnen in den Tagen vor dem Suizid von Frau Hegemann etwas aufgefallen? Hat Frau Hegemann sich anders verhalten als sonst?«

»Nein. Uns ist nichts aufgefallen. Wir haben uns auch schon gefragt, ob wir etwas übersehen haben könnten.«

»Haben Sie oder Ihre Frau etwas wahrgenommen? Schreie, einen Streit oder irgendwelche seltsamen Geräusche? Vermutlich starb sie abends.«

»Abends sitzen wir vor dem Fernseher. Seit wir unsere neue 5.1. Surround Anlage haben, hören wir weder Autos, Hundegebell noch feiernde Touristen.«

»Wie gut kannten Sie Frau Hegemann?«

»Wie man sich so unter Nachbarn kennt. Mal ein Schwätzchen am Gartenzaun, ein wenig Plaudern auf der Straße oder man trifft sich im Winter beim Schneeschippen. Einmal im Jahr sahen wir uns bei einem Nachbarschaftsfest. Jedes Jahr im Spätsommer nach der Hauptsaison trifft sich die ganze Straße zum Grillen. Das ist immer sehr schön.«

»Und, wie war sie so?«

»Cornelia? Sehr nette Frau. Klug und ehrgeizig. Ganz anders als Stefan. Stefan hat es lieber gemütlich, schätzt gutes Essen und reist gerne. Letzteres ist seit seinem Schlaganfall nicht mehr möglich. Schade. Diesen Schlaganfall habe ich ihm nicht gegönnt.«

»Wie war der Kontakt in den letzten Monaten mit Herrn Hegemann?«

»Eigentlich gut.«

Nannen erzählte, während er den Tee zubereitete.

»Seit er im Rollstuhl sitzt, ist er nicht mehr der Alte. Oft mürrisch und schlecht gelaunt. Cornelia hatte es nicht einfach mit ihm, vermutlich hat sie sich deshalb den Job bei dieser Umweltorganisation gesucht. Immer zu Hause mit einem schlecht gelaunten Ehemann, das hält keine Frau lange aus.«

»Und wie ist Ihr Verhältnis jetzt?«

»Man muss diesen Mann doch unterstützen, auch wenn er manchmal ein Arschloch ist. Entschuldigung, das wollte ich nicht sagen. Wenn er Probleme hat, helfe ich ihm wieder auf die Beine. Hin und wieder mache ich Besorgungen. Freunde und Verwandte hat er auf Norderney nicht, außer Nele. Sie ist ... Das wissen Sie ja bereits.«

»Und Frau Hegemann? Hatte sie Freunde oder Freundinnen auf der Insel?«

»Ich denke ja. Sie war eine Frau mit Empathie, konnte auf Menschen zugehen, Menschen für sich gewinnen und sie war beliebt. Mit ihr konnte man den ganzen Tag plaudern, lachen oder auch ernste Gespräche führen. Sie war es auch, die das Nachbarschaftsfest ins Leben gerufen hatte. Ich würde sagen, diese Frau hatte Charisma. Ja, das hatte sie.«

»Wann haben Sie Frau Hegemann zum letzten Mal gesehen?«

»Morgens.«

Als würde Harald Nannen nichts anderes machen, deckte er routiniert den Tisch, während er redete. Er holte Sahne aus dem Kühlschrank und Kluntjes aus der Vorratskammer. Mit einer gefüllten, heißen Teekanne kam er zurück zum Tisch und redete munter weiter.

»Ich schätze, es war so gegen 8 Uhr 30. Ich war im Garten. Sie fuhr rückwärts aus der Garage, stoppte am Straßenrand, lief zurück und schloss das Garagentor. Sie hat mir zugewunken, bevor sie in ihr Auto einstieg und losfuhr.«

Für einen Moment schwieg der Mann im dunkelblauen Hemd. Nachdenklich blickte er zum Fenster. »Tatsächlich! Es war das allerletzte Mal, dass ich Cornelia lebend gesehen habe. Traurig.«

Nannen füllte die Tassen mit Tee.

»War sie anders als sonst? Wirkte sie depressiv?«, fragt Lea.

»Nein. Im Gegenteil. Sie lachte, als sie mich sah.«

»Der Ehemann und auch die Polizei gehen davon aus, dass ein von ihr verursachter Unfall die Ursache für den Suizid war. Schließen Sie sich dieser Meinung an? Sie kannten Frau Hegemann doch gut.«

»Ich kann das immer noch nicht glauben, dass Cornelia sich in der Garage das Leben genommen hat. Dafür war sie nicht der Typ. So eine lebenslustige kluge Frau. Nein! Niemals. Sie war Ärztin. Sie hatte Zugang zu allen möglichen Tabletten. Warum sollte sie sich in einer dunklen Garage aufhängen? Da fehlt mir die Fantasie, Frau Kommissarin.«

Nannen setzte sich zu Lea an den Küchentisch.

»Sie haben Handwerker im Haus, Herr Nannen?«

»Ja, unsere Ferienwohnungen müssen dringend renoviert werden. Die Bäder sind noch aus den 1970er-Jahren.«

»Sie vermieten an Feriengäste?«

»Ja. Oben haben wir zwei Ferienwohnungen. Die Feriengäste haben Ansprüche und die müssen wir erfüllen. Deshalb diese Renovierungen.«

»Macht man das nicht in den Wintermonaten?«

»Eigentlich schon. Wir haben mehrere Jahre nicht vermietet. Meiner Frau ging es nicht so gut. Jetzt nach der Rücken-OP kann sie wieder Bäume ausreißen. Es war ihr Wunsch, alles auf Vordermann zu bringen.«

»Danke für die Informationen und den Tee.«

Lea trank ihren Tee aus, verabschiedete sich und lief zum Nachbarhaus.

Heinrich Muek saß auf der Terrasse und las Zeitung. Von ihm erfuhr sie wenig. Der wortkarge Mann hatte weder etwas gehört noch war ihm etwas Ungewöhnliches aufgefallen. Lea verabschiedete sich nach weniger als 5 Minuten und lief zum nächsten Haus. Wie in der Oderstraße bekam sie auch hier einige Antworten und mehrfach einen Tee angeboten.

Sie hatte die Häuser und Befragungen nicht gezählt. Es waren viele gewesen. Müde und frustriert lief sie zurück zu ihrem Auto. Wütend schleuderte sie ihre Jacke auf den Beifahrersitz.

»Mist!«, schrie sie. »Jetzt habe ich fast den ganzen Tag geredet und geredet und bin keinen Schritt weitergekommen.«

Rasant fuhr sie aus der Parklücke, so dass der Kleinwagen heftig hin und her schaukelte. Mit leicht überhöhter Geschwindigkeit fuhr sie zügig die Jann-Berghaus-Straße entlang nach Hause.

Es war bereits nach 19 Uhr, als sie die Tür zu ihrer Wohnung aufschloss. Müde und unzufrieden mit dem Tag verbrachte sie den Rest des Abends mit Salat, Thunfisch, Käse, einem Baguette und einem grünen Tee auf dem Sofa vor dem Fernseher. Von der amerikanischen Komödie bekam sie wenig mit. Ihre Gedanken waren in der Oderstraße und in der Südhoffstraße.

Weshalb hatte keiner etwas gehört oder gesehen? Niemand sagte etwas Negatives über die Nachbarschaft. Gewöhnlich waren die Norderneyer sehr nett und gastfreundlich, aber diese kuschelweiche Stimmung war schon etwas unheimlich. Verheimlichten die Leute etwas?

DIE TICKETS LAGEN BEREIT. Eine Karte für die Überfahrt hatte er online gebucht und in Leer wartete ein Mietwagen auf ihn. Er musste nur noch zum Flughafen Amsterdam Schiphol fahren, dort den Mietwagen abgeben, einchecken und am darauffolgenden Tag begann sein neues Leben unter Palmen.

Sein Gepäck bestand aus zwei Reisetaschen. Sie lagen

gepackt und gut versteckt auf dem Dachboden. Ihm blieben nur noch wenige Tage. Bis dahin musste er alles erledigt haben. Zwei Personen standen noch im Wege, vielleicht auch drei. In den nächsten Tagen würde sich alles entscheiden.

Er schaute aus dem Fenster. Norderney war nie seine Heimat gewesen.

Mich hält hier keiner mehr. Je früher ich die Insel verlasse, umso besser, dachte er, setzte sich auf einen Küchenstuhl, aß ein kaltes Kotelett und nahm einen Schluck aus der Whiskyflasche, die seit Tagen auf dem Tisch stand.

Heute früh bekam er einen Anruf, der ihn sichtlich nervös gemacht hatte. Die Person, die er erwartete, kam früher.

Er ging zum Kühlschrank und holte sein Werkzeug hervor. Er hatte einen Plan. Einen tödlichen Plan. Hastig nahm er das kleine Adressbuch, griff zum Telefon und wählte eines der Nummern, die er Tage zuvor mit einem Textmarker gekennzeichnet hatte.

»Heike Fischer?«, meldete sich eine freundliche Stimme.

»Hallo, ich bin's. Ich habe eine Ferienwohnung für dich besorgt.«

»Hallo! Schön, dass du mich anrufst. Es ist eine Ewigkeit her, dass ich deine Stimme gehört habe. Nele ist tot und mir geht es beschissen.«

»Kann ich verstehen. Nele sagte mir kurz vor ihrem Tod, dass du nach Norderney kommen wolltest. Sie sagte, du kommst diese Woche.«

»Ja, so hatten wir es abgesprochen.«

»Derzeit ist die Insel voll mit Gästen. Ich habe mit Freunden gesprochen und eine der letzten Ferienwohnungen erwischt. Nur wenige Schritte vom Hafen entfernt. Du brauchst kein Taxi. Lauf einfach den Habenpatt entlang. Am Ende ist eine kleine Straße. Sie heißt Südwesthörn. Vielleicht kennst du sie. Hausnummer 127. Von der Fähre läufst du maximal 15 Minuten. Du kannst jederzeit kommen. Die Wohnung ist für 10 Tage im Voraus bezahlt.«

»Danke, das ist lieb von dir. Ich hatte schon bei der Tourist-Information angerufen. Sie sagten mir, kurzfristig seien alle Zimmer belegt. Erst nächste Woche nach dem Bettenwechsel wären wieder einige frei, aber so lange kann ich nicht warten. Danke, dass du dich darum gekümmert hast.«

»Wann fährst du?«, fragte er.

»Ich muss noch arbeiten. Fahrkarten sind schon gekauft. Morgen nach der Arbeit fahre ich direkt zum Bahnhof. Ich nehme den Zug. Von Norddeich fahre ich mit der 18-Uhr-Fähre nach Norderney, so dass ich kurz nach 19 Uhr auf der Insel ankomme. Meine kleine Schwester kommt nur zur Beisetzung. Keinen Tag früher und reist auch noch am selben Tag wieder ab.«

»Okay. Ich freue mich auf ein Wiedersehen. Ich wünsche dir eine gute Anreise. Wir sehen uns auf Norderney.«

»Danke! Tschüss!«

NOCH EINMAL GRIFF er zur Flasche. Gönnte sich einen kräftigen Schluck, schaute auf die Uhr und ein müdes Lächeln zeigte sich für wenige Sekunden auf seinem Antlitz. Er öffnete den Beutel, der vor ihm auf dem Küchentisch lag, überprüfte den Elektroschocker, bevor er sich entspannt ins Wohnzimmer setzte und einen Film über Südamerika schaute. Die Flasche Whisky stand jetzt auf dem Couchtisch. Der Beutel mit dem Werkzeug lag auf seinem Schoß.

Ich habe Zeit. Viel Zeit. Die Fähre wird morgen nicht vor 19 Uhr anlegen. Das letzte Mal sah ich sie vor zwei Jahren. Hoffentlich hat sie sich nicht zu sehr verändert. Er nahm das Messer aus dem Beutel und hielt es wie eine Trophäe in der Hand. Morgen Abend werde ich sie damit überraschen.

Kapitel 15

Der Tag begann mit einem Anruf von Flessner. Lea saß noch in ihrer Wohnung und knabberte an einem Stück Knäckebrot.

»Moin! Haben Sie Zeit für eine Tasse Tee?«, hörte sie eine knorrige Stimme fragen.

»Moin, Herr Flessner. Klar. Ich komme.«

EILIG PUTZTE sie sich die Zähne, schaute noch einmal in den Spiegel, wuschelte durch ihr Haar, nahm Schlüssel und Jacke und verließ eilig die Wohnung. Lea wollte gerade in ihr Auto einsteigen, das an der Straße parkte, als sie eine vertraute Stimme vernahm.

»Moin, Lea! Gut, dass ich dich treffe.«

Die alte Dame kam geschwind auf Lea zu. In der rechten Hand einen Besen und der linken einen schwarzen Eimer. Leas Vermieterin wirkte ungewohnt angespannt.

»Guten Morgen, Tante Martha! Was ist los? Waren die Schnecken wieder in deinem Gemüsebeet?«

»Ich konnte die ganze Nacht nicht schlafen, Lea. Gestern war ein Mann an der Tür. Er fragte nach dir?«

»Ein Mann? Was wollte er?«

»Er fragte, ob du bei der Polizei arbeiten würdest.«

»Und was hast du ihm erzählt?«

»Ich sagte, dass du bei der Kriminale arbeitest. Das war doch richtig?«

»Ja, Tante Martha, das war richtig. Was war das für ein Mann? Wie sah er aus?«

»Wie ein Mann so aussieht. Er war dunkel gekleidet. Trug Jacke, Mütze, Sonnenbrille und einen kleinen Rucksack. Ich denke, es war ein Feriengast. Er war sehr freundlich. Warum willst du das wissen?«

»Nur so. Vielleicht war es ein alter Bekannter. Sicherlich wird er sich wieder melden. Danke, Tante Martha!«

Das Gespräch mit ihrer Vermieterin machte sie nachdenklich. Wer interessierte sich für ihren Beruf? War es wirklich ein Tourist gewesen oder hatte der Unbekannte von der Oderstraße ihr nachspioniert? Sollte sie mit Flessner darüber reden? Lea entschied sich dagegen.

»MOIN, Frau Landgraf. So früh schon auf den Beinen? Möchten Sie einen Tee mit uns trinken?«

Jan Lankow stand in dem kleinen Aufenthaltsraum und füllte eine silberne Kanne mit kochendem, dampfendem Wasser.

»Moin, Jan! Gerne.«

»Der Chef ist in seinem Büro. Tee ist in Arbeit.«

Flessner saß hinter seinem Schreibtisch und las die Ostfriesen-Zeitung vom Vortag.

»Moin, Frau Landgraf. Sie sind zu früh. Ich bin weder mit der Zeitung durch, noch ist der Tee fertig. Setzen Sie sich und erzählen Sie mir, was es Neues gibt«, sagte Flessner in seiner typischen ostfriesischen Art.

»Es gibt nicht viel Neues. Steht etwas in der Zeitung, was ich wissen müsste?«

»Nee. Nur das Übliche. Die Politiker in Berlin wollen sich mehr um das Klima kümmern, die Landesregierung will den Tourismus fördern und die Benzinpreise werden weiter steigen. Über unsere Polizeiarbeit wird selten berichtet. Vielleicht auch ganz gut so.«

Lea setzte sich auf den Besucherstuhl. Direkt vor Flessners grauem Schreibtisch. Lankow kam mit einem Tablett herein. Flessner schaute mürrisch zu seinem Mitarbeiter, der etwas unbeholfen Tassen, Sahne, Kluntjes und eine Kanne Tee auf den Schreibtisch platzierte.

»Diese Brötchen gibt es nicht jeden Tag. Ausnahme! Ich war heute Morgen bereits um sieben Uhr beim Bäcker. Spendiert hat sie unser Chef.«

»Danke, Herr Flessner. Ein zweites Frühstück weiß ich sehr zu schätzen.«

Flessner legte die Zeitung neben sich auf einen Stuhl, räumte diverse Akten vom Schreibtisch und verteilte Tassen, Teller und Löffel.

»Kommen wir gleich zur Sache. Nehmen Sie sich ein Brötchen. Noch haben Sie die Wahl. Schinken oder Käse?«

»Ich bin Käseesser. Danke, Herr Flessner«, sagte Lea und griff zu.

»Der Bericht von der Kriminaltechnik ist heute Morgen eingetroffen. Ich weiß gar nicht, warum man mir das gesendet hat, eigentlich sind Sie ja zuständig«, sagte Flessner mit vollem Mund.

»Verkehrsunfälle und Suizid liegen im Zuständigkeitsbereich der Polizeidienststelle vor Ort. Dennoch interessiert mich das Ergebnis der Untersuchung. Die verwandtschaftliche Beziehung zwischen Ihrem und meinem Opfer verbindet beide Fälle. Was hat Ihnen die KTU mitgeteilt?«

»Sie werden staunen, Frau Landgraf. Der Bericht kam per E-Mail«, sagte Lankow vorwitzig.

»Es ist bemerkenswert, was die Jungs von der KTU so

herausfinden. Lankow, erzählen Sie der Kommissarin, was in dem Bericht steht«, sagte Flessner, nahm einen kräftigen Schluck aus der Teetasse und lehnte sich entspannt in seinem Bürostuhl zurück.

Lankow räusperte sich.

»Man konnte die am Unfallort gefundenen Teile zuordnen. Laut KTU stammen sowohl die Glassplitter als auch die Kunststoffteile eindeutig von einem weißen Mercedes Coupé. Dem Bericht zufolge passen alle gefundenen Teile zu dem Wagen, den wir in der Garage an der Südhoffstraße gefunden haben. Eine Lackprobe bestätigte unseren Verdacht.«

»Dann war Cornelia Hegemann die Unfallverursacherin.«

»Mit Sicherheit«, sagte Lankow. »Das Stück Kunststoff, was wir im Innenraum des Wagens fanden, gehört zu einem Handstaubsauger. Etwa fünf mal fünf Zentimeter groß, schwarz und leicht gebogen. Höchstwahrscheinlich hat Frau Hegemann ihr Auto nach dem Unfall gereinigt und dabei ist dieses Teil vom Gerät abgebrochen.«

»Frau Hegemann und Auto reinigen? Das passt nicht zusammen. Ihr Mann sagte, sie hasst jede Art von putzen und säubern. Da war eine andere Person am Werk«, empörte sich Lea.

»Weshalb sollte ein anderer den Wagen reinigen?«

»Um Spuren zu beseitigen, Chef. Weil jemand anders den Unfall verursacht hat. Vielleicht war der Fahrer alkoholisiert«, sagte Lankow.

»Jetzt übertreiben Sie aber. Sie schauen zu viele Krimis. Sehen Sie zu, dass Sie wieder an Ihren Schreibtisch kommen. Dies ist Arbeit für Profis«, schimpfte Flessner.

»Ich finde es gar nicht so abwegig, was Jan sagt. Vielleicht wollte jemand ihr den Unfall in die Schuhe schieben. Leider kann sie uns nicht mehr sagen, wem sie den Wagen freiwillig oder unfreiwillig ausgeliehen hat.«

»Und warum hat sich Frau Hegemann das Leben genommen?«, fragte Flessner abfällig.

»Das müssen wir herausfinden. Eventuell hatte sie Probleme. Wir sollten mit ihrem Hausarzt sprechen. Mit Sicherheit gibt es eine Krankenakte«, sagte Lea.

»Frau Hegemann hat diesen Unfall verursacht, Fahrerflucht begangen und sich kurze Zeit später das Leben genommen. Das hat die kriminaltechnische Untersuchung eindeutig bestätigt. Jetzt haben wir es schwarz auf weiß. Was gibt es da noch zu klären?«, betonte Flessner und griff erneut zur Teekanne.

Lea legte das Brötchen zurück auf den Teller und nahm einen Schluck aus der Teetasse.

»Vieles kann ich nachvollziehen, aber dass Frau Hegemann Unfallflucht begangen haben soll, das kann ich mir bei bestem Willen nicht vorstellen. Ich habe in den letzten Tagen sehr viel Positives über diese Frau erfahren. Sie war Ärztin. Eine gute Ärztin. Sie hätte ohne weiteres Ersthilfe leisten können.«

»Vielleicht stand sie unter Schock«, vermutete Lankow.

»Eine erfahrene Ärztin unter Schock? Das kann ich mir nicht vorstellen.«

»Es kommt noch heftiger, Frau Landgraf«, sagte Flessner. Genüsslich trank er seinen Tee aus, gönnte sich einen zweiten Kluntje, nahm die Kanne und füllte die Tasse wiederholt mit seinem Lieblingsgetränk. Bevor er mit dem Teelöffel ein Wölkchen Sahne auf seinen Tee zauberte, schob er Lea ein Schreiben zu.

»Das ist das Protokoll einer Zeugenbefragung. Das Unfallopfer führte die Buchhaltung eines Pflegeheimes hier auf Norderney. Wir haben die Leiterin des Pflegeheims befragt und dabei ist Folgendes zu Tage getreten: Die Unfallverursacherin und das Unfallopfer kannten sich. Laut der

Heimleiterin gab es eine enge Beziehung zwischen Frau Cornelia Hegemann und Franz Barkoff.«

»Barkoff ist der Name des Unfallopfers«, fügte Lankow hinzu.

»Unterbrechen Sie mich nicht, Lankow!«, murrte Flessner.

»Entschuldigung, Chef.«

»Wo war ich stehen geblieben? Ach, ja. Die Unfallverursacherin und das Opfer sollen seit drei Monaten ein Paar gewesen sein.«

»Wie bitte? Frau Hegemann war doch aber verheiratet. Ihr Mann hat davon nichts durchblicken lassen«, betonte Lea.

»Das ist doch heutzutage kein Grund. Vielleicht brauchte sie eine Abwechslung«, mischte sich Lankow abermals ein.

»Was meinen Sie, Frau Landgraf?«, fragte Flessner.

»Wäre denkbar. Ein Nachbar sagte, Hegemann wäre seit seinem Schlaganfall ziemlich ungenießbar. Dennoch hatte ich den Eindruck, dass Hegemann um seine Frau trauerte. Er war sehr niedergeschlagen, als ich ihn befragte. Öfters musste er mit den Tränen kämpfen. Ich frage mich, ob er etwas von der Affäre wusste.«

»Die Leiterin des Heims sagte, dass Frau Hegemann mit dem Gedanken spielte, sich von ihrem Mann zu trennen«, bemerkte Lankow.

»Wenn es so gewesen ist, warum tötet sie ihren Liebhaber?«, murmelte Flessner.

»Die Spuren am Unfallort sprechen eine eindeutige Sprache«, erwiderte Lankow.

»Und wenn es doch nur ein ganz banaler Unfall mit Todesfolge war?«, fragte Lea, als wollte sie Frau Hegemann vor einer Strafverfolgung schützen.

»Genau, das wollte ich auch sagen. Banaler Unfall. Einmal nicht aufgepasst und dann ... Traurig, dass ein Mensch sterben musste«, betonte Flessner.

»Das glaube ich nicht. Das weiße Coupé ist mit enormer Geschwindigkeit auf die Kreuzung zugerast. Das Fahrzeug hat weder versucht auszuweichen noch zu bremsen. Es fuhr frontal auf den Fußgänger zu. Er hatte keine Chance. Zeugen haben das bestätigt«, schilderte Lankow aufgewühlt.

»Dennoch wissen wir nicht, wer zum Zeitpunkt des Unfalls am Steuer saß.«

Flessner nippte an seiner Teetasse.

»Richtig, Frau Landgraf. Ohnehin können wir die Verursacherin nicht mehr zur Verantwortung ziehen. Sie ist tot. Insofern ist der Fall abgehakt. Es ist nur noch eine Sache für die Versicherungen.«

»Der Chef hat recht. Die Frage, wer der oder die Schuldige ist, bleibt für immer ungeklärt.«

Flessner stellte seine Teetasse zurück auf den Schreibtisch.

»Anderes Thema«, sagte er und richtetet sich in seinem Bürosessel auf.

»Frau Landgraf, Sie arbeiten seit kurzem an dem Fall »Oderstraße«. Was ist bislang dabei herausgekommen? Haben Sie schon Hinweise zum Täter sammeln können?«

»Die Frage kann ich Ihnen derzeit nicht beantworten, Herr Flessner. Ich denke, ich brauche noch einige Tage, vielleicht auch Wochen, bevor ich Konkretes berichten kann.«

»Haben diese Vorfälle etwas miteinander zu tun?«, fragte Jan Lankow neugierig.

Lea erhob sich von ihrem Platz.

»Ich weiß es nicht, Jan. Ich hoffe, es sind nur Zufälle. Ich denke, Nele Reimers war ein Einzelfall. Ich muss das Umfeld der Toten noch ein wenig mehr durchleuchten. Häufig findet man dort Hinweise auf den Täter. Es kann natürlich auch eine »Sie« gewesen sein. Alles ist möglich. Vielleicht bringt uns der Fußabdruck weiter, der vom Kriminaltechniker sichergestellt werden konnten.«

»Denkbar«, sagte Flessner trocken.

»Erinnern sie sich an die Geschichte mit der Hundeleine, die ich Ihnen erzählt habe? Der Nachbar von Hegemann besitzt einen großen Hund.«

»Sehen Sie da eine Verbindung zum Mord an Nele Reimers?«

»Ich weiß es nicht. Es ist nur ein Bauchgefühl. Noch ermittle ich in alle Richtungen. Manchmal vermute ich Täter, wo keine sind«, erwiderte Lea.

»Das eigene Bauchgefühl sollte man nicht unterschätzen«, bemerkte Lankow.

»Richtig, Jan. Oft hat mich mein Bauchgefühl in die richtige Richtung gelenkt.«

»In der Polizeiarbeit zählen Fakten. Gefühle sollte man zuhause lassen«, sagte Flessner schroff. »Und Hunde gibt es reichlich auf Norderney. Nicht jeder Spaziergänger, der sein Tier ausführt, ist gleichzeitig ein potenzieller Killer.«

»Ich teile Ihre Meinung, was Hundehalter betrifft. Die Hundeleine wurde vielleicht nur von spielenden Kindern dort befestigt. Möglich, dass dieses Utensil nichts mit dem Verbrechen zu tun hat. Dennoch verfolge ich weiter jede Spur«, resümierte Lea.

»Der Täter war in diesem Fall sehr vorsichtig«, sagte Flessner.

»Jeder macht einmal einen Fehler. Auch dieser Täter wird irgendwann nachlässig werden.«

»Und dann sind wir zur Stelle«, fügte Lankow hinzu.

Lea steckte ihren Notizblock zurück in die Jackentasche und verabschiedete sich.

»Danke für das kleine Frühstück. Tschüss!«

FÜR DEN RESTLICHEN Tag war Büroarbeit angesagt. Lea musste die Aussagen der Nachbarschaft protokollieren.

Zudem standen weitere Online-Recherchen an. Es gab viel zu tun.

Wir haben hunderte Wege vor uns liegen, nur welcher Weg führt uns zum Täter? Lea musste an Sabine denken. Diesen Satz formulierte sie trefflich beim letzten Meeting.

Lea wusste, sie hatte weder Kompass noch Navigationsgerät. Noch folgte sie planlos jeder Spur. So konnte und durfte es nicht weitergehen. Sie wusste, dass einiges für sie auf dem Spiel stand. Eggers wartete nur darauf, dass sie einen Fehler begehen würde. Sie genoss noch das Vertrauen des Staatsanwalts. Wie lange würde er noch zu ihr halten? Fehler oder ein komplettes Versagen konnte sie sich nicht erlauben.

Kapitel 16

Es war ein stilles Plätzchen, das er immer wieder aufsuchte, wenn er einen Spaziergang absolvierte. Bewegung war für ihn wichtig. Er saß zu viel, das war ihm bewusst. Laufen war der einzige Ausgleich, den er hatte.

Eingehüllt in eine wetterfeste Jacke, die Kapuze tief ins Gesicht gezogen und mit derbem Schuhwerk trotzte er dem widrigen Wetter.

Es war früher Abend. Die Feriengäste saßen jetzt in den Restaurants und Ferienwohnungen und aßen zu Abend, während der Regen draußen an die Scheiben prasselte. Die Ostfriesen aßen Krinthstuut mit Butter oder Schwarzbrot mit Granat oder saßen plaudernd in der Küche bei einer Tasse Tee. Um diese Zeit brachten viele Eltern ihre Kinder zu Bett.

Nur wenige Menschen nutzten zu dieser späten Stunde den schmalen Verbindungsweg, der vom Hafen zum Ortskern führte. Touristen kannten diese Strecke kaum. Insofern saß er hier gewöhnlich stundenlang ungestört, genoss die Stille und die frische Nordseeluft. Obwohl es an diesem Abend heftig regnete, begegneten ihm doch einige Menschen. Sehr zu seinem Verdruss.

Er saß seit 15 Minuten an seinem Lieblingsplatz, als sie

überraschend auftauchte. Statt wie erwartet zu Fuß, kam sie mit einem geliehenen Fahrrad. Im ersten Moment begriff er nicht, dass es die Frau war, auf die er seit Minuten wartete. Die 39-jährige schlanke Frau radelte mit einem rasanten Fahrstil an ihm vorbei, so dass er keine Gelegenheit hatte, ihr Gesicht zu sehen.

War es ein Versehen oder eine Nachlässigkeit? Sie durchquerte mit hohem Tempo eine riesige Pfütze vor ihm. Das Wasser spritzte. Erschrocken fuhr er hoch, als ihn der Wasserschwall traf. Mit durchnässter Hose und finsterem Blick sah er der Radfahrerin nach. Ohne anzuhalten und ohne ihn weiter zu beachten, folgte sie dem schmalen Weg. Wütend bedachte er sie mit diversen Schimpfwörtern.

Anhaltend prasselte der Regen hernieder. Es war unangenehm. Jacke und Hose begannen an den Gliedmaßen zu kleben. Feuchtigkeit drang in das Schuhwerk. Dicke Tropfen rannen unaufhörlich über Gesicht und Hände.

Was für ein Wetter, dachte er, als ein Fahrrad direkt vor seinen Füßen hielt. Verdutzt hob er kurz den Kopf. Sie war es, die Radfahrerin. Die Person, die ohne Rücksicht auf ihn, eine Wasserlache durchquert hatte. Sie stieg von ihrem Fahrrad und begann sofort zu reden. Mit gesenktem Kopf verfolgte er ihre Ausführungen. Sie sei in Eile, die Wasserlache habe sie übersehen und es täte ihr leid, dass er nass geworden sei. Gerne würde sie ihm die Reinigung der Hose bezahlen. Sie kramte in ihrem Rucksack, den sie auf dem Gepäckträger des Rades befestigt hatte und holte eine Karte aus einer schmalen Seitentasche.

»Das ist meine Anschrift. Schicken Sie mir die Rechnung. Ich überweise Ihnen den Betrag umgehend.«

Verwundert betrachtete er die Karte.

»Sie sind Heike Fischer?«, fragte er leise mit leicht verstellter Stimme. Er hatte weder Stimme noch das Gesicht wiedererkannt. Lag es am widrigen Wetter oder hatte sie sich tatsächlich in den letzten Jahren verändert? Ungläubig schaute er zu der Frau mit dem Rad.

»Ja, wieso?«, erwiderte die Radfahrerin salopp.

»Heike Fischer, die Tochter von Cornelia Hegemann?«

»Ja, Cornelia Hegemann war meine Mutter. Kennen wir uns?«

»Nein, das glaube ich nicht«, antwortete er. Seine Stimme klang rau und dunkel, anders als früher.

Der Regen, getrieben von einem heftigen Nord-West-Wind klatsche gegen ihre Körper.

Heike Fischer. Eine seltsame Fügung, dachte er und zog die Kapuze weiter ins Gesicht.

»Kannten Sie meine Mutter?«

»Flüchtig. Wir sind uns hin und wieder in der Stadt begegnet. Ich kannte sie von ihrer Tätigkeit in dieser Umweltorganisation. Mein Beileid zum Tode Ihrer Mutter.«

»Danke. Ich bin gerade mit der Fähre gekommen und auf dem Weg zu einer Ferienwohnung. In den nächsten Tagen treffe ich mich mit meiner Schwester hier auf Norderney. Wir müssen uns um die Beisetzung kümmern.«

»Traurig, der plötzliche Tod Ihrer Mutter«, sagte er mit einer gespielten Traurigkeit.

Fast fünf Minuten waren vergangen. Der Wind legte eine Pause ein und der Regen ließ an Intensität nach. Heike Fischer stellte ihr Fahrrad, das sie am Hafen ausgeliehen hatte, auf den Ständer, wischte sich mit einem Papiertaschentuch das Gesicht trocken und begann zu erzählen. Während sie unaufhörlich redete, vergrub er seine Hände in die weiten Taschen seiner Outdoorjacke. Mit gesenktem Kopf folgte er ihren Ausführungen. Sie erzählte von ihrer Kindheit, von der Arztpraxis ihrer Mutter in Wittmund, vom Tod ihres Vaters und von der Heirat ihrer Mutter mit dem Versager. Sie nannte den neuen Mann, der zugleich auch ihr Stiefvater war, nicht nur Versager, sondern Loser, Nichtsnutz, Lusche, Weichei, Faulenzer und Verlierer.

Je mehr sie redete, desto unwohler fühlte er sich. Ihr Gerede machte ihn nervös und die letzten Worte wütend. So konnte und durfte man nicht über andere Menschen reden. Mit Sicherheit war ihr Stiefvater kein Versager. Er hasste diese säuselnde Stimme, den Duft ihres billigen Kaufhausparfüms, das in seine Nase drang und ihre Art, über andere Menschen zu reden. Irgendwann, sie hatte sich bereits zum hundertsten Mal entschuldigt, sagte sie einen Satz, der ihn wie eine Gewehrkugel traf.

»Hallo, Sie Idiot, ich habe mich entschuldigt! Hören Sie mir überhaupt zu?«

Versunken in Gedanken zuckte er bei dieser lauten Ansprache zusammen. Ohne zu überlegen, griff er nach seinem Messer, das er mittlerweile bei jedem Spaziergang mit sich führte. Ein praktisches Utensil für unterwegs. Vor einer Stunde hatte er damit noch einen Apfel geschält. Jetzt umklammerten seine Finger den Griff. Es war ein gutes Messer. Er hatte es für 530 Euro, wie auch den Elektroschocker, in der Nähe von Bremen gekauft. Ein Survivalmesser mit einer 15 Zentimeter langen, feststehenden, leicht mattierten Klinge aus VG-10 Stahl. Der Metallgriff, mit Rindsleder überzogen, lag gut in der Hand.

Es war ein Reflex. Sekundenschnell zog er die todbringende Waffe aus der Innentasche seiner Jacke.

Er sah, wie die Augen der Frau größer wurden und die Pupillen sich weiteten. Angst lag in ihrem Blick. Bevor sie schreien konnte, sprang er auf, packte sie und drückte seine linke Hand fest auf Mund und Nase und stach zu. Sie röchelte, zuckte panisch, taumelte und fiel samt Fahrrad zu Boden. Der erste Stich hatte offenbar die Lunge getroffen, was zur Folge hatte, dass dunkles Blut aus ihrem Rachen quoll.

Wie von einer Maschine angetrieben, schnellte das Messer unaufhörlich auf den Oberkörper der Frau, die jetzt am Boden lag. Immer wieder durchdrang die spitze Klinge das dünne Gewebe ihrer Regenjacke, bis sie sich nicht mehr rührte.

Heftig atmend stand er neben der leblosen Person. Es hatte ihn viel Kraft gekostet. Er spürte, dass ihm die nötige Kondition fehlte, um solch eine Herausforderung ohne Mühe meistern zu können.

Ich muss mehr trainieren, dachte er und steckte das blutverschmierte Messer zurück in den Rucksack.

Die Tat war in dieser Form nicht geplant gewesen. Sie hatte ihn provoziert, deshalb musste er schnell handeln. Gewöhnlich kam er von hinten. Nahm den Elektroschocker und setzte das Opfer außer Gefecht. Der Rest war in der Regel einfach.

Er schaute sich um. Niemand war zu sehen. Die Frau lag regungslos auf dem nassen Untergrund. Neben ihr das geliehene Fahrrad.

Hastig lief er den Habenpatt entlang und verschwand nach 50 Metern hinter einem größeren Strauch. Hier entledigte er sich der blutverschmierten Jacke, bevor er seinen Weg fortsetzte. Er spürte keine Reue.

Kapitel 17

Dass es Überstunden geben würde, damit hatte sie gerechnet, nur nicht mit einem Einsatz nach Feierabend und das noch in strömendem Regen.

Lea parkte in der Straße Windjammerkai, eine Sackgasse. Von hier waren es noch gut 90 Meter bis zu dem hell erleuchteten Platz am Habenpatt.

Mitarbeiter der Polizeidienststelle hatten den Bereich weiträumig abgeriegelt. Scheinwerfer der Feuerwehr erhellten den Ort. Überall standen und liefen Rettungskräfte in gelber und oranger Montur. Einsatzlichter der Fahrzeuge warfen ihr blaues blinkendes Licht in den wolkenverhangenen Himmel. Weitere Rettungswagen kamen mit lautem Martinshorn angefahren. Grelle Lichter tauchten den schmalen Rad- und Fußweg in ein gespenstisches Licht.

Büsche und Bäume bewegten, schaukelten und bogen sich im Wind. Sie gaben der Szenerie eine zusätzliche beklemmende Note.

Lea lief zu Flessner, der sich mit Jan Lankow angeregt unterhielt.

»Hallo, Frau Landgraf. Wir haben schon wieder eine Tote. Sie wurde schlimm zugerichtet. Kein schöner Anblick.«

Lea blickte zum leblosen Körper auf dem Boden. »Wer hat sie gefunden?«

»Radfahrer. Sie kamen vom Hafen und waren auf dem Weg zum Ortskern. Für diese Leute ein grausiger Start in einen Inselurlaub«, sagte Flessner mit einem Kopfschütteln.

»Hat jemand etwas gesehen?«

»Lankow hat alle Personalien aufgenommen und diverse Personen befragt. Niemand hat etwas Ungewöhnliches bemerkt, gehört oder beobachtet. Laut Notarzt liegt sie seit etwa einer Stunde hier.«

»Seltsam, dass niemand die Leiche vorher entdeckt hat. Dies ist doch ein schöner Weg«, sagte Lea.

»Hätte es nicht geregnet, wäre sie sicherlich früher gefunden worden. Bei diesem Wetter fahren die Gäste lieber mit Bus oder Taxi statt mit einem Fahrrad zu ihrer Unterkunft«, erläuterte Lankow.

»Heute Vormittag schien noch die Sonne. Jetzt plötzlich dieser Regenguss. Verrücktes Wetter. Da gehen die Leute nicht einmal mit ihrem Hund nach draußen.«

»Herr Flessner, wissen Sie schon, wer die Tote ist und wie sie starb?«

»Ich denke, dass sie mit der Fähre gekommen ist. Das Fahrrad wurde definitiv am Hafen ausgeliehen. Neun Messerstiche hat der Notarzt gezählt. Die Frau heißt Heike Fischer. Papiere, Geld, Schmuck und Smartphone sind noch vorhanden.«

»Heike Fischer??«, sagte Lea mit aufgerissenen Augen.

»Ja! Heike Fischer, so stand es in ihrem Personalausweis. Kennen Sie diese Frau?«

»Ich habe mit ihr telefoniert«, bestürzt blickte Lea zu der Person am Boden.

»Sie ist die Schwester von Nele Reimers und die Tochter von Cornelia Hegemann. Wie ist das möglich, Herr Flessner, dass sie jetzt auch noch hier vor uns liegt?«

»Ich weiß es nicht. Was ist hier auf Norderney los? Warum werden diese Frauen umgebracht? Dafür muss es doch einen Grund geben? Wer macht so etwas? Haben wir einen Verrückten auf der Insel?«, fragte Flessner.

»Ob es ein Verrückter ist, kann ich Ihnen nicht sagen«, erwiderte Lea. »Definitiv ist es sehr ungewöhnlich, dass drei Menschen aus einer Familie innerhalb kürzester Zeit sterben, zwei davon werden auch noch brutal ermordet.«

»Ähnlich wie bei Nele Reimers wurde diese Frau mit mehreren Messerstichen getötet«, sagte Jan Lankow ohne Regung.

»Wieder eine Frau. Wieder keine Spuren vom Täter. Wieder eine Messerattacke, wieder bei Regen und wieder keine Zeugen«, resümierte Lea.

»Der Täter geht sehr überlegt vor. Seine Taten verübt er abends und bei miesem Wetter. Er weiß, dass der Niederschlag die meisten Spuren beseitigt. Dieser Mann ist routiniert und gefährlich, Frau Landgraf. Sie sollten vorsichtig agieren«, sagte Flessner.

»Wir müssen an die Öffentlichkeit gehen. Wir benötigen dringend Zeugen.«

»Davon rate ich ab. Das würde den Täter nur provozieren.« Sorgenvoll blickte Flessner zu der jungen Kommissarin. »Wenn es Ihr Wunsch ist, werde ich mich mit dem Bürgermeister abstimmen. Ich meine wegen des Tourismus‘ auf der Insel. Darauf sollten wir Rücksicht nehmen.«

»Wir haben zwei Tötungsdelikte in wenigen Tagen, da können wir keine Rücksicht nehmen. Lassen Sie den Bürgermeister aus dem Spiel. Wir wollen keine schlafenden Hunde wecken. Sprechen Sie mit den Zeitungen. Sie haben doch einen guten Draht zur Presse, Herr Flessner. Es reicht, wenn der Bürgermeister es morgen oder übermorgen aus der Zeitung erfährt.«

»Gut, wenn Sie meinen, dann rede ich mit der Presse.«

. . .

LEA KNIETE sich neben die Tote. Sie zog Einweghandschuhe an und begann die leblose Frau zu untersuchen.

»Was ist mit der Spurensicherung?«, fragte Lea.

»Ist unterwegs«, sagte Lankow.

»So wie es ausschaut, gab es keinen Kampf.« Lea hob den rechten Arm der Toten leicht an und betrachtete Finger und Hand.

»Der Arzt schließt ein Sexualdelikt aus,« sagte Flessner ruhig.

»Eventuell wurde der Täter überrascht, bevor er ....«, vermutete Lankow.

»Wäre denkbar. Also doch ein Sexualstraftäter?«, erwiderte Flessner.

Nachdenklich betrachtete Lea die Leiche von allen Seiten. Gerne hätte sie den Körper bewegt, aber das durfte sie nicht. Es könnte das Bild für die Rechtsmedizin verfälschen.

»Ich werde das Opfer nicht weiter untersuchen. Das soll die Spurensicherung und die Rechtsmedizin übernehmen.«

»Bislang war nur der Notarzt in ihrer Nähe. Wir haben Abstand gehalten und sie nicht berührt.«

»Sobald die Spurensicherung ihre Arbeit verrichtet hat, muss die Frau zur Rechtsmedizin. Jan, sorge bitte dafür, dass die Tote umgehend nach Oldenburg kommt.«

»Der Bestatter ist bereits informiert. Er spricht alles Weitere mit der Reederei ab. Ich werde die Rechtsmedizin in Oldenburg informieren.«

»Das Opfer war mit dem Fahrrad unterwegs. Befrage bitte den Fahrradverleih.«

»Werde ich machen«, antwortete Lankow.

»Warum hielt sie hier vor der Bank? Kannte sie den Täter? Hat sie mit ihm gesprochen?« Lea dachte laut nach. »Wer sich bei diesem Wetter länger draußen aufhält, muss schon einen triftigen Grund haben. Es kann durchaus sein, dass sie mit dem Mörder gesprochen hat«, folgerte sie.

»Das glaube ich auch. Nur was war der Grund für ihren Stopp auf dem Weg zum Ort?«, fragte Flessner.

»Das müssen wir herausfinden. Es wartet viel Arbeit auf uns«, sagte Lea.

Regenwasser tropfte von seiner Dienstmütze, als Flessner zu seinem Dienstwagen stapfte. Lea begleitete ihn ein Stück.

»Hatte die Tote eine Familie zuhause? Wissen Sie Näheres, Herr Flessner?«

»Nein. Unsere Abfrage hat nichts Konkretes ergeben. Ich muss jetzt den einzigen Angehörigen besuchen, der hier auf Norderney wohnt. Ich mag gar nicht daran denken, wie Herr Hegemann reagiert, wenn ich schon wieder vor seiner Tür stehe. Drei Familienmitglieder auf tragische Weise zu verlieren, das kann einen Menschen umhauen. Ich denke, ich nehme einen Sanitäter mit, wenn ich zu ihm fahre«, sagte Flessner, änderte seine Richtung und lief zu einem Mann in leuchtroter Montur.

»Ich warte auf die Spurensicherung, schaue mich etwas um, mache Fotos und versuche die jüngere Schwester zu erreichen. Ich halte Sie auf dem Laufenden«, sagte Lea, während sie zurück zum Fundort lief, wo mittlerweile der Leichenwagen eingetroffen war.

Fast eine Stunde lief sie umher und versuchte sich ein Bild vom Tatort und vom Tathergang zu machen.

Es war bereits spät, als die Spurensicherung am Tatort eintraf. Lea unterhielt sich kurz mit den Fachleuten vom Festland, bevor sie den Habenpatt verließ und nach Hause fuhr. Noch aus der Ferne sah sie die grellen Lichter der Scheinwerfer. Der Regen, die tote Frau am Boden, das gleißende Licht der Halogenstrahler, die vielen Einsatzkräfte, das alles blieb ihr an diesem Abend noch lange im Kopf. An Schlaf war nicht zu denken.

Kapitel 18

Er war zufrieden. Entspannt setzte er sich, nur mit Boxershorts bekleidet, an den Küchentisch. Ruhig nahm er die Whiskyflasche und trank den Rest in einem Zug aus. Seine Kleidung hatte er gleich nach der Ankunft im Garten vergraben. Jetzt wollte er sich duschen, etwas essen und dann den Tag mit einer neuen Flasche Whisky beenden.

Etwas überrascht war er vor wenigen Stunden auf sie getroffen. Dank der guten Vorbereitung hatte er sein Messer griffbereit in der Jackentasche. War es seine Routine, die es ihm erlaubte, solch eine Tat derart präzise auszuführen? Alles verlief schnell und nahezu perfekt. Mit Stolz schaute er auf seine Unterarme und auf seine Hände. Ja, er war mittlerweile gut in Form.

Leider blieb ihm wenig Zeit, Spuren zu entfernen. Der glückliche Umstand, dass es geregnet hatte, machte einiges wieder gut. Voraussichtlich würde die Polizei am Tatort keine Hinweise finden, die zu ihm als Täter führen könnten. Dennoch musste er in den nächsten Tagen vorsichtig sein. Er wusste, man würde ihn wieder aufsuchen.

Die Auricher Kriminalisten waren nicht das Problem. Er dachte mehr an die junge Kommissarin. Es war nur eine

Frage der Zeit, bis sie eine erneute Befragung durchführen würde.

Nach dem Gang ins Bad holte er eine neue Flasche, öffnete sie, füllte die goldgelbe Flüssigkeit in ein Glas und erfreute sich an dem weichen samtigen Geschmack. Er genoss jeden Schluck. Gut, dass er sich einen Vorrat zugelegt hatte. Er würde mit Sicherheit eine Weile reichen.

Der Tod dieser Frau verschaffte ihm Zeit. Er hatte nicht damit gerechnet, ihr zu einem so frühen Zeitpunkt zu begegnen. Ihre Beseitigung, wie er es nannte, kostete weniger Mühe als erwartet. Noch war seine Liste nicht abgearbeitet. Es gab noch viel zu tun. Aber nicht heute. Heute wollte er nur seinen Erfolg genießen.

Letztes Jahr war ich noch ein spießiger Typ. Und jetzt? Wie die Umstände einen Menschen verändern können, dachte er, ging ins Wohnzimmer und setzte sich mit der Flasche in der einen und dem Glas in der anderen Hand in seinen bequemen Sessel.

Heute entspanne ich mich, morgen ist wieder Zeit zum Handeln.

DIE UHR ZEIGTE 2 Uhr 07, als Lea die Küche betrat. Zu aufgewühlt, um sofort ins Bett zu fallen, holte sie sich einen großen Becher Joghurt, eine Flasche Orangensaft und eine Gurke aus dem Kühlschrank. Fast eine Stunde saß sie am Küchentisch und dachte über die junge Frau nach, die heute tot neben ihrem Fahrrad gefunden wurde. Neun Messerstiche beendeten ihr Leben.

Grauenhaft. Was muss das für eine gestörte Seele gewesen sein, die so etwas macht, dachte Lea.

Im Kopf versuchte sie die Tat sachlich zu analysieren. Emotionen musste sie unterdrücken. Sie könnten ihre Urteilsfähigkeit trüben.

Zwei Frauen wurden kaltblütig getötet. Beide waren unter 40. Erst Nele Reimers und jetzt ihre Schwester. Gab es einen Zusammenhang? War es Zufall, dass es sich bei den Getöteten um Geschwister handelte? Wurde das gleiche Tatwerkzeug benutzt? War es wirklich der gleiche Täter?

Lea musste das Ergebnis der Rechtsmedizin abwarten. Dennoch stand für sie eine entscheidende Frage im Raum: Wer könnte ein Interesse an dem Tod der beiden Frauen haben?

Eine Frage, auf die sie derzeit keine Antwort wusste. Sie brauchte Zeugen. Sie hoffte, dass sich aufgrund der Berichterstattung in den Medien etwas ergeben könnte. Oft führen solche Berichte zu neuen Erkenntnissen, weil sich urplötzlich Personen melden, die etwas gesehen oder bemerkt haben. Lea hoffte auf ein kleines Wunder.

Noch am Abend hatte Flessner die Presse informiert. Laut einer Mitteilung hatte die Redaktion der hiesigen Zeitungen eine Kooperation signalisiert. In letzter Minute konnte der Artikel für die Ausgabe am kommenden Tag noch erstellt werden. Lea war angenehm überrascht.

Kurz nach drei Uhr in der Nacht legte sie sich schlafen und wachte erschrocken auf, als um 6 Uhr 30 der Wecker sich mit einem hellen Piepton bemerkbar machte.

Eine halbe Stunde später saß sie am Küchentisch und genoss ihren Pfirsich-Joghurt. Seltsamerweise musste sie in diesem Moment an den dunkel gekleideten Mann denken, der mit ihrer Vermieterin gesprochen hatte. Warum erkundigte er sich nach ihrem Beruf? Hatte der Fragende etwas mit ihren Ermittlungen zu tun?

Kapitel 19

»Guten Morgen!«, hallte es durch das Gebäude.

Sabine stand im Flur. Alle Türen und Fenster standen offen, als Lea mit einem Schirm in der Hand durch die Eingangstür kam. Seit dem gestrigen Abend regnete es ununterbrochen.

»Was für ein mieses Wetter und du reißt die Fenster alle auf!«, reklamierte Lea.

»Im Laufe des Vormittags soll der Regen nachlassen. Es soll heute noch richtig sonnig werden.«

»Egal, wir müssen ohnehin arbeiten.«

»Schlecht geschlafen?«

»Die Nacht war kurz. Ein neuer Fall. Erzähle ich dir später. Hast du einen Kaffee für mich?«

Kaffee und Tee zuzubereiten, das war Sabines Sache. Darauf bestand sie seit dem Tag, an dem sie zum ersten Mal für Lea tätig wurde. Es war ihr ausdrücklicher Wunsch gewesen, die Küchenarbeit zu übernehmen.

»Die Maschine ist betriebsbereit. Trinken wir den Kaffee in der Küche oder ...?«

»Komm bitte in mein Büro. Da lässt es sich besser reden, außerdem muss ich telefonieren.«

. . .

NACH WENIGEN MINUTEN betrat Sabine Leas Büro mit zwei gefüllten Kaffeebechern in der Hand, platzierte sie auf den Schreibtisch und setzte sich auf den Besucherstuhl.

»Übrigens, ich habe interessante Informationen zusammengetragen«, sagte sie.

»Gleich Sabine. Ich muss kurz meine Sachen ablegen, das Fenster schließen und einen Schluck Kaffee trinken. Danach kannst du mir alles berichten.«

»Ich weiß, Computer mögen keine Feuchtigkeit. Ein paar Regentropfen werden dennoch keine Katastrophe auslösen. Ich hoffe nur, dass diese frechen Möwen draußen bleiben.«

Sabine brabbelte vor sich hin, während sie eifrig in ihrem Kaffee rührte.

»Habe ich das richtig verstanden, wir haben noch einen neuen Fall?«

Lea führte das dampfende Getränk zum Mund, nahm einen Schluck und schloss für einen Moment die Augen.

»Tut das gut! Jetzt geht es mir besser«, seufzte sie.

»Was ist jetzt mit dem neuen Fall?«, bohrte Sabine nach.

»Gestern …« Lea machte eine Pause und nahm einen weiteren kräftigen Schluck aus dem Becher.

»Ich war bereits auf dem Weg zu meiner Wohnung, als ich eine Nachricht von Jan Lankow erhielt. Fahrradfahrer hatten eine leblose Person gefunden. Die 39-jährige Frau lag regungslos am Habenpatt. Ein kleiner unscheinbarer Weg.«

»Kenne ich. Fahre ich immer lang, wenn ich zum Hafen muss.«

»Sie lag neben ihrem Fahrrad. Ihr Körper zeigte neun Einstiche auf. Noch wissen wir nicht, wie es zu dieser grausamen Tat kommen konnte. Es gibt weder Anhaltspunkte für ein Sexualdelikt noch für einen Raubmord. Null Zeugen.«

»Wissen wir, wer das Opfer war?«

»Ja! Seltsamerweise ist es die Schwester von Nele Reimers.«

»Die Schwester? Ich dachte, die wohnt in Osnabrück«, sagte Sabine.

»Ich habe vorgestern noch mit ihr telefoniert. Sie sagte mir, sie kommt nach Norderney. Sie wollte sich um die Trauerangelegenheiten kümmern.«

»Ist das nicht eigenartig, dass jetzt schon die dritte Person aus der Familie verstorben ist?« Fragend schaute Sabine zu ihrer Chefin.

»Ja, das ist wirklich eigenartig. Du hast recht, es sind nicht nur die beiden Schwestern, auch die Mutter ist vor kurzem gestorben.«

»Sie starb auf eigenem Wunsch. Das ist ein Unterschied.«

»Dennoch sind es drei Tote binnen weniger Tage. Alle aus einer Familie. Zufall?«

»Bestimmt nicht. Da wette ich mein Brötchen drauf, dass da System hintersteckt«, schlussfolgerte Sabine.

»Ich konnte letzte Nacht nicht schlafen. Immer wieder ging mir eine Frage durch den Kopf: Wer profitiert von dem Tod der Frauen?«

»Oft geht es um Geld, Rache oder um pure Eifersucht. So ist es jedenfalls immer im Fernsehen.«

»Geld ist immer ein Motiv. Soweit ich mich erinnere, war Frau Hegemann vermögend. Wer erbt Geld und Immobilien? Wir brauchen einen Einblick in ihr Testament. Dann hätten wir Gewissheit.«

»Geht das so einfach?«, wollte Sabine wissen.

»Mit etwas Glück. Es käme auf einen Versuch an. Ich werde den Notar sofort anrufen. Vielleicht erlaubt er mir einen kleinen Einblick.«

Obwohl es erst kurz nach acht Uhr war, meldete sich eine freundliche Stimme. Es war eine Mitarbeiterin der Kanzlei Rodeck. Lea wurde sofort durchgestellt und äußerte ihr

Anliegen. Was der Notar antwortete, machte sie wütend. Dienstbeflissen hüllte er sich in Schweigen und verweigerte jeden Einblick in das Dokument.

»Was sagte der Notar?«, wollte Sabine wissen.

»Ich bekomme keine Auskunft. Er darf mir nichts sagen.«

»Und jetzt?«

»Ich muss sofort mit Doktor Maibach reden. Er muss mir Zugang zu diesem Testament verschaffen.«

»Ob er das ohne weiteres macht?«

»Er muss. Nur wenn wir wissen, wer zu den Begünstigten gehört, können wir weitere Fragen stellen. Zwei Tote genügen hoffentlich als Argument.«

Lea telefonierte mit der Staatsanwaltschaft Aurich und erhielt das, was sie wollte. Schneller als erwartet.

Sofort machte sich Lea auf den Weg zur Kanzlei Rodeck. Eine halbe Stunde nach dem Erhalt des Fax` von der Staatsanwaltschaft stand sie vor dem Schreibtisch des Notars. Zögerlich reagierte dieser auf Leas Anliegen.

Eine Stunde, nachdem sie die Kanzlei aufgesucht hatte, fuhr sie mit einer Kopie des Dokuments zurück zum Büro.

»Wie ist es gelaufen?«

»Es war schwierig. Letztendlich hatte ich Erfolg. Jedenfalls weiß ich jetzt, wer die Immobilien und das Vermögen von Frau Cornelia Hegemann erbt.«

»Und?«, fragte Sabine neugierig.

»Wir sollten ganz schnell mit der jüngsten Tochter Kontakt aufnehmen. Was weißt du über sie? Hast du eine Telefonnummer?«, fragte Lea.

»Es war schwierig, etwas über sie zu erfahren. Katharina Reimers ist 25 Jahre und wohnte zuletzt in Remscheid. Laut dem Einwohnermeldeamt wurde sie dort vor drei Jahren abgemeldet. Eine neue Meldeadresse liegt nicht vor. Man geht davon aus, dass sie vergessen hat, sich umzumelden oder dass sie auf der Straße lebt.«

Verwundert schaute Lea zu ihrer Mitarbeiterin.

»Die Tochter einer wohlhabenden Ärztin wählt die Straße als Heimatadresse? Wieso das denn?«

»Ich habe noch etwas in Erfahrung gebracht. Die junge Frau ist polizeibekannt. Die Polizei von Remscheid verwies mich zu den Kölner Kollegen. Dort bin ich fündig geworden. Die Kölner konnten mir einiges über die junge Frau berichten.«

»Ich staune immer wieder, wie du an Informationen kommst, Sabine. Kompliment!«

»Mein Charme, Lea. Die Männer mögen meine samtweiche Stimme.«

Lea musste lachen.

»Was haben dir deine Männer geflüstert?«

»Katharina Reimers hat einige Vorstrafen. Mehrfach ist sie in eine Razzia von Drogenfahndern geraten. Immer wieder wurden bei ihr Ecstasy, Kokain und andere Drogen sichergestellt. Das Drogendezernat in Köln teilte mir schriftlich mit, dass Katharina Reimers heroinsüchtig ist. Sie hat zwei Therapieversuche abgebrochen. Vor einem Jahr stand Katharina Reimers aufgrund von zahlreichen Diebstählen und Einbrüchen vor Gericht. Sie verbüßte eine dreimonatige Freiheitsstrafe in einem Jugendgefängnis. Kurz danach lernte sie ihren derzeitigen Lebenspartner kennen, der auch zur Drogenszene gerechnet wird. Beide traten mehrfach durch Autoaufbrüche, Handtaschendiebstahl und Wohnungseinbrüche in Erscheinung. Wie gesagt, die junge Frau ist kein unbeschriebenes Blatt.«

»Einbrüche, Diebstähle? Ich denke, Cornelia Hegemann hat den Geldhahn zugedreht, nachdem die Tochter die Therapien abgebrochen hat«, sagte Lea.

»Und jetzt fehlt ihr die Kohle für das Heroin. Meinst du, sie hat mit ihrem Partner ihre Mutter und ihre Schwester umgebracht?«

»Nein! Nein! Das möchte ich nicht glauben«, Lea schüttelte energisch den Kopf.

»Sie ist die letzte Erbin auf der Liste. Habe ich recht?«, fragte Sabine?

Lea erhob sich von ihrem Platz und öffnete das Fenster.

»Ja, sie ist die Letzte auf der Liste. Warum geht der Ehemann leer aus? Vielleicht war die Ehe doch nicht so pralle, wie Hegemann sie beschrieb. Laut Testament sollen die drei Schwestern zu gleichen Teilen erben. Da Katharina Reimers die letzte noch lebende Tochter ist, würde sie nach derzeitigem Stand der Dinge alles bekommen.«

»Geld ohne Ende. Was Besseres könnte ihr nicht passieren. Sie wäre mit einem Schlag reich und alle Sorgen los. Sie könnte sich eine Yacht kaufen, im Mittelmeer in den Sonnenuntergang schippern und so viele Drogen konsumieren, wie sie möchte.«

»Ja, das könnte sie«, sagte Lea nachdenklich.

»Dann ist doch alles klar.«

Lea schüttelte den Kopf. Gedankenversunken schaute sie aus dem Fenster. Regentropfen rannen an der Scheibe herunter.

»Würde sie für dieses Erbe ihre Schwestern umbringen?«

»Das musst du sie schon selber fragen«, antwortete Sabine.

»Wo finde ich sie?«

»Ihr derzeitiger Aufenthaltsort ist unbekannt.«

»Gibt es ein aktuelles Foto von ihr?«, fragte Lea.

»Mehrere. Sie wurden von der Polizei und dem Drogendezernat erstellt.«

»Ich habe die Hoffnung, dass sie zu den Trauerfeierlichkeiten kommen wird. Heike Fischer wollte ihre kleine Schwester dazu bewegen. Sie hatte angeblich Kontakt zu ihr. Sie sagte mir am Telefon, dass ihre Schwester vielleicht zur

Trauerfeier nach Norderney kommt. Von einer Drogensucht erwähnte sie nichts.«

»Das hätte ich auch nicht angesprochen. Wer beschmutzt freiwillig das Ansehen seiner Familie in der Öffentlichkeit. Das macht niemand.«

»Ich werde den Stiefvater informieren. Er soll alles veranlassen, damit nächste Woche die Beisetzung der Mutter stattfinden kann. Gleichzeitig soll der Notar das Testament vollstrecken. Ich denke, das sind Gründe genug für Katharina Reimers nach Norderney zu kommen.«

»Vielleicht ist sie schon da und wir wissen es nicht«, vermutete Sabine.

»Das ist durchaus möglich. Haben wir das Handy der Toten?«

»Nein. Es bei der KTU. Warum?«

»Vielleicht finden wir auf dem Handy die Rufnummer von Katharina Reimers.«

»Willst du sie anrufen und verhaften?«

»Verhaften? Das kann ich nicht. Ich kann sie für eine gewisse Zeit festsetzen. Mir reicht derzeit eine Befragung. Danach spreche ich mit der Staatsanwaltschaft. Wenn ein Anfangsverdacht vorliegt, kann ein Richter die Untersuchungshaft anordnen.«

»Also müssen wir warten.«

»Nein. Wir müssen ermitteln. Geldgier ist zwar ein Motiv, aber noch haben wir nur einen Verdacht.«

»Für mich ist die Sache klar. Die junge Frau hat massive Geldprobleme. Zusammen mit ihrem drogensüchtigen Freund hat sie ihre beiden Schwestern aus dem Weg geräumt. Wenn sie das Erbe antritt, ist sie steinreich. Ein besseres Tatmotiv gibt es nicht. Ich würde die Frau sofort zur Fahndung ausschreiben«, sagte Sabine energisch.

»Damit warten wir noch. Übrigens, heute müsste ein Bericht in der Presse sein. Das Tötungsdelikt von gestern.

Flessner hat mit den Medien gesprochen. Mit etwas Glück bekommen wir heute oder in den nächsten Tagen Hinweise aus der Bevölkerung. Hast du zufällig eine Ostfriesen-Zeitung gekauft?«

Sabine zeigte auf den Computer, der auf Leas Schreibtisch stand.

»Online ist sie verfügbar. Liest du sie nie? Das gedruckte Exemplar kommt jeden Morgen mit der ersten Fähre und wird uns erst gegen Mittag zugestellt.«

»Hin und wieder schaue ich mir die ersten Seiten an«, sagte Lea und gähnte.

»Warte«, sagt Sabine und erhob sich von ihrem Platz.

Sabine wechselte zum Bürostuhl vor dem Computer und begann hastig zu tippen.

»Nur das Passwort eingeben und voilà!«

Freudestrahlend zeigte die Mitarbeiterin auf das geöffnete Dokument, das plötzlich auf dem Monitor erschien.

»Das ist die Online-Ausgabe der aktuellen Ostfriesen-Zeitung. Kannst du auch auf deinem Smartphone lesen. Ist echt easy.«

»Mir fehlt dafür die Zeit. Wo ist der Artikel?«

»Hier! Auf Seite sieben.«

Tatsächlich. Ein umfangreicher Bericht mit Bildern vom Fundort der Leiche und einem Foto der toten Frau erschien auf dem Monitor. Man hatte das Foto aus dem Ausweis gewählt. In der äußeren Spalte der Zeitungsseite stand ein Hinweis auf das Tötungsdelikt von der Oderstraße, darunter ein Foto von Nele Reimers.

Sabine zeigte auf den Bildschirm: »Hier steht ein Aufruf: Jeder, der etwas gesehen hat oder über die Opfer Auskunft geben kann, soll sich bei der Polizeidienststelle Norderney melden.«

»Wie spät ist es?«

»Es ist noch früh am Vormittag. Die meisten Norderneyer haben sicherlich die Zeitung noch nicht gelesen.«

»Die Online-Variante ist doch schon früh verfügbar. Ich trinke nur noch meinen Kaffee aus und dann fahre ich zur Polizeidienststelle. Vielleicht weiß man dort schon mehr.«

DIE REGENWOLKEN VERZOGEN SICH. Nur wenige weiße Wölkchen zierten den endlosen Himmel über dem Watt vor Norderney. Die großen weißen Bauten unweit der Strandpromenade erstrahlten im hellen Sonnenlicht. Bereits zu dieser Stunde zeigte das Thermometer am Kurhaus 22 Grad.

Das könnte doch noch ein schöner Tag werden, dachte Lea und setzte sich in ihren Smart. Sie fuhr mit geöffnetem Seitenfenster und ließ sich die angenehme Luft ins Gesicht wehen. Es war ein Gefühl wie im Urlaub. Schade, dass sie jetzt das herrliche Wetter nicht in vollen Zügen genießen konnte. Wie immer parkte sie auf der kleinen Auffahrt neben dem Gebäude der Polizeidienststelle.

»MOIN, Frau Landgraf. Sie kommen gerade richtig. Der Chef hat was für Sie.«

»Moin, Jan. Kann ich durchgehen?«

»Ja, der Boss ist in seinem Büro. Mögen Sie einen Tee?«

»Nein, Danke.«

Lea klopfte und hörte ein mürrisches »Ja!«. Lea trat ein.

»Ach, Sie sind es. Moin, Frau Landgraf. Nehmen Sie Platz. Habe gerade an Sie gedacht. Der Artikel in der Zeitung hat seine Wirkung nicht verfehlt. Obwohl ich ihn noch gar nicht gesehen habe.«

»Sie meinen die Zeitung? Die kann man auch online lesen.«

»Ich soll auf dem Computer Zeitung lesen? Nee, so was

wollen wir gar nicht erst anfangen. Frühstücken und dabei auf einen Monitor glotzen? Wer macht denn so etwas?«

Statt die Konversation mit dem Gast fortzusetzen, begann Flessner unverhofft laut zu rufen:

»Jan, wo bleibt die Ostfriesen-Zeitung?«

Sekunden später öffnete sich die Tür.

»Hier, Chef. Ist heute früher gekommen. Ich habe noch nicht reingeschaut.«

»Das fehlt auch noch, dass meine Mitarbeiter im Dienst Zeitung lesen.«

Flessner nahm die Lektüre, legte sie vor sich auf den Schreibtisch und blätterte Seite für Seite durch. Jan Lankow schaute zu Lea. Mit einem breiten Grinsen verließ er den Raum.

»Hier steht es. Fast eine ganze Seite. Das haben die Leute von der Zeitung gut gemacht.«

»Und? Sie wollten etwas zu der Resonanz sagen.« Erwartungsvoll schaute Lea zu Flessner, der schweigend den Artikel studiert.

»Richtig, Frau Landgraf. Heute Morgen rief eine Frau an. Sie behauptete, die Tote zu kennen. Jan hat ihre Anschrift notiert. Sie wohnt in einer Ferienwohnung an der Emsstraße. Jan konnte sie kaum verstehen. Er sagte, sie hätte ununterbrochen geweint.«

»Was hat sie gesagt?«

»Jan!«, rief Flessner erneut. »Frau Landgraf will was von dir wissen!«

Die Tür öffnete sich und Lankow kam gemächlich mit einem Butterbrot in der Hand hereinspaziert.

»War gerade am Frühstücken«, murmelte er.

»Erzähl der Frau Kommissarin, was die Anruferin gesagt hat.«

»Welche Anruferin?«

»Die aufgrund des Zeitungsartikels angerufen hat.«

»Ach so. Viel hat sie nicht gesagt. Sie redete sehr undeutlich. Sie sagte, dass sie die Tote kannte. Ich habe die Anschrift notiert und das war's.«

»Mensch, Jan. Beim nächsten Mal fragst du nach den Namen.«

Lankow nickte mit dem Kopf, nahm einen kräftigen Happen von seinem Brot und verließ das Chefbüro.

»Fahren Sie zu der Frau und sprechen Sie mit ihr persönlich. Vielleicht erfahren Sie etwas Neues über die Tote.«

»Die Anruferin, ist sie ein Feriengast?«

»Das weiß ich nicht. Wie gesagt, Jan konnte sie schwer verstehen. Viel gefragt hat er ja anscheinend auch nicht. Ich weiß nur, dass sie in einem der Ferienappartements wohnt. Möchten Sie eine Tasse Tee?«

»Nein, danke. Ich werde direkt hinfahren.«

»Hier, das ist die Adresse der Anruferin.«

Lea bekam einen Zettel mit der Anschrift, setzte sich ins Auto und fuhr los. Von der Polizeidienststelle bis zur Emsstraße waren es nur wenige Kilometer.

Die Häuser an der Emsstraße lagen gegenüber den Dünen. Wer dort wohnte und zum Strand wollte, hatte es nicht weit. Lea parkte ihr Auto am Straßenrand. Unmittelbar vor den Dünen gab es mehrere Parkbuchten. Nur wenige waren besetzt.

Gerne hätte sie einen Blick auf das Meer geworfen, aber leider fehlte ihr die Zeit. Sie brauchte dringend Ergebnisse. In der Hoffnung, Neues zu erfahren, lief sie auf das Ferienhaus zu. Das aus roten Klinkern gebaute Haus war nur wenige Schritte vom Parkplatz entfernt und wirkte wie die übrigen Häuser sehr gepflegt.

Das Haus hatte nur einen Eingang. Lea betätigte den Klingelknopf. Nach ein paar Sekunden versuchte sie es erneut. Sie musste fast zwei Minuten warten, bevor sich die Tür öffnete. Eine junge hagere Frau mit verweinten Augen begrüßte sie zaghaft. Lea schaute auf eine blasse Person, die unsicher auf den Beinen stand und sich an der Eingangstür festhalten musste. Ihr Blick war leer. Das Gesicht fahl, knochig und ausdruckslos. Lea zeigte ihren Dienstausweis.

»Ich bin Hauptkommissarin Lea Landgraf. Die Polizeidienststelle Norderney gab mir Ihre Adresse. Kann ich Sie kurz sprechen?« Die Frau nickte.

»Mein Kollege hat Ihren Namen nicht notiert, vermutlich hat er ihn am Telefon nicht verstanden.«

»Ich heiße Kati. Kati Reimers. Meine Wohnung ist oben. Folgen Sie mir bitte.«

Die junge Frau wankte durch den kleinen Flur zu einer Treppe, die in den oberen Stock führte. Lea folgte ihr.

An der Wand hingen gerahmte Postkarten mit Inselmotiven.

»Kati Reimers? Sie sind Katharina Reimers, die Schwester von ...?«

»Nele und Heike sind meine Schwestern«, schluchzte sie. Oben angekommen lief sie zu einer offenstehenden Tür.

»Treten Sie ein. Wir wohnen hier seit vorgestern. Es ist noch alles unaufgeräumt.« Die Stimme der jungen Frau wirkte unsicher und ängstlich.

Im geräumigen Wohnzimmer lagen Kleidungsstücke auf den Stühlen. Auf dem hellen Laminatfußboden standen zwei Reisetaschen sowie Rucksäcke, daneben eine Einkaufstüte mit Getränken. Ein hagerer Mann in ausgewaschenen Jeans und Schlabbershirt, unrasiert und mit ausgelatschten Sandalen ging auf Lea zu, als sie das Zimmer betrat.

»Das ist Ben. Mein Freund«, sagte die junge Frau leise.

Er reichte ihr die Hand. Lea bemerkte, wie sie zitterte.

»Guten Tag. Ich bin Ben. Habe ich das richtig verstanden: Sie sind von der Kriminalpolizei?«

»Ja. Ich untersuche das Tötungsdelikt von letzter Nacht.«

»Wir sind total schockiert«, sagte der junge Mann. Hilflos

schaute er zu seiner Freundin, die sich auf das Wohnzimmersofa gesetzt hatte und heftig zu weinen begann.

»Heute Morgen nach dem Aufstehen, Kati war unter der Dusche, öffnete ich die Online-Ausgabe der Ostfriesen-Zeitung. Der Zugangscode gehört zum Service der Ferienwohnung. Eigentlich ging es mir nur um den aktuellen Wetterbericht. Dann sah ich die Schlagzeile und das Bild von Heike. Ich wusste im ersten Moment gar nicht, wie ich reagieren sollte. Ich rief Kati. Sie sah den Artikel, wurde blass wie die Wand und sackte zusammen. Ich konnte sie gerade noch auffangen. Kati hat nur geweint.«

»Seit wann sind Sie auf Norderney?«

Ben ging zu seiner Freundin, setzte sich neben sie auf das Sofa und hielt ihre Hand.

»Wie Kati sagte, sind wir vorgestern mit der letzten Fähre angekommen. Wir wollten uns heute mit Heike treffen. Sie war die Einzige der Familie, mit der wir Kontakt hatten. Heike wollte sich bei uns melden.«

Katharina hob den Kopf.

»Wir sind wegen der Trauerfeier gekommen. Meine Mutter ist neulich … gestorben«, schluchzte sie.

Lea setzte sich auf einen freien Stuhl und nahm ihren Notizblock zur Hand.

»Ich weiß. In den letzten Tagen habe ich mit ihrem Stiefvater gesprochen. Er leidet sehr unter dem Freitod seiner Frau.«

»Das, das ... Nele wollte uns ...« Das Reden viel ihr schwer. Katharina Reimers hielt die Hände vors Gesicht und weinte bitterlich.

»Lass mich reden, Schatz. Das ist doch okay, Frau Kommissarin?« Fragend schaute der junge Mann zu Lea.

»Ja. Erzählen Sie.«

»Heike meldete sich bei Kati. Sie teilte Kati den Tod ihrer Mutter mit.«

Lea schaute zu der weinenden jungen Frau.

»Wurden Sie von Stefan Hegemann gebeten zu kommen?«

»Nein. Er hat nur mit Heike gesprochen. Sie sollte kommen und sich um alles kümmern, weil er es nicht mehr kann. Heike hat mich dann angerufen. Heike wollte dafür sorgen, dass wir die Möglichkeit bekommen, zur Trauerfeier zu fahren.«

»Sie heißen Reimers wie ihre Schwester und nicht Hegemann?«

Obwohl ihr das Reden schwerfiel, versuchte Katharina Reimers auf Leas Äußerung einzugehen.

»Meine Mutter war mit Doktor Lutz Reimers verheiratet. Meinem Vater. Er verunglückte vor einigen Jahren tödlich. Heike ist geschieden, trägt aber noch den Namen ihres Mannes. Nele war ledig. Sie hatte einen Freund in Frankfurt. Wir beide sind auch nicht verheiratet. Meine Mutter hat vor einigen Jahren Stefan Hegemann kennengelernt und ihn geheiratet.«

»Jetzt wird mir einiges klar.«

Nachdenklich schaute Lea zu dem Paar. Beide saßen nebeneinander auf dem dunkelblauen Sofa. Ben hatte mittlerweile seinen Arm um die schmalen Schultern seiner Freundin gelegt und hielt sie fest. Immer wieder brach sie in Tränen aus.

»Wann haben Sie zuletzt mit Ihrer Schwester gesprochen?«

»Gestern früh. Sie wollte nach der Arbeit noch einige Sachen packen und dann mit dem Zug von Osnabrück nach Norddeich fahren.«

Kati schaute zur Wanduhr.

»Wie gesagt, sie wollte sich mit uns treffen.«

»War sie anders als sonst? Ist Ihnen beim Telefonat etwas

Ungewöhnliches aufgefallen? Hatte sie Angst? War sie nervös?«

»Nein. Im Gegenteil. Trotz des tragischen Todes von Mama und Nele war sie relativ gut zu sprechen. Sie freute sich, uns endlich wiederzusehen.«

»Wo waren Sie und Ihr Partner gestern zwischen 19 Uhr und 21 Uhr.«

Katharina Reimers sah Lea überrascht an. »Verdächtigen Sie uns etwa?«

»Tut mir leid. Ich muss Ihnen diese Frage stellen«, sagte Lea.

»Wir sind clean, wenn Sie das meinen. Ihrem Blick konnte ich von Anfang an entnehmen, dass sie wissen, wer vor Ihnen steht. Ja, wir waren Junkies! Aber wir haben es geschafft.« Katis Stimme wurde lauter. Sie wirkte gereizt. Mit einem Papiertaschentuch wischte sie sich die Tränen aus den Augen und fauchte Lea an.

»Wenn Sie glauben, wir hätten etwas mit dem Tod von Nele und Heike zu tun, dann irren Sie sich! Wieso sollte ich meine Schwester umbringen?«

»Sie haben meine Frage noch nicht beantwortet,« sagte Lea ruhig und in einem sachlichen Tonfall.

Katharina Reimers seufzte und schien sich wieder etwas zu beruhigen.

»Wir waren in einem Therapiezentrum für Drogensüchtige in Nordrhein-Westfalen. Dieses Therapiezentrum in der Nähe von Bonn hat eine separate Abteilung für Heroinabhängige. Meine Mutter hat lange gekämpft, damit wir beide dort einen Platz bekamen. Es war eine harte Zeit. Meine Mutter hat uns unterstützt und das nicht nur finanziell. Wir schulden ihr unendlichen Dank.«

Dicke Tränen rannen über ihr Gesicht, als sie in ihrem Monolog fortfuhr.

»Wie gesagt, wir haben die Therapie erfolgreich abgeschlossen. Offiziell sollten wir erst im September entlassen werden. Aufgrund der Ereignisse durften wir die Klinik früher als geplant verlassen. Vorgestern brachte man uns zum Bahnhof. Wir sind unter Aufsicht in den Zug gestiegen und nach Norddeich gefahren. Mit der Entlassung aus der Klinik beginnt für uns jetzt ein neues Leben. Ohne Drogen!«

»Sie waren also ständig in der Klinik?«, wollte Lea wissen.

»Ja, Frau Hauptkommissarin. Sie können sich dort erkundigen. Wir haben die Klinik monatelang nicht verlassen. Es war eine Privatklinik. Wir waren von der Außenwelt abgeschirmt, ohne Handy und ohne Kontakt nach draußen. Wie gesagt, es war eine harte Zeit. Auch wenn wir gewollt hätten, von dort gab es kein Entkommen. Alcatraz war dagegen eine Kindertagesstätte. Die Klinik wurde besser überwacht als das Kanzleramt in Berlin.«

Ben erhob sich aus dem Sofa, lief aus dem Zimmer und kam mit einem Zettel in der Hand zurück.

»Das ist die Anschrift und die Telefonnummer der Klinik. Sie können sich jederzeit dort über uns informieren.«

»Dennoch haben Sie kein Alibi für gestern Abend.«

»Wir waren hier in der Ferienwohnung und haben Fernsehen geschaut.«

»Kann das jemand bestätigen?«

»Ja, der Vermieter. Er hat uns gestern Abend besucht und uns den Schlüssel vom Fahrradschuppen gebracht.«

»Wie war das Verhältnis zu Ihrer Mutter, zu Ihren Geschwistern und zu Stefan Hegemann?«

»Das Verhältnis hat unter meiner Drogensucht natürlich gelitten. Vorher haben wir uns sehr gut verstanden. Das letzte Mal, als wir uns alle gesehen haben, war Weihnachten vor drei Jahren. Wir trafen uns bei Heike in Osnabrück zu einer gemeinsamen Weihnachtsfeier. Neben Nele war auch meine

Mutter da. Wer hätte damals gedacht, dass es das letzte gemeinsame Weihnachtsfest sein würde.«

Kati schluchzte.

»Ich hole dir was zu trinken. Möchten Sie auch etwas trinken?«, fragte Ben. Lea verneinte und Ben ging in die Küche. Mit einem Glas Wasser kam er zurück.

»Entschuldigung. Was wollten Sie wissen?«, fragte Katharina.

»War Ihr Stiefvater auch dabei?«

»Nein. Wir sind einige Male zusammen in Urlaub gefahren und danach ...«

Kati stockte.

»Wissen Sie, wir drei Töchter kamen mit Stefan nicht klar. Wir hatten wenig Kontakt mit ihm. Es gab weder Treffen noch Gespräche oder eine andere Form der Kommunikation in den letzten Jahren. Wir Schwestern haben nie verstanden, warum Mama diesen Mann geheiratet hat. Unsere Mutter war eine so wunderbare, intelligente und gebildete Frau und er ... Mir fällt kein Wort ein, das diesen Mann treffend beschreiben könnte. Im Prinzip war er das genaue Gegenteil von Mama. Vielleicht mochten wir ihn deshalb nicht. Weder ich noch Nele oder Heike hatten in den letzten zwei Jahren intensiven Kontakt mit ihm. Nur meiner Mutter zu Liebe trafen wir uns nach der standesamtlichen Trauung in großer Runde.«

Nele wischte sich die Tränen aus dem Gesicht und trank das Glas Wasser aus.

»Nachdem Ihre Mutter Herrn Hegemann geheiratet hatte, wie war das Verhältnis zwischen den beiden in den letzten Jahren? Gab es Beziehungsprobleme? Hat Ihre Mutter von Konflikten gesprochen?«

Katharina schaute nachdenklich auf ihre Hände, bevor sie antwortete.

»Nach Stefans Schlaganfall gab es Spannungen zwischen

den beiden. Meine Mutter sprach öfter von Differenzen. Konkretes hat sie uns aber nie mitgeteilt.«

»Hatte sich Ihre Mutter in letzter Zeit irgendwie verändert?«, wollte Lea wissen.

»Ich weiß es nicht. Heike erzählte nur, dass Mama in den letzten Monaten aufblühte. Sie lachte und scherzte am Telefon und war wie verwandelt. Stefan erwähnte sie nicht, dafür erzählte sie viel von ihrer Arbeit bei dieser Umweltorganisation, von Plänen und von Reisen, die sie im kommenden Jahr machen möchte.«

»Alleine? Wollte Sie alleine verreisen?«

»Das weiß ich nicht, Frau Hauptkommissarin. Laut Heike erwähnte sie Stefan kaum noch. Heike hatte das Gefühl, dass sie sich vielleicht neu verliebt hatte. Das war aber nur eine Vermutung.«

»Können Sie sich den Suizid Ihrer Mutter erklären?«

»Nein. Ganz und gar nicht. Seit wir unsere Therapie angetreten haben, war sie total euphorisch. Sie hatte Pläne. Wollte uns eine Wohnung besorgen und mir das Studium finanzieren.«

»Haben Sie in den letzten Tagen und Wochen mit Ihrer Mutter, mit Nele oder Heike telefoniert?«

»Nur mit Heike. Sie hatte als Einzige meine Kontaktdaten. Während der Therapie durften wir ohnehin nicht telefonieren. Heikes Anruf war ein Notfall, deshalb konnten wir miteinander reden. Sie schickte uns Geld für die Reise nach Norderney.«

»Wer wusste von der Ankunft Ihrer Schwester auf Norderney?«

»Soweit ich informiert bin, niemand. Natürlich weiß ich nicht, mit wem Heike zwischenzeitlich Kontakt hatte.«

»Was ist mit Stefan Hegemann?«

»Er teilte Heike mit, dass unsere Mutter gestorben sei. Heike hat wiederum mich informiert. Das Gleiche geschah auch, als Nele starb … Ich verstehe das alles nicht … Warum mussten meine Schwestern sterben? Warum hat man sie getötet?« Katharina brach wieder in Tränen aus.

Ben, der überwiegend geschwiegen hatte, übernahm das Wort, als er merkte, wie schwer es seiner Freundin fiel, weiterzureden.

»Hegemann bat Heike um Hilfe. Sie sollte sich um die Formalitäten und die Beisetzung kümmern. Heike hat uns informiert und gesagt, wir sollten so schnell wie möglich folgen. Ihr haben wir es zu verdanken, dass wir die Therapie vorzeitig beenden durften.«

Katharina nickte zustimmend.

»Wem haben Sie den genauen Zeitpunkt ihrer Anreise mitgeteilt?«

Katharina holte eine Flasche Cola aus ihrem Rucksack, der neben dem Sofa stand, und füllte ihr Glas. Sie nahm einen Schluck, bevor sie wieder zu reden begann.

»Nur mit Heike habe ich über die Anreise gesprochen. Da ich nicht wusste, welchen Zug wir nehmen würden, habe ich den Ankunftstermin offengelassen. Die Wohnung stand uns ohnehin für 10 Tage zur Verfügung.«

Sie nahm einen Schluck Cola und schaute fragend zu Lea.

»Wie soll es jetzt nur weitergehen?«, fragte Kati Reimers unter Tränen.

»Halten Sie sich bitte für weitere Fragen zur Verfügung.« Lea ließ sich die Personalausweise zeigen und notierte den Namen des Vermieters.

»Und gehen Sie nie alleine aus dem Haus.«

»Sind wir in Gefahr?«

»Reine Vorsichtsmaßnahme. Wir wollen jedes Risiko ausschließen.«

»Dürfen wir das Haus meiner Mutter besuchen? Wir möchten gerne noch einige Erinnerungsstücke von dort holen.«

»Zurzeit noch nicht. Die Untersuchungen sind noch nicht abgeschlossen.«

»Okay, dann erledigen wir erst einmal einige Behördengänge und diverse Besorgungen. Können Sie schon sagen, wann kann ich meine Schwestern bestatten kann?«

»Das wird noch einige Tage dauern. Die Polizeidienststelle Norderney wird Sie informieren.«

»Gut. Alles Weitere muss ich ohnehin mit Stefan absprechen. Soviel ich weiß, hat er sich bezüglich der Einäscherung schon erkundigt.«

Lea erhob sich von ihrem Platz, steckte den Notizblock in die Jackentasche und verabschiedete sich.

»Danke für das Gespräch. Falls Ihnen noch etwas einfällt, können Sie mich jederzeit unter dieser Rufnummer erreichen.«

Lea reichte Ben ihre Karte und ging.

Kapitel 20

Der Wetterbericht hatte es angekündigt und endlich war es da. Ein beständiges Azorenhoch lag über Ostfriesland und bescherte Norderney schönstes Sommerwetter. Die Regenschauer der letzten Tage und Wochen waren Geschichte. Die Menschen genossen die wärmende Sonne am Strand oder in den Cafés der Innenstadt. Lange hatte Lea nicht mehr so viele Menschen draußen gesehen wie an diesem Tag. Überall fuhren lachende, fröhliche Urlauber mit ihren Rädern, sommerlich gekleidet bummelten unzählige Feriengäste durch die Fußgängerzone oder saßen entspannt auf Bänken im Kurpark. Vor der Eisdiele in der Poststraße bildete sich eine lange Schlange. Kühles und Erfrischendes war an diesem sonnigen Tag angesagt.

Lea fuhr zurück zum Büro. Eigentlich wollte sie unterwegs noch einen Supermarkt ansteuern, dafür fehlte ihr aber die Lust. Mit leicht überhöhter Geschwindigkeit fuhr sie an unzähligen Radfahrern und gemächlich spazierenden Touristen vorbei, dem Gebäude entgegen, das sie bald verlassen musste. Sie hatte sich an dieses Haus und seine Räumlichkeiten gewöhnt. Es war mittlerweile mehr als nur ihr Arbeitsplatz.

Schade, dass wir umziehen müssen, dachte sie, als sie das Büro betrat. Sie legte ihre Sachen auf einen der Besucherstühle ab und ging nach nebenan in den Besprechungsraum.

»Bine, wo bist du?«, rief sie. Bekam aber keine Antwort. Sie setzte sich auf einen Stuhl und betrachtete die Wand mit den Notizen, Bildern und Zeitungsausschnitten. Abrupt wurde sie durch lautes Türenknallen aus ihren Gedanken gerissen.

»Ich bin wieder da! Wo steckst du?«, hörte sie Sabine rufen.

»Ich bin im Besprechungsraum!«, rief Lea.

»Hey, Lea! Ich war kurz in der Stadt und habe mir etwas zu essen besorgt. Falls du noch Hunger hast: Was ich habe, reicht für drei.«

»Ich denke, mir reicht ein Kaffee.«

»Kaffee klingt gut. Ich könnte auch eine Tasse vertragen. Ich kümmere mich darum.«

Sabine verschwand in der Küche, kam zurück, hetzte durch den Flur zur Toilette, eilte von dort zu ihrem Schreibtisch, kramte etwas aus einer Schublade, bevor sie mit großen Schritten zum Besprechungsraum eilte. Erneut knallte eine Tür. Ein Gegenstand fiel zu Boden. Sabine fluchte.

Lea schüttelte mit dem Kopf.

Wie soll ich bei dieser Geräuschkulisse einen klaren Gedanken fassen, dachte sie und öffnete die Tür zum Flur.

»Alles in Ordnung, Bine?«, fragte Lea.

»Ja, ich denke schon. Mir ist nur mein Handy auf den Boden gefallen. Seit wir dieses Einschreiben bekommen haben, bin ich manchmal etwas unkonzentriert.«

»Man muss das Ganze positiv sehen, das hast du selbst gesagt.«

»Wie soll das gehen?« Ungläubig schaute Sabine zu ihrer Chefin.

»Einerseits müssen wir diese Räumlichkeiten verlassen,

andererseits bekommen wir ein schickes neues Büro. Da wir mittlerweile mehr Kompetenzen erhalten haben, wird der neue Standort mit Sicherheit nicht schlechter ausgestattet sein als dieser hier.«

»Wieso bist du plötzlich so optimistisch?«

»Keine Ahnung. Ich habe mir vorgenommen, positiver zu denken«, antwortete Lea lächelnd.

»Das versuche ich schon seit Jahren und ich habe immer noch denselben Freund und mein Kontostand hat sich auch nicht geändert.«

Sabine schlurfte mit gesenktem Kopf zur Küche.

»Können wir jetzt einen Kaffee trinken?«, fragte sie etwas lustlos.

»Gerne! Aber bitte im Besprechungsraum.«

»Willst du die Pause zum Arbeiten nutzen?«

»Ja, wir müssen endlich vorankommen.«

Sabine machte kehrt. Brachte Schreibzeug und eine Jutetasche in den Besprechungsraum, um danach zurück zur Küche zu gehen. Nach wenigen Minuten kam sie mit zwei gefüllten Kaffeebecher zurück.

»Stört es dich, wenn ich beim Meeting esse?«

»Nein. Iss erst mal. Ich habe gerade keinen Hunger. Mir genügt der Kaffee.«

»Was hat dein Ausflug heute Vormittag gebracht?«, wollte Sabine wissen.

»Es gibt eine Wendung. Die jüngste Tochter scheidet definitiv als Täterin aus.«

»Du meinst diese Drogensüchtige?«

»Ja! Ich habe mit ihr gesprochen.«

»Hier auf Norderney?«

»Sie war die Zeugin, die sich auf den Zeitungsartikel gemeldet hat. Flessner gab mir die Adresse und dann bin ich zu der Ferienwohnung gefahren, wo sie sich zurzeit aufhält.

Leider ist sie bislang die einzige Zeugin, die sich auf den Zeitungsartikel gemeldet hat.«

»Und wieso bist du dir sicher, dass sie und ihr drogensüchtiger Macker nicht die Täter sind?«

»Es ist richtig, was du sagst. Beide hatten in der Vergangenheit ein Drogenproblem. Mittlerweile sind die junge Frau und auch ihr Freund clean. Beide haben eine Therapie erfolgreich abgeschlossen. Ich habe vom Auto aus in der Entzugsklinik angerufen und mit der Klinikleitung gesprochen. Beide waren ohne Unterbrechung dort. Wie ich erfahren habe, war es ihnen nicht möglich, das Klinikgelände zu verlassen. Somit kommen sie für die erste Tat nicht in Frage. Ein Zeuge bestätigte außerdem, dass sie sich zur Zeit des zweiten Verbrechens in der Ferienwohnung aufhielten.«

»Wer kommt denn jetzt als Täter noch in Frage? Meinst du, wir sollten weiter im familiären Umfeld suchen? Da ist niemand mehr. Der überwiegende Teil ist nicht mehr am Leben.«

»Ich weiß. Katharina und ihr Freund kommen aus dem Drogenmilieu. Einbrüche. Diebstähle. Heroinkonsum. Sie hatten Kontakte zu Kriminellen und sie waren pleite. Das Erbe hätte alle ihre Probleme gelöst. Ich war mir so sicher.« Lea schlug mit der Faust auf die Tischplatte. »Scheiß Vorurteile. Nicht alle Junkies sind potenzielle Mörder.«

»Entschuldigung. Ich habe dir das eingeredet. Mach dir keine Vorwürfe. Du solltest nicht auf meinen Bauch hören. Besonders dann nicht, wenn er leer ist.« Sabine versuchte, ihre Chefin aufzuheitern. Ohne Erfolg.

»So eine Scheiße!«

Lea schrie so laut, dass Sabine erschrocken zusammenfuhr.

»Was ist los? Seit wann benutzt du dieses Wort? So kenne ich dich gar nicht.«

»Bine, wir haben nichts. Nichts! Die Zeit vergeht und wir haben absolut nichts vorzuweisen.«

»Das letzte Tötungsdelikt liegt nur wenige Stunden zurück.«

»Ich weiß, Bine. Ich frage mich nur, warum ich den Mörder von Nele Reimers nicht schon finden konnte. Wenn es sich um dieselbe Person handelt, die Heike Fischer umgebracht hat … Wieso konnte ich es nicht verhindern? Irgendetwas muss ich übersehen haben. Nur was? Doktor Maibach wird mich in der Luft zerreißen.«

»Du musst ihn ja nicht informieren.«

»Doch ich muss. Er erwartet einen Zwischenbericht.«

Sabine widmete ihre ganze Aufmerksamkeit ihrem belegten Brötchen. Legte aber nach dem dritten Bissen eine kurze Pause ein, nahm einen Schluck Kaffee und murmelte mit vollem Mund: »Angenommen, Katharina Reimers würde das Erbe ausschlagen. Ich glaube das zwar nicht, aber: Wer würde dann die Immobilien und das Geld von Cornelia Hegemann bekommen?«

»Gute Frage, Bine. Das ist sogar eine sehr gute Frage«, betonte Lea.

»Die drei Frauen waren geschieden, lebten vom Partner getrennt, beziehungsweise waren nicht verheiratet und Kinder sind nicht vorhanden. Wer bekommt das Millionenerbe, wenn die Dritte verzichtet?«

»Falls nichts im Testament verfügt worden ist, geht es an den Ehemann oder die nächsten Blutsverwandten von Cornelia Hegemann, so sieht es das Gesetz vor.«

»Was hat der Notar gesagt?«

»Er sprach nur von den Töchtern. Sie würden das Erbe zu gleichen Teilen bekommen. Er kopierte mir deshalb auch nur die erste Seite des Testaments. Ich denke, ich sollte mich noch einmal mit diesem Notar unterhalten.«

. . .

LEA HATTE AN DIESEM VORMITTAG GLÜCK. Sie traf den Notar in seiner Kanzlei an. Er unterbrach kurz sein Mandantengespräch, ließ sich erneut das Testament bringen und erläuterte widerwillig Lea den Nachlass in allen Einzelheiten.

40 Minuten später saß Lea wieder in ihrem Büro am Schreibtisch. In der Hand eine Kopie des kompletten Testaments. Gedankenversunken blätterte sie durch die Seiten, als es an der Tür klopfte.

»Komm herein, Biene. Es gibt Neuigkeiten!«, rief Lea.

Schnell trat Sabine ein, legte ihren Block auf den Schreibtisch und setzte sich auf den Besucherstuhl.

»Du wirst es nicht glauben, Bine.«

»Wovon sprichst du? Geht es um das Testament von Frau Hegemann?«

»Der Notar hat mir alles erläutert. Es gibt eine Überraschung.«

»Und? Erzähl.«

»Was können wir unternehmen, um Licht ins Dunkle zu bringen? Jetzt, wo ich den Inhalt des Testaments kenne, denke ich, dass ich irgendetwas übersehen habe.«

»Was meinst du? Was steht denn jetzt in dem Testament?«

»Was wir schon wussten. Die Töchter erben alles. Würde keine der Töchter mehr am Leben sein, was durch Unfall durchaus denkbar gewesen wäre, kämen andere zum Zuge. In diesem Fall zählen Stefan Hegemann und Franz Barkhoff, der neue Freund von Frau Hegemann, zu den Begünstigten. Sie wären alleinige Erben. Würden beide vorher versterben, dann kämen die nächsten Blutsverwandten von Cornelia Hegemann zum Zuge, wie zum Beispiel Cousin, Cousine, Nichten oder Neffen.«

»Da zwei Personen mittlerweile das Erbe nicht mehr antreten können, bleibt nur noch Katharina. Die jüngste Tochter ist Alleinerbin. Verzichtet sie, gehört alles Stefan Hegemann. Franz Barkhoff ist ja auch bereits tot.«

»Wird Katharina Reimers freiwillig verzichten?«, fragte Sabine.

»Mit Sicherheit nicht.«

»Gegenfrage: Was erhält Stefan Hegemann, wenn Katharina Reimers das Erbe annimmt?«

»Laut dem Notar geht Hegemann fast leer aus. Mit etwas Glück wird ihm ein Pflichtteil zugesprochen.«

»Dann ist doch alles klar. Hegemann ist unser Täter.«

»Nein, Sabine. Er kann es nicht gewesen sein. Unmöglich.«

»Du sagst doch immer, wir müssen nach Verbindungen und nach Motiven suchen. Hegemann ist die Verbindung und er hat ein Motiv.«

»Stefan Hegemann scheidet definitiv als Täter aus. Ich habe ihn besucht. Stefan Hegemann ist nach einem Schlaganfall stark eingeschränkt. Er kann sich nur mit einer Gehhilfe oder einem Rollstuhl fortbewegen. Er ist ein kranker Mann und auf fremde Hilfe angewiesen.«

»Wieso bist du dir da so sicher?«

»Zunächst hatte auch ich ihn im Visier. Dann habe ich ihn näher kennengelernt. Und mir war klar, er konnte es nicht gewesen sein.«

Lea blätterte gedankenversunken in dem Testament.

»Ich habe mit seinem Hausarzt gesprochen. Laut einem medizinischen Befund vom Frühjahr besteht keine Hoffnung, dass Stefan Hegemann je wieder gehen kann. Er wird sein Leben lang auf fremde Hilfe angewiesen sein. Das sagt auch der medizinische Dienst der Krankenversicherung. Hegemann hat Pflegegrad 4. Nicht ohne Grund kommt jeden zweiten Tag ein Mitarbeiter der Diakonie, um Hegemann zu versorgen. Jetzt, wo er seine Frau verloren hat, ist er doppelt bestraft. Noch kommt er fast alleine klar, auch dank der Hilfe seines Nachbarn. Sollte er stürzen und sich verletzen, müsste er sein Zuhause verlassen und in ein Pflegeheim ziehen. Wie gesagt, die Gutachten bestätigen es. Hegemann scheidet definitiv als Täter aus.«

»Und wenn er Hilfe hatte?«, fragte Sabine.

»Hilfe wobei?«

»Vermutlich hat er die Morde nicht selbst ausgeführt. Ich denke, der Mann hatte Hilfe. Immerhin geht es um ein beträchtliches Vermögen, da kann man sich doch einen Killer leisten.«

Lea schüttelte den Kopf. »Ein Auftragskiller hier auf Norderney? Kaum vorstellbar. Diese findet man vielleicht im Rotlichtviertel von Hannover, Hamburg oder Frankfurt, aber nicht in Ostfriesland.«

»Wer sonst sollte die Frauen getötet haben und warum?«

»Ich weiß es nicht. Das Warum beschäftigt mich auch. Geld ist immer ein Motiv, insbesondere, wenn es sich um ein Millionenvermögen handelt. Ich denke, Hegemann ist Opfer und nicht Täter.«

»Bist du dir sicher?«

Sabine nahm eine Serviette und säuberte ihren Mund, während sie Lea fragend ansah.

»Stefan Hegemann ist wie Katharina Reimers in Gefahr. Irgendjemand will alle Familienmitglieder beseitigen, um an das Millionenvermögen zu kommen. Leider reichen die Beweise nicht aus, um Personenschutz für die beiden zu beantragen. Wir sollten die Blutsverwandten von Cornelia Hegemann in Augenschein nehmen. Vielleicht werden wir dort fündig. Zunächst werde ich eine Kleinigkeit essen und dann rufe ich Doktor Maibach an. Später fahre ich zu Hegemann. Ich will wissen, ob er mit den Verwandten seiner Frau Kontakt hatte.«

SIE HATTE ES SICH VORGENOMMEN: Gleich nach der Mittagspause wollte sie den Staatsanwalt anrufen.

Lea saß an ihrem Schreibtisch und starrte auf das Gerät. 14 Uhr 10. Jetzt müsste Doktor Maibach erreichbar sein. Lea nahm das Telefon und wählte die Auricher Nummer. Ohne Diskussion wurde sie von der Vorzimmerdame durchgestellt.

Ein gutes Zeichen?, dachte sie und legte den Bleistift zur Seite, mit dem ihre Finger gerade noch gespielt hatten.

»Frau Landgraf, seit Tagen warte ich auf einen Anruf von Ihnen. Was ist los auf Norderney? Welche Fortschritte gibt es?«

»Moin, Herr Doktor Maibach. Die letzten Tage waren vollgepackt mit Arbeit. Unendlich viele Zeugenbefragungen und jede Menge Aktenstudium.«

»Und was hat ihre Ermittlungsarbeit bislang erbracht? Enttäuschen Sie mich nicht.«

»Ich konnte einige Tatverdächtige ausschließen. Dennoch kann ich noch nichts Konkretes sagen. Ob es Zufallstaten oder geplante Morde waren, wissen wir noch nicht. Es konnten weder DNA-Spuren noch andere Spuren an den Tatorten sichergestellt werden. Beide Tötungsdelikte wurden während oder kurz vor einem heftigen Regenguss ausgeführt. Wo Regen ist, sind bekanntlich keine Spuren.«

»Höre ich das richtig? Sie haben nichts?« Maibachs Stimme wurde lauter.

»Könnte man so sagen, Herr Doktor Maibach.«

»Ich bin enttäuscht, Frau Landgraf. Ich halte große Stücke auf sie. Ich habe Ihnen freie Hand gelassen. Und jetzt?«

»Noch habe ich nicht alle Ergebnisse von der KTU. Auch der endgültige Bericht der Rechtsmedizin steht noch aus.«

»Hätte ich doch nur auf mein Bauchgefühl gehört und diese Tötungsdelikte den Kollegen aus Aurich überlassen. Man wird mich auslachen, dass ich eine unerfahrene Mitarbeiterin mit derartigen Ermittlungen betraut habe.«

»Herr Doktor Maibach, ich bin noch am Anfang. Seit dem

letzten Tötungsdelikt sind weniger als 24 Stunden vergangen.«

»Ich denke, ich informiere Hauptkommissar Eggers. Der weiß, was zu tun ist. Sie hören von mir, Frau Landgraf.«

SOLLTE SIE SCHREIEN, heulen, lachen oder das Telefon gegen die Wand knallen. Lea war wütend, enttäuscht, demotiviert und fühlte sich einfach nur scheiße.

Sie verließ das Büro ohne ein Wort, stieg in ihr Auto und fuhr davon. Ihr Weg führte sie zur Emsstraße. Lea parkte ihren Wagen, sendete Sabine eine kurze Nachricht und lief dorthin, wo sie am Morgen bereits gewesen war. Hier traf Schönes und Tragisches zusammen. Sehnsuchtsvoll hatte sie am Morgen zu dem Dünenweg geschaut, bevor sie die Zeugenbefragung durchführte.

Kurz dachte sie an Katharina und Ben, als sie an dem Ferienhaus vorbeilief. *Was sie jetzt wohl gerade machen? Ob sie sich bereits von dem Schock erholt haben?,* dachte Lea.

Sie wollte die jungen Menschen nicht erneut mit Fragen belästigen. Lea lief die Emsstraße ein Stück entlang, bis zu der Stelle, wo ein breiter Weg durch die Dünen zum Strand führt. Als sie den Scheitelpunkt zwischen den Dünen erreicht hatte, stoppte sie ihren Lauf. Für einige Minuten verharrte sie regungslos und genoss die Aussicht. Es war für sie ein atemberaubender Blick. Strand und Meer lagen zu ihren Füßen. Nur wenige Menschen sah sie baden. Viele lagen entspannt am Strand und genossen die Sonne. Kinder buddelten im Sand oder vergnügten sich am Wasser.

Lea legte die rechte Hand wie einen Schirm über ihre Augen. In der Ferne sah sie einen Fischkutter, der langsam an der Insel vorbeizog, davor ein kleines Motorboot, das über die Wellen hüpfte und sich schnell entfernte. Am Horizont konnte sie weiße Segel erkennen. Sie zog ihre Schuhe aus, nahm sie in die Hand und lief den Weg hinunter zum Meer. Sie spürte eine angenehme Brise, die ihr Gesicht wie eine Daunenfeder streifte. Der Sand fühlte sich weich und warm an. Vorbei an Menschen, die unter Sonnenschirmen oder Strandmuscheln lagen und vor sich hin dösten, lief sie zum Wasser. Ein wohliger Schauer durchströmte ihren Körper, als eine Welle ihre nackten Füße umspülte. Die Luft roch nach Jod und Salz. Lea atmete tief ein. Es war wundervoll, entlang des Wassers zu laufen. Der feuchte Untergrund fühlte sich wie ein samtweicher Teppich an. Jede Welle, die ihre Füße erreichte, erfüllte sie mit kindlicher Freude. Unversehens hatte sie alles vergessen, was sie noch vor wenigen Minuten belastete. Doktor Maibachs Worte waren nur noch Kritzeleien im Sand, die von den Wellen weggespült wurden.

Lea lief und lief. Atmete tief ein und aus, bevor sie sich erschöpft am Strand in den warmen Sand fallen ließ. Wie Sabine es ihr vor Wochen empfohlen hatte, trug sie einen kleinen Rucksack auf dem Rücken, gefüllt mit Getränken und etwas Essbarem. Lea genoss die Ruhe, die frische Luft und die wärmende Sonne auf der Haut.

Sie hatte oft davon gelesen. Dachte immer, es wäre nur eine clevere Marketingidee. Jetzt wusste sie es: Der Wind, der vom Meer kommt, vertreibt alle dunklen Gedanken.

Es war ein gutes Gefühl, hier zu sitzen und die Natur zu genießen. Lea fühlte sich unbeschwert, entspannt und frei. Die Insel hatte etwas Magisches an sich. Lea spürte es mit jeder Minute, die sie hier am Meer verbrachte.

Kapitel 21

Den Artikel las er mit großem Interesse. Gerne hätte er gewusst, welche Zeugen sich auf die Aufforderung gemeldet hatten. Einige Formulierungen brachten ihn zum Schmunzeln. Ja, er hatte seine Sache gut gemacht. Obwohl, einiges ungeplant war, hinterließ er laut dem Zeitungsbericht keine Spuren. Ein Foto weckte seine Neugier. Mit Interesse las er die Bildunterschrift: Polizeihauptmeister Johann Flessner und Hauptkommissarin Lea Landgraf am Fundort der Leiche.

Erstaunt betrachtete er das Foto. Das war sie also, dachte er. Sie ist Hauptkommissarin und leitet die Ermittlungen. Mit der flachen Hand strich er über die Zeitungsseite, als wolle er das Papier glätten. *Habe ich es mir doch gedacht. Diese Frau will mir das Wasser reichen? Niemals.*

Noch einmal nahm er die Zeitung in die Hand und betrachtete das Foto aus geringer Distanz.

»Du machst mir keine Angst«, flüsterte er. Mit dem Zeigefinger der rechten Hand tippte er mehrmals auf das Gesicht der Kommissarin.

»Wenn du mir noch einmal in die Quere kommst, mache ich dich fertig.« Wütend warf er die Zeitung in die Ecke.

»Du bist tot, kleine Kommissarin!«, schrie er aufgebracht.

. . .

EINIGE TAGE später war es einer dieser Tage, an denen man das Gefühl vermittelt bekam, die Wetterlage passte nicht zum Anlass. Die Wolken der letzten Tage wichen den Strahlen der Sonne. Bereits am frühen Vormittag zog eine Schar Uferschnepfen über ein ruhiges, fast glattes Meer, das in der Sonne glitzerte. Der strahlend blaue Himmel lockte die Sonnenhungrigen ins Freie.

Es war 13 Uhr 30, als drei schwarzgekleidete Herren über den kurz geschorenen, grünen Rasen des Inselfriedhofes liefen. Jeder von ihnen trug eine Urne in den Händen. Ihnen folgte eine Schar trauender Menschen, überwiegend schwarz gekleidet. Ihr Weg führte zu der letzten Ruhestätte von drei verstorbenen Frauen.

Lea und Flessner hatten sich um die Freigabe der Leichen gekümmert. Freiwillig legten die Mediziner eine Zusatzschicht ein, so dass zeitgleich der Transport der Toten nach Wilhelmshaven erfolgen konnte. Hier wurden sie auf Wunsch der Hinterbliebenen eingeäschert. Es war Katharinas persönliches Anliegen, dass ihre Lieben zeitgleich beigesetzt wurden.

Lea stand abseits. Sie wollte nicht gesehen werden. Eine Kriminalbeamtin, die während einer Beisetzung ermittelt, empfanden viele als taktlos.

Cornelia Hegemann und ihre Töchter schienen beliebt gewesen zu sein. Lea schätzte die Zahl der Trauergäste auf weit über 50 Personen. Einige wenige kannte sie. Nicht alle konnte sie beobachten. Ihre Sicht war von Grabsteinen, hohem Bewuchs und einigen Personen versperrt. Sie sah Stefan Hegemann. Teilnahmslos saß er im Rollstuhl, den Kopf gesenkt, verfolgte er ohne Regung die Zeremonie. Hinter ihm stand sein Nachbar, der ihn schob. Daneben im Abstand von einigen Metern, Katharina Reimers und ihr Freund Ben.

Gut, dass Herr Hegemann Hilfe hat, dachte Lea.

Jetzt, da seine Frau nicht mehr für ihn da war, würde sein Leben noch komplizierter werden. 30 Minuten dauerte die Trauerandacht. Nach dem letzten Gebet und dem Segensspruch des Pastors versammelten sich Verwandte, Freunde und Bekannte an der letzten Ruhestätte, dort wo die drei Urnen versenkt werden sollten.

Das Lied »Time to say goodbye«, ein letzter Gruß, gespielt von einer Handvoll Bläser, rührte alle Anwesenden noch einmal zu Tränen. Kaum war der letzte Ton verklungen, verstreuten sich die Trauergäste langsam in alle Richtungen. Einige gingen noch auf Herrn Hegemann und Katharina Reimers zu, bevor sie gingen.

Mühevoll legte Hegemann drei Rosen nieder, bevor er als Letzter den Ort verließ. Sein Nachbar Harald Nannen schob ihn zu einem Taxi. Katharina und Ben standen abseits.

Lea fuhr zurück zum Büro, in der Hoffnung, dass es dort mittlerweile neue Hinweise geben würde.

»ICH MÖCHTE ALLEINE ABSCHIED NEHMEN.«

Traurig blickte Katharina zu ihrem Freund.

»Nur fünfzehn Minuten. Bitte.«

Fast flehend schaute sie zu dem hageren, jungen Mann, der schwarz gekleidet vor ihr stand und ihre Hand hielt.

»Gut, wenn du meinst Ich gehe spazieren. In 20 Minuten bin ich wieder zurück.« Ben wollte seiner Freundin diesen besonderen Wunsch nicht verwehren. Er schaute sich mehrmals um, bevor er den Friedhof mit einem mulmigen Gefühl verließ.

EINE UNGEWÖHNLICHE STILLE lag über dem Friedhof. Katharina Reimers lief zu dem Ort, an dem man die Urnen beigesetzt hatte. Endlich konnte sie ihren Gefühlen freien Lauf lassen. Schluchzend kniete sie auf dem grünen Rasen und streichelte die Stellen, an der lockere, schwarze Erde die Plätze markierten, an denen Mutter und zwei Schwestern für immer ruhen sollten.

»Warum? Warum?«, jammerte sie.

Leise und für andere nicht hörbar, redete sie mit den Menschen, dessen Leben so abrupt beendet worden war. Sie konnte es immer noch nicht fassen. Tränen rannen über ihre Wangen.

Versunken in ihrer Trauer hörte sie nicht, wie sich Schritte näherten, zu sehr gab sie sich in diesem Moment ihrer Trauer hin.

Ihr Widersacher hatte leichtes Spiel. Wie vom Blitz getroffen fiel sie zur Seite, zuckte und wedelte mit den Gliedmaßen, als wollte sie in ihrer Not auf sich aufmerksam machen. Nur Sekunden dauerten diese merkwürdigen Bewegungen. Arme und Beine erschlafften. Der Kopf viel zur Seite. Der Rumpf drehte sich noch einmal um wenige Zentimeter, bis auch er regungslos liegen blieb. Hastig drückten starke Hände den schlaffen Körper auf den Rücken. Zweimal blitze eine Klinge auf.

Der Gesang einer Amsel, die auf der Spitze einer Tanne saß, verstummte urplötzlich. Verschreckt flog der schwarze Vogel mit dem markanten gelben Schnabel schimpfend davon.

Es war Ben, der eilig angelaufen kam. Beim Spazierengehen erinnerte er sich an die Worte der Kommissarin: »Gehen Sie nicht alleine außer Haus.«

Er war bereits einige Minuten gegangen, als die Sorge um seine Freundin plötzlich in ihn hochkam. Eilig, so schnell es seine neuen Schuhe erlaubten, rannte er zurück zum Friedhof.

»Katiiii!«, schrie er, als er seine Freundin regungslos am Boden liegen sah.

Während Blut die schwarze Kleidung des Opfers tränkte, eilte eine dunkel gekleidete Person überstürzt davon. Verstört stoppte der junge Mann seinen Lauf und griff in die Innentasche seiner neuen, schwarzen Jacke. Mit zittriger Hand hielt er das Smartphone, wählte mit einem Finger den Notruf, während er starr vor Schreck auf seine blutende Freundin blickte.

LEA SASS am Schreibtisch und studierte die Informationen, die Sabine ihr hingelegt hatte, als Flessner telefonisch nach ihr verlangte.

»Kommen Sie schnell zum Friedhof! Es ist etwas Furchtbares geschehen! Eine Frau wurde angegriffen.«

»Ich bin in 5 Minuten da! Bis gleich, Herr Flessner.«

»Sabine, ich muss weg. Wir reden morgen über die Sachen. Ich fahre zur Jann-Berghaus-Straße. Dort, auf dem Friedhof, ist etwas Schreckliches passiert. Ich hoffe nicht, dass es wieder eine Tote gibt. Ich muss mich beeilen.«

»Kann ich noch etwas für dich tun?«

Lea zog sich hastig ihre Jacke über.

»Ja! Versuch bitte, alles über Stefan Hegemanns Nachbarn herauszufinden. Beruf, Ausbildung, Vermögen, Freunde, Hobbys und so weiter. Er heißt Harald Nannen. Ich will alles wissen. Wirklich alles!«

»Nannen? Der Name ist mir nicht geläufig.«

»Ein wohlgefälliger Mann. Ich glaube, er verschweigt etwas.«

LEA DRÜCKTE AUFS GASPEDAL. Weit war es nicht zum Friedhof, dennoch wollte sie keine Zeit verlieren. Es war schon merkwürdig. Vor kaum einer Stunde hatte sie dort eine Trauerfeier beobachtet. Drei Menschen, die eines unnatürlichen Todes gestorben waren, wurden beigesetzt. Jetzt meldete die örtliche Polizei am gleichen Ort ein neues Verbrechen. Gab es einen Zusammenhang? Lea parkte neben den Fahrzeugen der Polizei und eilte zu der Stelle, an der mehrere Personen standen.

Flessner ging auf Lea zu. »Hallo, Frau Landgraf. Seltsam, oder? Vorhin war hier noch eine Trauerfeier und jetzt liegt hier eine schwerverletzte Frau.«

»Genau das Gleiche habe ich auch gerade gedacht. Überfall sagten Sie am Telefon?«

»Ja. Man hat eine junge Frau schlimm zugerichtet. Sie wurde mit einem Messer attackiert. Laut Notarzt weist ihr Brustkorb zwei Einstiche auf.«

»Messerattacke?«

»Ja, sieht so aus. Ähnlich wie bei Nele Reimers.«

»Kennen Sie das Opfer?«, fragte Lea.

»Nein. Schwarz gekleidet. Ich denke, sie war auf der Trauerfeier.«

»Wo ist sie jetzt?«

»Am Rettungswagen. Sie wird gerade von den Ersthelfern versorgt. Der Notarzt sagt aber, dass sie durchkommt.«

Lea eilte zum Rettungswagen und konnte die verletzte Frau auf der Trage schon von Weitem erkennen.

»Oh, mein Gott!«, rief sie entsetzt, als sie das Gesicht der Verletzten sah.

»Kennen Sie die Frau?«, fragte Flessner, der inzwischen auch den Rettungswagen erreicht hatte.

Lea musste schlucken, bevor sie antwortete.

»Ja, das ist Katharina Reimers, die Schwester von Nele Reimers und die Tochter von Cornelia Hegemann. Sie ist auch die Zeugin, die sich auf den Zeitungsartikel gemeldet hat.«

Mit vereinten Kräften schoben die Rettungskräfte die Trage in den Wagen.

»Vor etwa einer Stunde sah ich sie noch auf der Trauerfeier und jetzt …«

Ihr Hals schnürte sich bei dem Gedanken zu, dass sie es vielleicht hätte verhindern können.

»Jetzt auch noch Katharina. Sie ist noch so jung. Sie hat ihr Leben noch vor sich. Hoffentlich schafft sie es.«

»Möchten Sie mit zur Klinik fahren?«, fragte der Rettungssanitäter.

»Nein, ihr Freund fährt mit. Wo ist Ben?«

Lea schaute fragend zu Flessner.

»Dort hinten! Er wird gerade vernommen.«

»Können wir losfahren?« Fragend schaute der Fahrer des Rettungswagens aus der offenen Fahrzeugtür.

»Moment. Ich hole den Jungen«, sagte Lea.

Sie eilte zu Ben, der kreidebleich auf dem Boden hockte und von einem Polizeibeamten befragt wurde.

»Ben, der Rettungswagen wartet. Möchtest du deine Freundin zum Krankenhaus begleiten?«

Ben antwortete mit kurzem Kopfnicken, stand auf und lief in Begleitung von Lea schnell zu dem wartenden Einsatzfahrzeug.

»Hast du den Täter gesehen? Hast du ihn erkannt?«, fragte Lea.

Ben schüttelte den Kopf.

»War da niemand auf dem Friedhof, als du Kati gefunden hast?«

»Ich, ich ... Er ist weggelaufen. Eine dunkel gekleidete Person. Ich weiß nicht. Mehr weiß ich nicht. Ich bin ... Sie lag da ... Sie blutete ... Kati blutete überall ...«, stammelte Ben.

»Schwerer Schock. Er bekommt gleich ein Medikament. In der Klinik wird man ihn im Auge behalten«, sagte der Rettungssanitäter sachlich und half Ben ins Fahrzeug. Sekunden später fuhr der Wagen mit Einsatzlicht vom Friedhofsgelände.

Lea schaute dem Rettungswagen nach.

»Ich folge dem Rettungswagen zum Krankenhaus. Ich hoffe, dass Katharina Reimers bald ansprechbar ist, damit ich sie befragen kann. Vielleicht hat sie den Täter erkannt. Diese Frau muss rund um die Uhr bewacht werden. Sorgen Sie bitte dafür, dass der Täter keine weitere Chance erhält, sie zu töten.«

»Geht klar, Frau Landgraf. Was ist mit den Angehörigen?«

»Ich werde den Stiefvater später vom Krankenhaus aus informieren.«

»Wir werden noch nach Zeugen suchen. Sonst gibt es für uns keinen Grund länger hier zu verweilen.«

»Das sehe ich auch so.«

»Leider habe ich noch eine weniger gute Nachricht für Sie.«

»Ist etwas passiert, Herr Flessner?«

»Kurz bevor Sie hier eintrafen, hatte ich einen Anruf aus Aurich. Hauptkommissar Eggers hat sich angekündigt. Wann er genau kommt, weiß ich nicht.«

»Eggers, der hat mir gerade noch gefehlt.«

»Er sagte, sie hätten Probleme und benötigten dringend Unterstützung.«

»Quatsch! Der soll bleiben, wo der Pfeffer wächst!«, erwiderte Lea.

»Kann ich verstehen.«

»Ich gehe davon aus, dass Doktor Maibach dahintersteckt. Eggers soll mir auf die Finger schauen.«

»Lassen Sie sich nicht von diesem Festlandermittler irritieren.«

»Ganz bestimmt nicht«, antwortete Lea leicht verärgert.

»Wo ist Lankow? Immer wenn man ihn braucht, ist er nicht da.«

»Ich stehe direkt hinter Ihnen, Chef. Was ist mit diesem Hegemann? Müssen wir uns um ihn kümmern?«

»Nein. Frau Landgraf hat alles im Griff. Informieren Sie mich, wenn Hauptkommissar Eggers kommt.«

Lankow eilte davon.

»Was Hegemann angeht, habe ich mit einem Pflegedienst gesprochen. Heute Nacht wird er von denen betreut. Man wird mich informieren, wenn es ungewöhnliche Vorkommnisse gibt«, sagte Lea.

»Es könnte somit eine unruhige Nacht für Sie werden.«

»Ich glaube nicht. Zweimal an einem Tag wird der Täter nicht zuschlagen.«

Flessner verzog sein Gesicht. Skeptisch schaute er zu Lea.

»Ich habe das Telefon am Bett. Rufen Sie mich an, wenn es Probleme gibt.«

»Werde ich machen«, sagte Lea.

Jan Lankow kam schnellen Schrittes näher.

»Entschuldigung, wenn ich Ihre Unterhaltung störe.«

»Was gibt es, Lankow?«, wollte Flessner wissen.

»Kommissar Eggers ist im Anmarsch.«

»Danke für die Info.«

Lea sah sich um. Tatsächlich konnte sie Eggers mit seiner Mannschaft schon von Weitem sehen.

»Ich werde jetzt zum Krankenhaus fahren. Schicken Sie mir bitte in einer Stunde eine Ablösung.«

»Ich kümmere mich darum. Wir werden das Mädchen rund um die Uhr bewachen.«

»Danke, Herr Flessner. Wenn Sie noch Hinweise für mich haben, rufen Sie mich bitte an«, sagte Lea im Gehen.

»Wovon reden Sie? Was für Hinweise?« Eggers war mittlerweile bei Lea, Flessner und Lankow angekommen.

»Herr Eggers, danke für die nette Begrüßung. Ich habe mich schon gefragt, wo Sie bleiben.«

Eggers kam mit großem Gefolge. Neben Hauptkommissar

Fleischmann und einem weiteren Kollegen schritten zwei Männer von der Spurensicherung in gebührendem Abstand schweigend hinterher. Zehn Meter vor dem Tatort hielt der Tross. Die Männer mit den Alukoffern stellten ihr Gepäck ab, zogen sich weiße Schutzanzüge an und stapften bedächtig zum Tatort. Fleischmann und Eggers schauten aus der Distanz zu, wie das Team von der Spurensicherung ihre Arbeit aufnahm.

»Würden Sie bitte umgehend den Tatort verlassen? Sie zertrampeln alle Spuren.« Eggers schaute Lea mit stechenden Augen an.

»Ich bin befugt!«, sagte Lea wütend.

»Mag sein. Jetzt bin ich hier. Und ich sage, was zu tun ist!«

»Hier werden Sie keine verwertbaren Spuren finden, Herr Eggers. Vor wenigen Stunden fand eine Trauerfeier statt. Mehr als 50 Menschen sind kreuz und quer über Wege und Rasen gelaufen, da fallen unsere Schuhabdrücke nicht mehr ins Gewicht«, sagte Flessner schroff.

»Heute werde ich noch einmal ein Auge zudrücken, Frau Landgraf. Wenn ich Sie in Zukunft noch einmal an einem Tatort sehe, leite ich ein Verfahren gegen Sie ein.«

»Weshalb? Sind Sie von Doktor Maibach nicht informiert worden?«, fragte Lea freundlich.

»Was Doktor Maibach sagt, interessiert mich nicht. Ich bin Leiter des Dezernats 11. Ich trage die Verantwortung. Sie behindern unsere Ermittlungsarbeiten und das hat Konsequenzen.«

»Gut zu wissen. Ich denke, ich werde diesen friedlichen Ort ohnehin verlassen und mich wieder um wichtigere Sachen kümmern. Friedhöfe sind nicht so mein Ding«, sagte Lea trotzig.

»Stopp! Bevor Sie gehen, erzählen Sie mir alles, was Sie über die Tote wissen.«

»Welche Tote, Herr Eggers?«

»Hier gab es doch ein Tötungsdelikt. Deshalb sind wir hier. Es war gar nicht so einfach, kurzfristig einen Flieger zu bekommen.«

»Da hat man Sie wohl falsch informiert. Das Opfer hat die Messerattacke überlebt.«

»Überlebt?« Eggers sah erstaunt zu seiner Kollegin.

»Hätten Sie mich vorher angerufen, könnten Sie jetzt bei Ihrer Familie am Abendbrottisch sitzen, statt auf einem Friedhof zu stolzieren«, sagte Lea.

Eggers Körper wechselte von natürlicher Neugier in Alarmbereitschaft. Seine Muskeln spannten sich und sein Gesicht wechselte sichtbar die Farbe. Er ballte die Fäuste.

»Abbruch!«, schrie Eggers wutentbrannt.

»Sofort Schluss machen. Hier gibt es nichts für uns zu tun. Schluss. Ende!«

Verdutzt schauten alle zum Chef des Ermittlungsteams. Niemand wagte, etwas zu sagen.

»Spuren sind hier nicht zu finden«, sagte einer der Männer im weißen Schutzanzug kleinlaut. Eggers ignorierte die Äußerung und schritt an seinen verblüfften Kollegen vorbei zu einem der Dienstwagen. Die restliche Mannschaft aus Aurich folgte im Laufschritt.

»Das war eine kurze Vorstellung«, schmunzelte Flessner.

»Ich denke, die Nordseeluft hat ihm gutgetan. Sicherlich kann er jetzt wieder klar denken«, erwiderte Lea.

»Den werden wir hier so schnell nicht wiedersehen.«

»Hoffentlich. Ich fahre jetzt zum Krankenhaus. Danke, Herr Flessner. Ich halte Sie auf dem Laufenden.«

DREI STUNDEN MUSSTE LEA WARTEN, bis Katharina Reimers nach der OP auf die Intensivstation gebracht wurde. Eilig folgte sie einem Mann, der als letzter aus der OP kam.

»Haben Sie die junge Frau mit den Stichverletzungen behandelt?«

»Wer will das wissen? Sind Sie eine Angehörige?«

»Kriminalpolizei!«

Lea zeigte ihren Dienstausweis.

»Wie geht es ihr?«

»Sie hatte einen Schutzengel. Die Einstiche haben nur knapp die Aorta verfehlt. Einen Finger breit nach rechts und die Klinge hätte die Hauptschlagader durchtrennt. Dann wäre für sie jede Hilfe zu spät gewesen. Dennoch hat sie viel Blut verloren. Ihr Zustand ist derzeit stabil.«

»Wann kann ich mit ihr sprechen?«

»Sie braucht Ruhe. Viel Ruhe. Morgen. Übermorgen. Wir müssen abwarten.«

Lea besprach mit dem Stationsarzt alle weiteren Maßnahmen. Bis zum Eintreffen eines Kollegen hielt sie vor der Intensivstation alle Besucher fern.

»MOIN, Frau Landgraf. Ich soll Sie ablösen.«

Marco Doyen kam den langen Flur entlang gestapft und blieb unmittelbar vor Lea stehen.

»Das ist gut. Ich sitze hier seit zwei Stunden. Das Opfer liegt in diesem Raum hier. Sie muss sich von der OP erholen. Halten Sie den Zugang im Auge. Sie sind ab jetzt dafür verantwortlich, dass niemand sich ihr nähert. Krankenhauspersonal ausgeschlossen.«

»Was ist mit Verwandten oder ...«

»Nur zwei Personen haben Zutritt zu der Patientin. Natürlich nur nach Absprache mit den Ärzten und auch erst dann, wenn sie wieder bei Bewusstsein ist.«

»Und wer sind diese Personen?«

»Es ist ihr Freund. Er heißt Ben Kursiss, er müsste bereits hier im Krankenhaus sein. Außerdem der Stiefvater.

Er heißt Stefan Hegemann. Ich habe Ihnen die Namen notiert.«

Lea reichte dem jungen Polizisten einen Zettel.

»Lassen Sie sich die Ausweise zeigen. Ich komme zurück, sobald das Opfer wieder ansprechbar ist. Tschüss, Herr Doyen.«

LEA FUHR vom Krankenhaus direkt zur Polizeidienststelle. Flessner saß in seinem Büro und telefonierte. Er beendete das Gespräch sofort als Lea den Raum betrat.

»Frau Landgraf. Was kann ich für Sie tun?«

»Hallo, Herr Flessner. Gut, dass ich Sie noch antreffe. Ich komme vom Krankenhaus. Das Opfer ist außer Lebensgefahr. Könnten Sie mir etwas zum Hergang der Tat berichten?«

»Selbstverständlich, Frau Landgraf. Ich komme gerade vom Friedhof. Nachdem Eggers gegangen war, haben meine Leute nochmals das ganze Gelände abgesucht. Wir fanden keinen Hinweis, der uns zu dem Täter führen könnte. Auch die Spurensicherung ist mit leeren Händen zurück zum Festland gefahren.«

»Es wurde nichts gefunden?«

Enttäuscht schaute Lea zu dem Leiter der Polizeidienstelle.

»Was ist mit Zeugen?«

»Wie gesagt, wir haben alles abgesucht. Meine Jungs sind durchs Gras gekrochen, haben jeden Stein umgedreht und jeden Mülleimer durchsucht. Absolut nichts. Es wurden 27 Personen im Umfeld des Friedhofs befragt. Angeblich haben mehrere Zeugen gesehen, wie eine schwarz gekleidete Person wegrannte. Nach der Beschreibung handelte es sich um eine Person mittlerer Größe. Zirka 1 Meter 75 groß. Mit einem schwarzen Baseball-Cap und dunkler Sonnenbrille.«

»Die Beschreibung trifft auf unzählige Personen zu. Das hilft uns kaum weiter«, erwiderte Lea.

»Das Tatwerkzeug haben wir nicht gefunden.«

»Wie konnte der Täter unerkannt verschwinden?«

»Ich weiß es nicht. Ich denke, er war gut vorbereitet und mit den Örtlichkeiten vertraut.« Flessner legte nachdenklich einige Akten in seine Schreibtischschublade.

»Ja, daran habe ich auch gedacht. Alle drei Straftaten deuten darauf hin, dass der Täter die Insel sehr gut kennt. Er muss von hier kommen.«

»Lassen Sie uns morgen weiter darüber nachdenken. Für heute reicht es mir. Ich mache jetzt Feierabend. Meine Frau wartet mit dem Abendessen auf mich«, sagte Flessner und begann seinen Schreibtisch weiter aufzuräumen.

»Irgendjemand muss doch etwas gehört oder gesehen haben.«

»Nein, Frau Landgraf. Zweifellos ging alles sehr schnell. Wer weiß, ob die junge Frau sich noch bemerkbar machen konnte. Der Notarzt sprach von einer roten Stelle. Etwa hier.«

Flessner zeigte mit einem Finger unterhalb seines rechten Ohrs.

»Eine Art Verbrennung.«

»Elektroschocker!«, bekräftigte Lea.

»Ich denke schon.«

»Dann hatte der Täter eine ähnliche Vorgehensweise wie bei Nele Reimers. Die Frau hatte keine Chance. Erst der Elektroschocker, dann das Messer. Nur schaffte er es dieses Mal nicht, sie zu töten. Offensichtlich wurde er gestört. Der Freund kam zurück und hat ihn weglaufen sehen.«

»Vielleicht war es aber doch nur ein gewöhnlicher Raubüberfall. Eine Trauende auszurauben ist geschmacklos, aber verspricht für den Täter leichte Beute«, meinte Flessner und erhob sich von seinem Platz.

»Während die junge Frau im OP war, gab man mir die

Gelegenheit, ihre Kleidung zu untersuchen. Es war noch alles vorhanden. Geld, Ausweis, Uhr und Smartphone. Die Kleidungsstücke sind jetzt auf dem Weg zur KTU«, sagte Lea.

»Was ist mit dem Opfer? Ist sie noch in Gefahr?«

»Ja, da bin ich mir sicher. Der Täter hat Angst. Begründete Angst. Die junge Frau wird überleben. Sie könnte gegen ihn aussagen. Das weiß er und deshalb wird er versuchen sie zu töten. Ich muss auf eine dauerhafte Bewachung des Krankenzimmers bestehen.«

»Es wird schwierig werden. Sie kennen unser Personalproblem.«

»Das Opfer muss geschützt werden, Herr Flessner. Zwei Frauen sind bereits erstochen worden. Ich möchte nicht, dass auch noch eine Dritte stirbt.«

»Ich verstehe es immer noch nicht. Wer sticht auf eine wehrlose Frau ein und das an so einem friedlichen Ort?«

»Der Täter wählt seine Opfer gezielt aus. Es gibt für mich zwei Gründe, weshalb die gesuchte Person tötet. Entweder hat er einen Hass auf die Familie oder Geld ist sein Antrieb. Letzteres scheint am wahrscheinlichsten. Katharina Reimers, das Opfer vom Friedhof, erbt ein beträchtliches Vermögen. Vermutlich will ihr jemand das Erbe streitig machen. Eventuell ein entfernter Verwandter mütterlicherseits.«

»Mütterlicherseits?«

»So ist es gesetzlich geregelt. Ist die Erbfolge nicht geregelt, fällt alles an die Erben aus der direkten Blutlinie der Verstorbenen.«

»Sind Sie da nicht auf dem falschen Dampfer, Frau Landgraf? Vielleicht ist der Täter krank. Eine gestörte Person.«

»Sicherlich ist er krank, aber aus Geldgier. Geld war immer schon ein Motiv. Es muss ein Verwandter sein. Dieser Verwandte ist scharf auf das Vermögen. Er muss alle aus dem Weg räumen, damit er Zugang zu dem Erbe bekommt. Es kann eine Person sein oder es sind Helfer mit im Spiel. Jedenfalls geht es um ein beträchtliches Erbe.«

»Klingt abenteuerlich, aber möglich ist alles. Wie groß ist das Vermögen? Haben Sie Informationen?«

»Frau Hegemann und ihr verstorbener Mann besaßen Häuser und Wohnungen. Die Preise für Immobilien sind in den letzten Jahren drastisch gestiegen. Schätzungsweise sprechen wir von Immobilien im Werte von über 20 Millionen Euro. Zuzüglich diverser Konten bei verschiedenen Banken sowie Aktien und Wertpapiere.«

»Das ist wirklich ein überzeugendes Tatmotiv. Nur, wie wollen Sie den Täter überführen?«

»Jeder Täter macht irgendwann einen Fehler.«

FLESSNER ZOG sich eine Jacke über, schloss Schubladen und Schränke ab und lief zur Tür. Lea folgte ihm.

»Muss ich noch den Stiefvater informieren?«, wollte Flessner wissen.

»Nein. Ich habe ihn bereits aus dem Krankenhaus angerufen. Er war schockiert. Stefan Hegemann hatte sich nach der Trauerfeier hingelegt. Die Nachricht von der erneuten Messerattacke hat ihn schwer getroffen. Ein Mitarbeiter der Diakonie ist auf dem Weg zu ihm. Was er nicht weiß: Er ist wie seine Stieftochter extrem gefährdet. Eigentlich müssten wir auch ihn rund um die Uhr bewachen.«

»Das wird schwierig. Wie ich schon sagte, für derartige Aktionen fehlt uns das Personal. Kollegen von anderen Dienststellen kann ich kurzfristig nicht anfordern. Frühestens in zwei oder drei Tagen könnte ich über zusätzliches Personal verfügen. Aber auch das wird schwierig werden. Immerhin müssen Dienstpläne geändert werden und, und ...«

»Ich muss Hegemann dazu bewegen, für eine gewisse

Zeit in ein Heim zu gehen. Da wäre er sicher und gut aufgehoben.«

Lea verabschiedete sich von Flessner und lief zu ihrem Wagen. Für sie war jetzt auch endgültig Feierabend.

NUR WENIGE KILOMETER entfernt dachte eine Person nicht an Feierabend. Seine Waffen lagen bereit. Noch war er unsicher, wann und wie er sein Werk vollenden sollte.

Je früher, desto besser, dachte er und machte sich auf den Weg zum Krankenhaus. Er musste in Erfahrung bringen, wie es um das Opfer bestellt war. Wann war sie wieder ansprechbar? Wann konnte sie wieder Besucher empfangen?

Im Krankenhaus kannte er Ärzte und Pflegepersonal. Zahlreiche Insulaner arbeiteten dort. Mit einigen war er seit Jahren befreundet. Informationsbeschaffung war somit für ihn kein Problem. Er wusste, er musste vorsichtig vorgehen. Fehler konnte und durfte er sich nicht erlauben. Das Messer steckte für alle Fälle in einer Tasche, die er lässig über der Schulter trug.

Kapitel 22

Lea war früh wach. Draußen war es ruhig. Nur wenige Menschen traf sie auf dem Weg zum Strand. Begleitet vom Rauschen der Wellen, dem Geschrei der Möwen und der frischen Nordseeluft begann sie den Tag mit Sport. Die milde Luft strich über ihre Beine. Sie joggte eine Stunde am Strand entlang. Leicht verschwitzt lief sie zurück zur Wohnung. Unweit der Promenade kannte sie eine Bäckerei. Dort gab es bereits ab 6 Uhr 30 herrlich duftende leckere Brötchen und Buttercroissants.

DIE SONNE SCHIEN durch die großen Fenster. Die Küche und die Büros wirkten freundlich und einladend. Ein milder Luftzug fegte Lea entgegen, als sie die Eingangstür öffnete und den Flur betrat.

»Guten Morgen!«, rief sie und bekam sogleich eine Antwort.

»Guten Morgen, Lea. Die Fenster sind noch alle auf, mache ich gleich zu.«

Nur wenige Sekunden später sauste eine Gestalt von Raum zu Raum.

»Besser ich schließe sie jetzt. Heute soll es heiß werden.«

»Urlaub müsste man haben«, stöhnte Lea und begab sich in ihr Büro.

»Lea, hast du einen Moment Zeit für mich? Es gibt wichtige Neuigkeiten.«

»Sofort, ich lege nur meiner Jacke ab und hole mir einen Kaffee. Danach können wir uns unterhalten. Ich habe dir übrigens etwas vom Bäcker mitgebracht. Greif zu, wenn du hungrig bist.«

Einige Minuten später saß Sabine vor Leas Schreibtisch. Vor ihr mehrere Blätter Papier, die sie soeben aus dem Laserdrucker geholt hatte. Lea trank ihren Kaffee und aß ein Campingbrötchen.

»Das Büro des Staatsanwalts hat gestern angerufen«, erzählte Sabine und legte das Schinkenbrötchen auf ihre Zettel mit Notizen.

»Weshalb?«

»Fabian Kiefer hat mir einige Details aus dem Bericht der Gerichtsmedizin zugesandt. Ich habe alles ausgedruckt. Liegt vor dir.«

»Gibt es Fakten, die uns weiterbringen?«

»Wenige. Heike Fischer und Nele Reimers sind mit dem gleichen Messer erstochen worden. Die Tatwaffe wurde von einem Rechtshänder geführt. Bei beiden Opfern wurde die Aorta durchtrennt, was zum sofortigen Tod geführt hat.«

»Der gleiche Täter«, stellte Lea nachdenklich fest.

»Ja. Er muss kräftig gewesen sein, so vermutet es die Rechtsmedizin. Zweimal hat diese Person einen Elektroschocker und dreimal ein Messer benutzt. Ich habe Katharina Reimers mitgezählt.«

»Ich würde sagen, es handelt sich um einen sehr vorsichtigen Täter«, sagte Lea.

»Vorsichtig und gut vorbereitet. Er hinterlässt keine

verwertbaren Spuren. Wir wissen, dass er ein Survivalmesser mit einer 15 Zentimeter langen Klinge benutzt hat.«

Sabine deutet mit den Händen die Länge des Messers an.

»Ob es solche Messer hier auf Norderney zu kaufen gibt?«, fragte Sabine.

»Möglich. Erkundige dich bitte bei den entsprechenden Läden hier auf der Insel. Eventuell erinnert sich jemand an den Käufer.«

»Ich werde mich umhören.«

»Was ist mit dem Schuhabdruck von der Oderstraße?«, wollte Lea wissen.

»Wir haben noch keine Rückmeldung von der KTU.«

»Kümmere dich bitte darum. Es ist wichtig.«

»Werde ich machen.«

»Was konntest du über Hegemanns Nachbarn in Erfahrung bringen?«

Sabine wühlte in ihren Unterlagen, die auf ihrem Schoß lagen, nahm einen Happen von ihrem Brötchen und schrieb eilig Notizen auf einen Block.

»Nannen?«, murmelte Sabine mit vollem Mund.

»Ja. Harald Nannen. Was weißt du über ihn?«, erwiderte Lea.

»Moment. Mist!«

Blätter, Zettel und ein Kugelschreiber fielen zu Boden.

»Keine Hektik, Bine.«

»Ich habe es gleich.«

»Soll ich mir zwischenzeitlich noch einen Kaffee holen?«

»Nicht nötig. Meine Ordnung ist nahezu perfekt.«

Sabine wurde hektischer. Ihr Kopf begann zu glühen. Sie versuchte die Papiere, so gut es ging zu bändigen. Immer wieder landete eines der Blätter auf dem Boden. Lea wartete gespannt auf den Moment, in dem Sabine voller Wut alles durch die Luft wirbeln würde. Doch der Moment kam nicht.

Sabine atmete tief durch und begann ruhig und relativ entspannt zu reden.

»Nannen ist verheiratet. Er hat keine Kinder und er ist gelernter Physiotherapeut. Seit 15 Jahren arbeitet Nannen in einer Rehaklinik.«

»Hier auf Norderney?«, fragte Lea.

»Ja!«

»Deshalb kümmert er sich auch um seinen Nachbarn. Der Mann kann mit kranken Menschen umgehen.«

»Fabian Kiefer hat seine Vermögensverhältnisse gecheckt. Sein Grundstück ist mit einer Hypothek belastet. Nach meinen Informationen ist er hoch verschuldet. Sein derzeitiges monatliches Bruttogehalt beträgt 2.470 Euro. Scheinbar reicht dieses Einkommen hinten und vorne nicht. Seine Frau hat einen Teilzeitjob. Ihr Gehalt konnte ich nicht ermitteln. Ich denke, die beiden können derzeit keine großen Sprünge machen.«

»Tun sie aber. Offenbar hat das Paar geerbt oder sie haben das Glückslos gezogen.«

»Woher weißt du das? Und weshalb interessierst du dich für deren Vermögensverhältnisse?«, fragte Sabine voller Neugier.

»Ich war bei diesem Mann. Seine umfangreichen Baumaßnahmen machen mich stutzig. Weshalb renoviert Nannen im Sommer sein Haus? Das macht für gewöhnlich kein Insulaner.«

»Weshalb nicht? Wenn er Handwerker und das nötige Kleingeld hat.«

»Wie du sagtest, ist der Mann pleite. Woher hat er das Geld für den Umbau?«

»Keine Ahnung. Geliehen?«, erwiderte Sabine.

»Von wem? Von der Bank? Das kann ich mir nicht vorstellen.«

»Glaubst du, dass dieser Nannen etwas mit den Verbrechen zu tun hat?«

»Glauben hilft mir nicht weiter. Ich benötige Fakten. Aus Erfahrung weiß ich, dass Straftäter oft im Umfeld der Opfer zu suchen sind. Alle, die in Frage kommen, wurden von der Polizei überprüft. Jeder hat ein Alibi. Irgendwie stehe ich mit dem Kopf vor der Wand. Ich komme derzeit absolut nicht weiter. Nannen könnte die erste Spur sein, die ich habe«, sagte Lea.

»Nur weil er renoviert, soll er ein Mordmotiv haben?«

»Er hat einen Hund. Der Mann ist kräftig und er kannte alle Opfer.«

»Ich kann dir nicht so ganz folgen, Lea.«

»An der Oderstraße fand ich eine Hundeleine. Die Rechtsmedizin geht von einem kräftigen Täter aus. Nannen kannte alle Opfer. Sie wohnten mehrere Jahre unmittelbar neben ihm.«

»Klingt nachvollziehbar. Es gibt nur einen Haken.«

»Bine, mach bitte meine Theorie nicht kaputt. Wo ist deiner Meinung nach der Haken?«

»Warum sollte Nannen die Familie auslöschen? Er hat keinen Anspruch auf das Erbe. Möglich wäre, dass er aus Wut, Neid oder Missgunst gehandelt hat.«

»Ich weiß es nicht. Ich muss nach Antworten suchen.«

»Was willst du tun?«, fragte Sabine.

»Ich fahre noch einmal in die Südhoffstraße. Ich muss mit Hegemann sprechen.«

»Weshalb?«

»Er kann mir sicherlich einiges über das Ehepaar Nannen sagen.«

»Lea, sei vorsichtig«, sagte Sabine besorgt.

»Hegemann ist harmlos. Der Mann sitzt im Rollstuhl«.

»Ich meine Nannen. Wenn der von Hegemann erfährt, dass du ...«

»Quatsch, Bine. Der wird nichts erfahren.«

»Du sagtest, der Nannen wohnt nebenan. Was ist, wenn er dich oder dein Auto dort sieht?«

»Sabine, ich mache nur eine Befragung. Der Hegemann ist etwas mürrisch, sonst aber ganz okay.«

»Und wenn sein Nachbar dort auftaucht? Wen willst du um Hilfe rufen? Der Rollstuhlfahrer wird dir nicht helfen können.«

Lea schüttelte den Kopf. Sie erhob sich von ihrem Platz, nahm Schlüssel und Handy und verließ ihr Büro.

»Nimm deine Dienstwaffe mit, Lea!«, rief Sabine.

»Sabine! Jetzt ist aber gut. Ich gehe nur zu einer Zeugenbefragung. Ich kann doch nicht bei diesem warmen Sommerwetter mit einer Knarre durch die Südhoffstraße laufen.«

»Steck sie in die Handtasche.«

»Ich habe keine Handtasche, Bine!«

»Nimm meine mit.«

»Die wiegt 2 Kilo. Damit kann ich nichts anfangen.«

»Meine Utensilien kann ich ja vorher herausnehmen.«

»Nein! Ich brauche keine Handtasche.«

»Hol dir Unterstützung. Alleine ist die Sache zu riskant.«

»Nein, Bine. Solange es sich nur um Vermutungen handelt, werde ich weder die Polizei Norderney noch die Kollegen in Aurich informieren.«

»Was ist, wenn alle unter einer Decke stecken?«

»Kann ich mir nicht vorstellen. Hegemann ist etwas ruppig, aber ein Familienmensch. Der Mann hat alles, was er geliebt hat, verloren. Der wird kein Komplott mit seinem Nachbarn eingehen«, sagte Lea.

»Liege ich mit meinem Verdacht richtig, dann begibst du dich in ein Wespennest. Das kann ins Auge gehen. Lea, geh nicht alleine. Nimm Jan Lankow mit.«

»Flessner hat derzeit ein Personalproblem. Er wird mir

keinen seiner Leute für eine Zeugenbefragung zur Verfügung stellen.«

»Ich habe ein ungutes Gefühl.«

»Sabine, ich bin ein großes Mädchen. Ich kann gut auf mich alleine aufpassen. Außerdem habe ich ein Handy dabei. Sobald etwas aus dem Ruder laufen sollte, informiere ich Flessner. Tschüss. Bis später.«

Kapitel 23

Er hatte gehofft, die Polizei würde ihn endlich in Ruhe lassen. Der Auricher Kommissar stellte nur wenige Fragen, aber diese junge Kommissarin war penetrant. Sie nervte. Wusste sie nicht, dass er Ruhe brauchte? Er hatte alles verloren. Er wollte trauern. Alleine über alles nachdenken. Er wollte keine Störungen. Müde saß er vor dem Fenster mit dem Blick auf die Südhoffstraße. Er sah, wie der Smart am Straßenrand hielt und die junge Frau ausstieg. Eilig rollte er durch den Flur zur Außentür, drehte den Schlüssel um, versicherte sich mit einem kurzen Rütteln am Griff, dass die Tür auch wirklich verschlossen war, und rollte zurück ins Wohnzimmer. Er sah, wie sie auf sein Haus zulief, und hörte nach wenigen Sekunden das Läuten der Türglocke.

Nein! Er wollte nicht öffnen. Heute nicht und auch nicht in den nächsten Tagen. Er wollte alleine sein.

Lea wartete einen kurzen Moment, dann legte sie ihre Hand auf den Türgriff. Die Tür ließ sich nicht öffnen. Sie schien verschlossen zu sein. Lea verzichtete auf weiteres Klingeln. Sie wollte diesen Mann nicht unnötig dazu bewegen, die Außentür aufzuschließen. Was für einen gesunden Menschen etwas Normales war, musste für einen Menschen mit Einschränkungen eine Tortur sein. Lea verließ das Grundstück und lief zum Nachbarhaus.

»MOIN, Herr Nannen, haben Sie kurz Zeit für mich?«

Nannen stand auf der Auffahrt zu seinem Wohnhaus, vor dem gerade Männer damit beschäftigt waren, Möbel aus einem Transporter auszuladen.

»Passt mir im Moment überhaupt nicht. Worum geht es?«

Lea trat näher.

»Es geht um Ihren Nachbarn Herrn Hegemann. Ich wollte mit ihm sprechen, aber die Tür ist verschlossen. Er hat nicht geöffnet.«

»Das kommt vor. Der Mann will in Ruhe gelassen werden. Was wollten Sie von ihm?«

»Routinefragen. Könnten Sie mich bitte informieren, wenn Herr Hegemann Zeit für ein Gespräch hat? Hier ist meine Rufnummer.«

Lea reichte Nannen eine Visitenkarte.

»Ich werde mit Stefan reden.«

»Bei Ihnen ist ja ordentlich was los«, stellte Lea fest.

»Die Möbel sind für unser Wohnzimmer. Meine Frau hat immer geschimpft, dass wir nie etwas Neues bekommen. Jetzt habe ich Nägel mit Köpfen gemacht.«

»Da wird sich Ihre Frau sicherlich freuen.«

»Das hoffe ich.«

Lea verabschiedete sich und lief zum Nachbarhaus. Sie war müde. Einen Besuch wollte sie dennoch absolvieren. Es war eines der älteren Häuser in der Straße, vermutlich wurde es in den 1960er-Jahren gebaut. Es stand nur 50 Meter entfernt von Hegemanns Haus. Mehrmals hatte sie dort geklingelt. Bislang hatte nie jemand geöffnet. Heute hatte Lea Glück. Eine Frau von zirka 75 Jahren öffnete die Tür.

»Moin, mein Name ist Landgraf von der Kriminalpolizei.«

»Moin. Kriminalpolizei? Mein Mann ist nicht da.«

»Ich denke, meine Frage können auch Sie beantworten«, erwiderte Lea.

»Was wollen Sie denn wissen?«

»Es geht um die Familie Hegemann.«

»Traurig. Oder?«, sagte die ältere Dame und setzte sogleich eine betrübte Miene auf.

»Ist Ihnen in den letzten Tagen und Wochen etwas Ungewöhnliches aufgefallen?«

»Nein. Meinem Mann auch nicht.«

Während sie sprachen, versuchte ein weiß-brauner Drahthaar-Foxterrier durch den offenen Türspalt nach draußen zu gelangen.

»Nein!«, rief die Alte laut. Der Hund gehorchte sofort und zog sich zurück.

»Das ist Charly. Er möchte nach draußen. Normalerweise laufen wir jeden Tag mit ihm, aber seit Tagen können wir seine Hundeleine nicht finden. Zweifellos hat mein Mann das gute Stück verloren. Dabei war die Leine fast neu.«

»Hundeleine sagten Sie?« Lea blickte verwundert zu der alten Frau.

»Das hat mein Mann öfters. Was der schon alles verloren hat. Kaum zu glauben, dabei ist er noch ganz fit im Kopf. Manchmal verstehe ich ihn nicht.«

»Sie wohnen mit Ihrem Mann alleine in diesem großen Haus?«

»Ja! Hin und wieder übernachtet unser Sohn hier. Immer dann, wenn er Ärger mit seiner Neuen hat.« Sie sagte es mit einem schelmischen Grinsen.

»Kommt das öfter vor?«, fragte Lea neugierig.

»Ja! In letzter Zeit sehr oft. Mit den Frauen hat er so seine

Probleme. Ich weiß auch nicht, woran das liegt. Mein Franz und ich sind im Dezember 50 Jahre verheiratet.«

»Was wissen Sie über die Familie Hegemann?«

»Nette Nachbarn. Immer hilfsbereit und freundlich. Mein Sohn war eine Zeit lang mit der Ältesten zusammen. Schönes Paar. Ich hätte mich gefreut, wenn das mit den beiden etwas geworden wäre.«

»Weshalb hat es nicht funktioniert mit den beiden?«, wollte Lea wissen.

»Wie gesagt. Mein Sohn hat so seine Probleme mit Frauen. Ein Luftikus! Ob der jemals die Richtige findet?« Die Alte zog die Schultern hoch.

»Es wäre gut, wenn sich Ihr Sohn bei der Polizeidienststelle melden würden. Wir hätten einige ganz allgemeine Fragen an ihn.«

»Ich werde es ihm ausrichten. Tschüss, Frau Kommissarin.«

Lea bedankte sich für die Auskunft, verabschiedete sich und ging zurück zu ihrem Auto. Nachdenklich saß sie minutenlang in ihrem Smart, bevor sie zurück zum Büro fuhr. Die Geschichte mit der Hundeleine ließ sie nicht los.

SABINE WAR IM BESPRECHUNGSRAUM.

»Schon zurück? Wie ist es dir ergangen?«

»Der eine hat nicht geöffnet und der andere war nicht sonderlich gesprächig. Ich versuche später noch einmal mein Glück.«

Nachdenklich schaute sie auf die vielen Fotos und Zettel, die an der Wand hingen. Es wurden leider immer mehr.

»Fast wie im Kindergarten«, sagte Sabine, »dort wird auch alles an der Wand präsentiert, was die Kleinen malen oder basteln.«

»Ja, nur die Kindergartenbilder sind wesentlich fröhlicher

als die Fotos von unseren Tatorten. Ich dachte, Norderney wäre eine beschauliche Insel. Jetzt haben wir bereits mehrere Opfer. Was mir Sorgen macht: Wir haben immer noch keine richtige Spur vom Täter. Wir haben nur Vermutungen und damit kommen wir nicht weiter.«

Sabine legte den Abroller für Klebeband auf einen der Tische und hob die Hand, als wollte sie damit signalisieren, dass sie etwas Wichtiges zu sagen hätte.

»Hauptkommissar Eggers hat vorhin angerufen. Angeblich hat sich der Zeuge Hegemann über dich beschwert.«

»Dann hat Hegemann mich doch gesehen. Seltsam, warum hat er die Tür nicht geöffnet?«

»Hauptkommissar Eggers war nicht besonders freundlich am Telefon. Komischer Typ«, sagte Sabine.

»Manchmal ist er ein wenig abfällig. Gerne würde ich ihm die Meinung sagen, aber dafür fehlt mir die Zeit.«

»Weshalb dieser Zeitdruck?«

»Morgen muss ich dem Staatsanwalt wieder Bericht erstatten.«

»Morgen schon?«

»Ja, Biene. Die Zeit sitzt mir im Nacken. Maibach ist sehr ungeduldig.«

»Dann sollten wir noch ein wenig diskutieren. Vielleicht kommt uns ein guter Gedanke, der uns weiterhilft«, sagte Sabine nachdenklich.

»Hier kommen wir nicht weiter. Ich muss noch einmal Nannen besuchen und später Hegemann. Egal, wie Hegemann sich fühlt, ich muss mit ihm sprechen, und wenn ich die Tür zu seinem Haus eintreten muss.«

Wütend erhob sie sich, nahm ihre Jacke und verließ das Gebäude.

»Wann bist du zurück?«, rief Sabine aus dem geöffneten Fenster.

»In zwei oder drei Stunden. Tschüss!«

Kapitel 24

Dort, wo sie parken wollte, standen Fahrzeuge von verschiedenen Handwerkern, Fliesenlegern und Malern. Ein Installateur hantierte mit Leitern, Rohren und grobem Werkzeug vor dem Gebäude. Bohrmaschinen dröhnten und Sägen kreischten. Aus den Fenstern der oberen Etagen zog eine weiße Staubwolke nach draußen.

Lea setzte mit dem Wagen zurück und fand am Ende der Südhoffstraße eine freie Lücke. Das Wetter war angenehm, so dass der kleine Spaziergang vom Auto zum Haus von Harald Nannen eine Wohltat war.

Nannen saß draußen. Seine Frau war nicht zu sehen. Lea nahm die Abkürzung, vorbei an den Rosenbeeten, quer über den frisch gemähten Rasen zur Terrasse.

»Moin, Frau Hauptkommissarin. Haben Sie etwas vergessen?«

»Hallo, Herr Nannen. Ich habe wenig Zeit und nur noch ein paar Fragen.«

»Setzen Sie sich. Meine Frau ist in der Küche. Sie wird uns nicht stören.«

»Ihre Frau kann sich gerne zu uns setzen. Meine Fragen betreffen auch sie.«

»Helene, kannst du mal kommen? Wir haben Besuch!«, rief Nannen laut in Richtung des offenen Fensters.

Eilig kam seine Frau aus dem Haus gelaufen. Verwundert schaute sie zu dem Gast.

»Wir haben unerwarteten Besuch, Helene.«

»Moin, ich bin Helene Nannen.«

Helene Nannen lachte verlegen, säuberte ihre Hände an ihrer Kochschürze und reichte Lea die Hand.

»Helene, das ist die Kommissarin. Ich habe dir von ihr erzählt.«

Helene Nannen setzte sich neben ihren Mann, der auf der Gartenbank zur Seite rückte.

»Ich muss gleich wieder zu meinem Backofen. Der Auflauf. Sie wissen ja. Man muss ihn im Auge behalten«, seufzte sie.

»Können Sie mir sagen, ob Ihr Nachbar Herr Hegemann in den letzten Tagen Besuch hatte?«, fragte Lea.

»Nee. Seit Stefan im Rollstuhl sitzt, kam da nie Besuch«, sagte Helene Nannen.

»Was meine Frau sagt, ist richtig. Besuch hatte Stefan in letzter Zeit nie«, bestätigte ihr Mann.

»Waren Sie beide in den letzten Tagen oder Wochen im Obergeschoss des Hauses Ihres Nachbarn?«

»Ich war einmal nach dem Tod von Cornelia oben und habe für Stefan Handtücher und einige Kleidungstücke nach unten geholt«, sagte Nannen.

»Kennen Sie den Fitnessraum im Haus der Hegemanns?«

»Ja. Stefan wollte ein Sixpack. Lächerlich bei seinem Bauchumfang. Wochenlang hat er dort oben trainiert, bis zu seinem Schlaganfall. Ich glaube, er hat das Ganze übertrieben.«

»Cornelia hatte Schuld«, warf Helene Nannen ein. »Die hat Stefans Aussehen immer kritisiert. Jeden Tag hat sie ihm vorgehalten, er sei zu fett. Manchmal hat sie mit ihm geschimpft, das konnten wir bei uns auf der Terrasse hören.«

»Stimmt. Einmal schrie sie ihn an. Das war letztes Jahr im April. Meine Frau hatte Geburtstag und wir saßen mit Freunden draußen. Es war herrliches Frühlingswetter. Sie schrie: ‚Mit dir kann man sich nirgends sehen lassen, du fettes Schwein'. Dann knallten die Türen«, erzählte Harald Nannen. »Stefan hat wohl eingesehen, dass Cornelia richtig lag. Er kaufte sich Fitnessgeräte, begann zu trainieren und aß nur noch Salat und fettarmen Joghurt. Ich glaube, er hat in acht Wochen 12 Kilo abgenommen. Wenige Monate später, es war im August an einem sehr heißen Sommertag, wurde er vom Rettungswagen abgeholt. Sechs Wochen haben wir ihn nicht gesehen. Als er wieder nach Hause kam, saß er im Rollstuhl«, berichtete Helene Nannen betroffen.

»Das heißt, seit August letzten Jahres hat dort niemand trainiert?«

»Korrekt«, erwiderte Harald Nannen.

»Was war mit Cornelia Hegemann? Hat sie sich oben im Haus sportlich betätigt?«

»Nein. Niemals. Da hätten ihre Fingernägel abbrechen können. Zudem hatte sie eine gute Figur. Cornelia joggte am Strand. Bodybuilding hatte sie nicht nötig.«

»Eine Frage noch: Bei Ihnen gehen zurzeit Handwerker ein und aus. Das kostet eine Menge Geld. Wie finanzieren Sie diesen Umbau und auch Ihre neuen Möbel?«

Beide schauten sich an. Harald Nannen wurde blass um die Nase. Helene Nannen schluckte. Sagte nichts. Sie warf ihrem Mann einen fragenden Blick zu, während ihre Finger unruhig mit der Kochschürze spielten.

»Haben Sie einen Kredit aufgenommen? Könnten Sie mir die Verträge zeigen?«, fragte Lea.

»Weshalb? Dürfen Sie sich unsere Bankunterlagen überhaupt ansehen?«, fragte Helene Nannen.

»Es war nur eine Frage. Sie müssen mir die Verträge nicht zeigen. Aber dann stellt sich mir die Frage: Weshalb verweigern Sie die Einsicht in Ihre Unterlagen?«

»Das Geld haben wir als Geschenk erhalten«, erwiderte Harald Nannen.

»Von wem?«, wollte Lea wissen.

»Von einem Verwandten«, antwortete Helene Nannen schnippisch.

»Dürfte ich den Namen Ihres Verwandten erfahren?«

»Den Namen möchten wir nicht preisgeben. Das haben wir unserem Verwandten versprochen.«

»Ihr Nachbar Herr Hegemann hat innerhalb weniger Wochen Frau und zwei Töchter verloren. Sie renovierten Ihr Haus. Gibt es hier einen Zusammenhang? Haben Sie etwas zu verbergen?«

Verwirrt schauten sich beide an. Vermutlich wären sie in diesem Moment gerne aufgesprungen und geflüchtet. Zurück in ihr Haus. Weg von dieser neugierigen Beamtin.

»Wir sind doch nicht dafür verantwortlich, was im Nachbarhaus passiert!« Harald Nannens Antwort klang überheblich.

»Sie sollten mir alles erzählen. Schweigen ist keine Lösung.«

»Wir verschweigen nichts. Der Umbau ist unsere Privatsache. Und Stefans Leben geht uns nichts an.«

»Gut. Wie Sie wollen. Ich werde herausbekommen, wie Sie die Handwerker bezahlen. Darauf können Sie sich verlassen.«

Lea erhob sich von ihrem Platz und verabschiedete sich von dem Ehepaar.

»Ich werde jetzt Ihren Nachbarn aufsuchen. Ich hoffe, er ist auskunftsfreudiger als Sie.«

Nannen erhob sich und ging auf Lea zu.

»Ich kann Ihnen nur einen Tipp geben: Lassen Sie den

Mann in Ruhe. Seit seinem Schlaganfall ist er nicht mehr derselbe«, sagte er aufgewühlt.

»Was soll das heißen? Wollen Sie mir Angst machen?«, fragte Lea scharf.

»Nein. Ich mache mir nur Sorgen um Stefan. Er hat ein schweres Los zu tragen. Hören Sie auf, ihn zu belästigen.«

Lea ignorierte Nannens Bemerkung und verließ die Terrasse.

»Helene!«, hörte Lea Nannen rufen. »Denk an deinen Backofen. Ich muss zu den Handwerkern!«

Als Lea am Gartentor ankam, hielt sie jemand plötzlich am Arm fest. Sie sah sich um. Es war Frau Nannen.

»Mein Mann hat recht. Lassen Sie Stefan in Ruhe. Gehen Sie. Bitte gehen Sie! Es ist besser für sie«, flüsterte sie.

Lea riss sich los.

»Warum, Frau Nannen?«

Sie bekam keine Antwort. Helene Nannen eilte mit großen Schritten davon.

Was hatte das zu bedeuten? Hatten Helene und Stefan Nannen etwas zu verbergen? Was sollten diese seltsamen Andeutungen?

LEA HATTE GEHOFFT, dass sie etwas Verwertbares erfahren würde. Harald Nannen kam wieder aus dem Haus und ging auf seine Frau zu, die nun wieder auf der Terrasse war. Sie unterhielten sich lebhaft. Herr Nannen gestikulierte mit beiden Händen. Lea hielt kurz inne, lauschte, konnte aber kein Wort verstehen. Langsam ging sie weiter. Das Haus, das sie jetzt ansteuerte, wirkte verlassen. Beim ersten Besuch war ihr das nicht bewusst gewesen. Überall lagen Blätter. Der Rasen war nicht gemäht, die Beete waren voller Unkraut und die Hecken nicht gestutzt. Das Anwesen wirkte wild, ungepflegt und verwahrlost. Seitlich vom Haus befand sich die

Terrasse. Gartenstühle und ein runder Tisch waren mit vertrocknetem Laub bedeckt, davor eine grüne umgestürzte Gießkanne. Ein Stuhl lag am Boden. Vermutlich hatte hier eine Windböe gewirbelt.

Bevor die Hausherrin verstarb, war es sicherlich ein schönes Anwesen, dachte Lea.

Neben dem Eingang blühten rote und weiße Rosen. Lea schritt zur Tür. Sie war verschlossen. Lea läutete. Wartete. Niemand kam und öffnete. Lea pochte heftig gegen die Tür.

»Herr Hegemann, hören Sie mich? Ich möchte mit Ihnen reden. Machen Sie bitte die Tür auf!«, rief sie laut.

Nichts passierte. Es war ungewöhnlich ruhig. Lea horchte. Kein Geräusch, kein Laut drang an ihr Ohr.

Letztens habe ich das Knarren der Holzdielen gehört. Jetzt ist alles absolut still, dachte Lea. *Was, wenn Hegemann gefallen war und hilflos im Haus lag?*

Sie musste der Sache auf den Grund gehen. Zweimal drückte sie die Klingel, zweimal klopfte sie gegen die Tür, dann lief sie in Richtung Garage.

Von der Auffahrt führte ein schmaler Weg an der Garage vorbei nach hinten zur Rückseite des Hauses. Lea folgte dem Weg, in der Hoffnung, von dort ins Gebäude zu gelangen.

Hinten fand sie eine Tür. Lea klopfte und horchte. Nichts. Sie hörte Autos fahren. Offenbar kam der Lärm von der nahen Südstraße. Eine Straße, die weitaus mehr befahren war als die Südhoffstraße. In den Bäumen rings um den Garten gurrten Tauben und aus eines der Nachbargärten hörte sie spielende Kinder rufen. Aus dem Haus von Stefan Hegemann kamen keine Geräusche. Lea drückte vorsichtig den Türgriff und war erstaunt, als sich die Tür mit einem leichten Knarren öffnen ließ. Lea rief mehrmals den Namen des Hausherrn, dann trat sie ein. Die Tür führte in einen kleinen Vorraum und von dort durch eine weitere Tür in einen Wirtschaftsraum.

Der Geruch von Waschpulver und Reinigungsmitteln traf ihre Nase.

Unter einem Fenster standen Waschmaschine, Trockner und ein klappbarer Wäscheständer, an dem mehrere Handtücher hingen. Auf der gegenüberliegenden Seite des zehn Quadratmeter großen Raumes befand sich ein mannshoher Gefrierschrank, daneben ein Metallregal mit Eimern, Kartons mit Waschpulver und diversen Putzmitteln.

Lea öffnete eine Tür, die sich links vom Regal befand und gelangte von dort in den großzügigen Flur. Er führte zur Treppe, zur Küche, zum Bad, zum Wohnzimmer und weiter zur Eingangstür des Hauses. Erneut rief Lea laut nach dem Hausherrn.

»Herr Hegemann, sind Sie hier? Die hintere Tür war offen, deshalb bin ich eingetreten. Ich möchte nur schauen, ob alles in Ordnung ist. Benötigen Sie Hilfe?«

Sie bekam keine Antwort. Lea lief vorsichtig über den knarrenden Fußboden zum Wohnzimmer. Hegemann war nirgends zu sehen. Der Rollstuhl stand mitten im Raum. Der Platz am Fenster, an dem Hegemann sonst saß, war leer. Auf dem Sessel lag nur die Fernbedienung vom Fernseher und auf der Fensterbank stand ein Glas Wasser. Daneben eine Tageszeitung. Wo war Hegemann?

Mit seiner körperlichen Einschränkung konnte er nicht weit gekommen sein, dachte Lea.

Sie lief vom Wohnzimmer zurück in den Flur. Neugierig schaute sie zur Treppe. Auf den Stufen lagen Kleidungsstücke. Wahllos hingeworfen. Auf den letzten Stufen entdeckte Lea eine Krücke. Hatte Hegemann sich nach oben geschleppt? Lea rief erneut.

»Hallo, Herr Hegemann. Sind Sie oben? Hier ist Hauptkommissarin Landgraf. Geht es Ihnen gut?« Lea bekam keine Antwort.

Oben waren mehrere Räume. Hier hatte Hegemanns

Ehefrau Büro und Schlafzimmer, bevor sie sich das Leben nahm. War der Hausherr nach oben gestiegen, um nach dem Rechten zu sehen? Wollte er sich um die Sachen seiner verstorbenen Frau kümmern? In Gedanken sah Lea den gebrechlichen Mann in einem der Zimmer am Boden liegen. Hilflos wie eine auf dem Rücken liegende Schildkröte.

Hastig stieg sie die Treppe empor. Sie folgte dem kleinen Flur zum ehemaligen Schlafzimmer von Cornelia Hegemann. Sie öffnete die Tür und schaute in den Raum. Der Raum war leer und aufgeräumt. Es roch nach einem Herrenparfüm. Wer war hier vor kurzem gewesen? Wo war Hegemann? Lea rief erneut seinen Namen. Sie bekam keine Antwort.

Zurück in dem kleinen Flur blieb sie stehen und horchte. Als sie keinen Laut vernahm, lief sie von Zimmer zu Zimmer. Vom Hausherrn keine Spur. Auch die zweite Gehhilfe war nirgends zu entdecken.

Eine Sache war ihr bereits beim ersten Besuch aufgefallen: Weder unten im Erdgeschoss noch oben fand sie Familienfotos oder Erinnerungsstücke. Gab es in diesem Haus nichts Persönliches? War das Familienleben doch nicht so harmonisch gewesen, wie Hegemann es immer wieder behauptet hatte?

Noch einmal lief sie von Raum zu Raum. Schaute in Schränke, Schubladen und Kommoden, fand aber nichts, was ihr Aufschluss über das Familienleben gab. Neben dem Bett stand ein Nachtschränkchen aus hellem Eichenholz. Lea durchsuchte alle Schubladen. In der Untersten fiel ihr Blick auf einen Umschlag. Er lag zwischen einer Schachtel mit Schmerztabletten, einer Dose Handcreme und einer Packung Papiertaschentücher. Im Umschlag befanden sich mehrere postkartengroßen Fotos. Sie zeigten Cornelia Hegemann mit ihrem Ehemann Stefan beim Wandern in hügeligem Gelände. Sie sahen glücklich aus. Eine weitere Aufnahme zeigte sie mit ihren Töchtern. Das Foto war an einer Seite abgeschnitten worden, als hätte man mutwillig ein Teil vom Motiv entfernt. Lea steckte das Foto in die Jackentasche, erhob sich, schloss alle Schubladen und Schranktüren und verließ das Zimmer. Wo war Hegemann?

Lea beschloss, Hilfe anzufordern, stellte aber schnell fest, dass sie ihr Smartphone zum wiederholten Male im Auto vergessen hatte. Zurück in dem kleinen Flur des Obergeschosses hörte sie urplötzlich Geräusche. Dumpfe Laute, als würde jemand mit Füßen auf dem Holzboden stampfen.

Das muss Hegemann sein, dachte sie und eilte die steile Treppe hinunter. Sie sah, dass eine Tür im Untergeschoss offen sein musste, denn Tageslicht fiel in den breiten Flur. Lea wollte die Treppe hinuntergehen. Ihr Fuß schaffte es nicht, das knarrende Holz zu betreten. Irgendetwas stoppte ihren Lauf. Lea strauchelte. Sie verlor das Gleichgewicht, fiel nach vorne und stürzte kopfüber die Treppe hinunter. Mit der rechten Schulter prallte sie gegen die Wand, rollte zur Seite, polterte gegen eine Kommode und blieb im Flur benommen liegen.

Ihre Hände suchten nach Halt, nach etwas, an dem sie sich festklammern und hochziehen konnte. Sie griff ins Leere. Mühevoll versuchte sie, ihre Augen einen Spalt zu öffnen, was ihr nicht gelang. Dunkelheit umgab sie, als etwas Hartes, Kantiges mit voller Wucht an ihren Hals gedrückt wurde. Feuerblitze jagten schlagartig durch ihren Kopf, brennender Schmerz durchströmte wie glühende Lava ihren Körper, krampfartig zog sich ihr Herz zusammen. Ihre Lunge, heiß und schmerzend, versagte ihren Dienst. Sie keuchte, zuckte und zappelte wie ein Fisch auf dem Trockenen, bevor sie mit verkrampften Gliedmaßen regungslos liegenblieb.

Kapitel 25

Sie wusste nicht, wie viel Zeit vergangen war. Von draußen drang ein schwaches Licht in den kargen Raum. Es fiel ihr schwer, sich zu orientieren. Entkräftet kauerte sie auf dem kalten Betonfußboden. Ihr Körper schmerzte. Das Luftholen fiel ihr schwer. Die Brust brannte mit jedem Atemzug wie Feuer. Was war passiert? Lea wollte sich erheben, was ihr nicht gelang. Sie saß fest, konnte sich weder bewegen, noch aufstehen oder die Arme ausstrecken. Vorsichtig versuchte sie, den Kopf zu drehen. Es war ein kaltes Stahlrohr, das ihre Fingerkuppen fühlten. Es führte zu einem Heizkörper, der sich links von ihrer Schulter befand und sich eiskalt anfühlte. Sie war gefesselt.

Warum? Wer hatte das getan?

Sie wollte rufen, schreien, auf sich aufmerksam machen, aber ihr Mund ließ sich nicht öffnen. Sie konnte weder die Lippen bewegen noch einen Laut von sich geben. In ihrem Rachen steckte ein übel riechender und bitter schmeckender Knebel. Der Mund, zugeklebt, schmerzte. Wo war sie? Befand sie sich noch in Hegemanns Haus? Hatte man sie verschleppt? War sie überhaupt noch auf Norderney?

Lea rüttelte an ihren Fesseln, versuchte ihre Position zu

verändern, Lärm zu machen, die Fesseln abzustreifen, aber es gelang ihr nicht. Sie musste einsehen, dass dieses Unterfangen absolut sinnlos war. Mit eigenen Kräften war es ihr nicht möglich, sich aus dieser misslichen Lage zu befreien. Das Smartphone lag für sie unerreichbar im Auto. Ihr blieb nur die Hoffnung, dass früher oder später jemand nach ihr suchen würde. Aller Voraussicht nach nicht vor morgen früh.

Sabine wusste, wo sie war. Hatte sie einen Grund Alarm zu schlagen? Sicherlich nicht. Lea war zu einer routinemäßigen Zeugenbefragung in die Südhoffstraße gefahren, insofern gab es für ihre Mitarbeiterin keine Veranlassung. Frühestens am nächsten oder übernächsten Tag würde sie, genervt von Doktor Maibachs Anrufen, Flessner informieren. Mit etwas Glück könnte ihr Leben gerettet werden, vorausgesetzt die Polizei würde sie rechtzeitig finden. Lea war sich darüber im Klaren, dass bis zu ihrer Rettung qualvolle Stunden vergehen würden. Ohne Wasser und ohne Nahrung stand ihr Leben derzeit unter keinem guten Stern. Leas Hoffnung ruhte auf Hegemann. Er könnte zurückkommen und sie befreien. Wenn sie noch in seinem Haus war. Wenn ja, wo war Hegemann nur? War er gestürzt? Lag er hilflos irgendwo im Haus? Wurde er womöglich überfallen? Lea hatte ihn nicht gefunden. Hatte man ihn auch gefesselt? Lebte er noch?

Leas Gedanken drehten sich. Welche Möglichkeiten gab es, dieser Situation zu entkommen?

IHR FEHLTE DIE KRAFT, an den Fesseln zu zerren. Ohnehin gaben die Kabelbinder, die ihre Hand- und Fußgelenke umspannten, keinen Millimeter nach. Ihr war übel von dem widerlichen Knebel im Mund. Ihr trockener Hals verlangte nach Flüssigkeit. Ihr Kopf schmerzte, als hätte ein Profiboxer sie mit einem präzisen Schlag außer Gefecht gesetzt. Der Durst, den sie verspürte, war unerträglich.

Sie wusste, je länger sie durchhielt, umso größer waren ihre Überlebenschancen. Sie musste ruhig bleiben und Kräfte zerrende Aktivitäten unterlassen. Lea versuchte zu schlafen, um so Energie zu sparen. Die Augen geschlossen, saß sie da und konzentrierte sich auf jedes Geräusch, das sie aus ihrem Umfeld vernahm. Zunächst hörte sie vorbeifahrende Fahrzeuge, Kinder die laut schrien und das Klingeln von Fahrrädern. Irgendwo im Raum summte ein Insekt und weit entfernt kreischte eine Motorsäge. Es war ein auf- und abschwellender Ton, der sie im Alltag genervt hätte, ihr jetzt aber Hoffnung gab. Sie war nicht allein. Irgendwo waren Menschen. An Schlaf war nicht zu denken. Sie versuchte die Richtung, aus der die Geräusche kamen, zu lokalisieren, als sie plötzlich Schritte hörte. Sie übertönten das scheinbar weit entfernte Geräusch der Motorsäge. Sie kamen näher. Schnell näher.

Lea hielt den Atem an. Mit jeder Sekunde waren die Schritte deutlicher zu hören. Leas Herz pochte. Kam endlich Hilfe? Oder kam ihr Widersacher, um sie zu quälen oder womöglich zu töten?

Es waren nervenaufreibende Sekunden, bis die Schritte den Raum erreicht hatten, die Tür sich öffnete und Licht in den dunklen Raum fiel. Lea musste die Augen zusammenkneifen, zu sehr blendete das Tageslicht, das auf ihr Gesicht fiel.

Die Schritte stoppten. Nachdem die Tür ganz geöffnet war, vernahm Lea Laute. Personen tuschelten. Eine gefühlte Ewigkeit verging. Das hereinfallende Licht führte dazu, dass Lea nur Silhouetten sah. Zwei großgewachsene Personen. Ob es Mann oder Frau war, konnte sie nicht erkennen. Fortwährend redeten sie leise, weshalb Lea sie nicht verstand. Sie ahnte, dass über sie geredet wurde.

Beratschlagten die zwei über mein weiteres Schicksal?

Lea verhielt sich ruhig. Sie wollte die Personen nicht provozieren. Ein Luftzug, der durch die offene Tür gelangte und ihre Haut streifte, brachte für einen Moment Kühle und ein wenig Linderung ihrer Schmerzen.

Hoffentlich bekomme ich bald etwas zu trinken. Helft mir, ich kann kaum noch atmen.

In Gedanken flehte Lea die Ankömmlinge an, aber nichts geschah. Was hatten sie vor?

Lea saß nach vorne gebeugt, die Augen leicht nach unten gerichtet, auf dem kalten Beton. Das Tuscheln nahm kein Ende. Lea hatte das Gefühl, das die Unterhaltung der Anwesenden in Aggression umschlug. Sie wurde lauter. Die Sätze kürzer und die Stimmen streitsüchtiger. Dennoch konnte sie weder Fragmente noch Inhalte verstehen. Was wollte man von ihr?

Lea hob den Kopf, als eine der Personen auf sie zu kam und sich bis auf eine Armlänge näherte. Aufgrund der Statur ging Lea von einem Mann aus. Sie roch seinen Atem, als er sich räusperte und zu sprechen begann. Sie nahm den Geruch von Alkohol wahr.

»Dumm gelaufen, Frau Kommissarin«.

Die Stimme klang hämisch und überheblich.

»Muffige Bude. So etwas sind Sie sicherlich nicht gewohnt. Nicht sonderlich bequem so auf dem kalten Boden zu sitzen. Nach 10 Stunden in solch einem Raum hat man sicherlich das Verlangen nach einem kühlen Getränk. Leider habe ich nichts für Sie.«

Der Mann lachte, als hätte er gerade den besten Witz seines Lebens gerissen.

»Ich würde Sie gerne befreien, aber das kann ich nicht.«

Fragend blickten Leas Augen zu der Gestalt, von der sie nur die Silhouette sah.

»Ich möchte Ihnen einen Deal vorschlagen. Sie sichern uns Straffreiheit zu und ich lasse sie frei. Nicken Sie einfach, dann schneide ich die Fesseln durch.«

Lea schüttelte mit dem Kopf.

»Heißt das nein? Sind Sie bescheuert? Wenn ich den Raum verlasse, werden Sie hier vor die Hunde gehen. Ich kann Sie retten!«, schrie die Gestalt.

Lea rüttelte an ihren Fesseln. Der Mann ging in die Knie und sein Gesicht war nun wenige Zentimeter von Leas entfernt.

»Ohne Hilfe können Sie sich nicht befreien. Unmöglich. Wie gesagt, ich kann Ihnen helfen. Zum letzten Mal. Garantieren Sie uns Straffreiheit?«

Erneut schüttelte Lea den Kopf.

»Das gibt es nicht!«, rief der Mann, der mittlerweile so nahe vor Zoe stand, dass sie seinen Schweiß riechen konnte.

»Ich will Ihnen helfen! Und Sie ...? Pech, Frau Kommissarin. Das ist wirklich Pech für Sie.«

Der Mann drehte sich um und verließ den Raum. Minuten der Stille vergingen. Waren es zehn, zwanzig oder vierzig Minuten? Lea wusste es nicht. Die Kabelbinder schnitten in das Fleisch ihrer Gelenke. Immer wieder schaute Lea zur Tür, in der Hoffnung, dass endlich jemand käme, der sie von den Fesseln befreien würde.

ES WAR 20 UHR 35. Die Schubladen der Schreibtische waren seit Stunden verschlossen, die Küche aufgeräumt und die Kaffeemaschine ausgeschaltet. Es war still in dem geräumigen Gebäude. Sabine stand am Fenster.

Draußen bummelten Feriengäste durch die Straßen. In legerer oder leichter, ungezwungener Abendgarderobe gekleidet, kamen sie vom Abendessen. Vermutlich wollten sie noch auf einen Absacker in die eine oder andere Kneipe einkehren. Sabine hätte sich gerne den fröhlichen unbekümmerten Menschen angeschlossen. Fortwährend schaute sie auf die Uhr.

»Lea, wo bleibst du?«, sagte sie laut. »Wie lange soll ich hier noch warten?«

Seit Stunden hatte sie nichts von ihrer Chefin gehört. Sie ging nicht ans Handy. Zuhause war sie auch nicht. Sabine hatte Sven und Flessner angerufen, aber keine wusste, wo sie steckte.

Mehrfach hatte Doktor Maibach sich gemeldet und um schnellen Rückruf gebeten. Bei seinem letzten Anruf reagierte er auffallend ungehalten. Was hatte das alles zu bedeuten? Gewöhnlich meldete sie sich alle paar Stunden, wenn sie auf der Insel unterwegs war. An diesem Tag kam weder ein Anruf oder eine Mitteilung noch war sie telefonisch erreichbar.

»Mensch, Lea. Warum gehst du nicht an dein Telefon? Ich muss mit dir reden. Hier brennt die Luft«, sagte Sabine immer wieder aufgeregt, während sie alle fünf Minuten Leas Handynummer wählte.

Sabine lief im Büro auf und ab. Wieder rief sie Flessner an. »Wollen Sie gar nichts unternehmen, Herr Flessner?«

»Ich kann doch nicht Frau Landgraf nachspionieren. Sie hat auch eine Privatsphäre. Sollte sie sich bis morgen Abend 24 Uhr nicht melden, werde ich eine Suchaktion starten«, sagte der Beamte und beendete das Telefongespräch.

Sabine gefiel das gar nicht. In der Hoffnung, dass der nächste Tag eine positive Überraschung bringen würde, schloss sie die Tür vom Gebäude und fuhr nach Hause.

MITTLERWEILE WAREN die Geräusche draußen verstummt. Stunden vergingen. Lea hockte am Boden und döste, trotz der Feuchtigkeit und Kühle des Raumes. Immer noch wusste sie nicht, wo sie sich befand. Weitere Stunden vergingen, ohne dass sie Laute oder Schritte vernahm.

Endlich, Lea hatte das Gefühl, dass ihr Körper die Strapazen nicht länger aushalten würde, vernahm sie erneut Schritte. Sie kamen schnell näher. Lea bekam urplötzlich Hoffnung. Hoffnung auf Befreiung und ein Ende des Martyriums.

Sie hörte wieder Menschen reden. Deutlicher als beim ersten Mal. Die Stimmen wurden lauter. Lea vernahm eine männliche und eine weibliche Stimme. Sie stritten.

Lea rüttelte an ihren Fesseln, dann flog die Tür auf. Jemand betätigte einen Lichtschalter. Grelles Neonlicht erhellte den Raum. Geblendet kniff Lea die Augen zu. Das Licht blendete sie noch zu sehr. Das Einzige, was sie sehen konnte, als sie die Lider für einen kurzen Moment öffnete, ließ sie vor Schreck erstarren. Unerwartet blitzte im Licht der Deckenleuchte ein langes, spitzes Messer auf.

Lea konnte die Person, die auf sie zukam, nicht erkennen. Nach der langen Zeit im Dunkeln war das Licht der Neonröhre zu hell für ihre Augen.

»Verzieh dich, ich mache das alleine! Du hast schon genug Mist angerichtet. Wegen dir komme ich noch ins Gefängnis, du Idiot!«, hörte sie eine weibliche Stimme keifen.

Anscheinend riss sie dem Mann das Messer aus der Hand. Lea zuckte zusammen. 14 Messerstiche. So viele waren es bei Nele Reimers gewesen.

Adrenalin jagte durch Leas Körper. Ihr Puls raste und Schweiß perlte von ihrer Stirn.

Sollte das ihr Ende sein?

Panisch zerrte sie an ihren Fesseln Sie versuchte aufzustehen, spannte ihre Muskeln an und beugte sich vor und zurück. Ohne Erfolg. Lea spürte die Schmerzen nicht, als sich die Fesseln in ihre Haut bohrten und die Gelenke zu bluten begannen. Sie sah nur die messerscharfe Klinge vor ihr.

Kapitel 26

Sabine kam an diesem Morgen zeitiger als sonst. Eilig lief sie zu ihrem Schreibtisch, fand aber nicht die gewünschte Nachricht von ihrer Chefin. Das Telefon zeigte keine Anrufe in Abwesenheit. Sabine streifte durch alle Räume und suchte nach Hinweisen.

War Lea in den letzten 12 Stunden hier gewesen? Mit einem Becher Tee in der Hand setzte sie sich missmutig an ihrem Schreibtisch. Die Arbeit ging ihr nicht so leicht von der Hand wie an anderen Tagen. Es wurde 9 Uhr und es wurde 10 Uhr. Sabine wurde von Minute zu Minute ungeduldiger. Mehrfach wählte sie die Handynummer ihrer Chefin. Ein Anruf bei der örtlichen Polizeidienststelle brachte keine neuen Erkenntnisse.

Fast den ganzen Tag verbrachte Sabine mit Telefonaten. Mehrmals musste sie, ohne dass sie es wollte, mit der Staatsanwaltschaft telefonieren. Irgendwann gingen ihr die Ausreden aus. Was sollte sie sagen? Sie hatte keine Ahnung, wo sich ihre Chefin aufhalten könnte. Panik wollte sie nicht verbreiten, deshalb vermied sie, Sven anzurufen. Sie musste warten.

Bis zum Feierabend verrichtete sie ihre Arbeit, aß wenig

und schaute immer wieder sorgenvoll aus dem Fenster. Was war mit Lea? Warum meldete sie sich nicht? Sabine hatte ein ungutes Gefühl.

»KEINE ANGST, Frau Kommissarin, ich werde sie nicht umbringen. Ich bin da, um sie zu befreien.«

Die Frau hockte sich neben Lea. Ihre Stimme hatte sich verändert. Gerade noch schrie sie ihren Begleiter an und jetzt redete sie mit einer ruhigen, sanften Stimme auf Lea ein.

»Mein Mann ist bekloppt. Von mir aus kann er ins Gefängnis gehen. Es ist mir egal. Ich will mit dem Scheiß nichts zu tun haben.«

Lea erkannte nun die Stimme der Frau. Es war Helene Nannen.

»Sie werden uns helfen. Ich weiß das. Sie sind eine kluge und anständige Frau. Sie helfen uns doch, oder?«

In ihrer Stimme lag plötzlich Nervosität und eine Spur von Angst.

Die Frau griff nach Leas Unterarmen. Ohne größeren Kraftaufwand zertrennte sie den Kabelbinder. Nach und nach löste sie Fessel für Fessel, bis Lea endlich befreit war. Sie konnte ihre Arme und Hände wieder bewegen. Hastig zog sie mit der rechten Hand das Klebeband von ihrem Mund, holte den Knebel aus ihrem Rachen, spukte, hustete und rang nach Luft.

»Das war die richtige Entscheidung. Danke, Frau Nannen!«, keuchte Lea.

Helene Nannen nahm Leas Hand und half ihr auf die Beine.

»Wo sind wir hier?«, fragte Lea und schaute sich um.

»Das sollte unsere neue Sauna im Anbau werden. Daraus wird jetzt wohl nichts mehr«, sagte sie und blickte enttäuscht und traurig zu Lea. Harald Nannen stand in der offenen Tür.

»Frau Hauptkommissarin, wir haben mit der ganzen Sache nichts zu tun.«

»Haben Sie mich gefesselt?«

»Nein, das waren wir nicht«, antwortete Helene Nannen.

»Wer hat mich dann gefesselt und geknebelt?«

»Das können wir Ihnen nicht sagen«, erwiderte Harald Nannen.

»Hegemann?«

»Er auch«, sagte Frau Nannen vorsichtig.

»Ich dachte, er wäre ...«

»Sie meinen, er sitzt im Rollstuhl und ist gelähmt? Das war einmal. Hegemann kann sich seit einem halben Jahr wieder fast ohne Hilfsmittel bewegen. Er hat allen etwas vorgespielt. Er ist ein glänzender Schauspieler.«

Lea schaute fragend zu Harald Nannen.

»Ist das wirklich wahr? Warum haben Sie davon nichts gesagt?«

»Stefan Hegemann und sein Partner haben Sie überwältigt, gefesselt und geknebelt. Eine Angelschnur auf der Treppe hat Sie zu Fall gebracht. Als Sie oben gestöbert haben, hat Hegemanns Partner sie dort befestigt. Eine böse Falle. Mit einem Elektroschocker wurden sie anschließend außer Gefecht gesetzt. Schmerzhaft und effektiv.«

»Ja. Sehr schmerzhaft«, sagte Lea leise.

»Können Sie laufen?«, fragte Helene Nannen besorgt.

»Ja. Ich glaube, es geht. Wo ist Hegemann jetzt?«

»Das wissen wir nicht«, erwiderte Harald Nannen schnell.

»Doch, Sie wissen es! Sagen Sie es mir!«

»Ich darf Ihnen das nicht sagen«, antwortete Herr Nannen zurückhaltend.

»Ich denke, Sie haben ein Problem. Je länger Sie schweigen, umso größer wird dieses Problem für Sie werden.«

Nannen schaute zu seiner Frau.

»Herr Nannen, machen Sie endlich den Mund auf!«, rief

Lea zornig und merkte direkt, wie viel Kraft sie es kostete. »Machen sie es nicht noch schlimmer, als es schon ist«, sagte sie dann leise.

»Kommen Sie, wir gehen ins Wohnzimmer. Helene wird Ihre Wunden versorgen und Ihnen etwas gegen Hunger und Durst geben.«

Gestützt von Helene Nannen, folgte Lea dem Hausherrn mühsam ins Haus. Das Gehen fiel ihr schwer. Im Wohnzimmer angekommen, setzte sich Lea auf einen Stuhl. Helene Nannen holte einen Verbandskasten und ein Glas Wasser. Sie half Lea, die Wunden zu verbinden.

»Ich werde Ihnen ein paar Brote machen«, sagte sie und verschwand in der Küche.

»Wo ist Hegemann jetzt, Herr Nannen?«

Nannen hatte sich in einen wuchtigen Sessel gesetzt. Den Oberkörper nach vorne gebeugt, saß er da und hielt sich die Hände vors Gesicht.

»Reden Sie, Herr Nannen. Was wissen Sie?«

»Er kam gestern. Nicht alleine«, sagte Nannen zögerlich. »Sie wollten, dass ich mitkomme.«

»Wohin?«, krächzte Lea.

»Zu Hegemanns Haus. Er und sein Partner haben sie dort bereits erwartet und überwältigt. Sie haben Sie gefesselt und geknebelt. Ich hätte gerne eingegriffen und sie befreit, aber ich konnte nicht. Ich habe mich nicht getraut«, stammelte Nannen.

»Wer war der zweite Mann?«

»Das kann ich Ihnen nicht sagen.«

»Weshalb nicht?«

»Ich, ich ...«

Nannen fehlten die Worte. Angespannt saß er im Sessel.

»Sie wollten Sie in unserem Anbau verstecken. Ich musste ihnen helfen. Dann verschwanden beide.«

»Und? Wo sind sie jetzt?«

»Sie sind fort. Heute am späten Nachmittag kam Hegemann mit Gepäck zurück. Vor einer halben Stunde stand er noch hier im Wohnzimmer. Ich musste für ihn ein Taxi besorgen. Nach 15 Minuten stieg er, ohne ein Wort zu sagen, mit einem großen Rucksack in das Taxi und verschwand.«

Nannen lehnte sich in seinem Sessel zurück. Er wirkte erschöpft.

»Was hatten Sie mit mir vor, Herr Nannen? Wollten Sie mich töten?«, fragte Lea mit heiserer Stimme.

Nannen schwieg. Er senkte den Kopf und legte erneut die Hände vors Gesicht.

»Herr Nannen, erzählen Sie mir, was Sie mit mir vorhatten.«

Ohne seinen Kopf zu heben und die Hände vom Gesicht zu nehmen, begann Nannen zu reden. Seine Stimme klang nervös und angespannt.

»Wir sollten Sie heute Nacht in den Dünen vergraben. Die passende Stelle hatte er bereits vor Tagen ausgesucht.«

»Oh, mein Gott«, entfuhr es Lea.

»Wir hätten das nie gemacht, Frau Kommissarin. Nie! Ich kann doch keinen Menschen umbringen«, beschwor Harald Nannen die junge Kommissarin.

»Was wissen Sie? Was ist in den letzten Tagen passiert?«

Lea erhob sich von ihrem Stuhl und lief im Zimmer auf und ab. Ihr Körper hatte sich etwas erholt, trotzdem tat ihr der Rücken immer noch weh.

»Ich hole jetzt mein Handy aus dem Auto und dann erzählen Sie mir alles.«

Es war 17 Uhr 20. Lea atmete tief durch, als sie nach draußen ging. Die Sonne stand bereits im Westen. Ein leichter, warmer Wind, der nach Meer roch, streifte ihre Haut. Es fühlte sich gut an nach der dunklen, kalten Gefangenschaft. Ihre Gelenke, in Mullbinden eingewickelt, schmerzten. Überall klebten große Heftpflaster.

Die Zeit drängte, dennoch hielt Lea kurz inne, um sich zu strecken, soweit es ging, die neue Freiheit für einen Moment zu genießen und ihre Gedanken zu ordnen. Jetzt durfte sie keine Fehler machen. Ihr Smartphone meldete unzählige verpasste Nachrichten und Anrufe.

Sollte sie Flessner informieren? *Später,* dachte sie. Zunächst wollte sie die Antworten von Herrn und Frau Nannen abwarten.

ALS LEA ZURÜCKKAM, saß Nannen noch immer im Sessel. Nachdenklich schaute er zur Tür, als Lea den Raum betrat. Bevor Nannen begann zu erzählen, steckte Lea ihr Handy mit dem Ladegerät an die Steckdose und drückte auf Aufnahme. Ausführlich berichtete Nannen alles, was er und seine Frau in den letzten Tagen gesehen und erlebt hatten.

»Ich habe ihn beobachtet. Meistens hatte ich meine kleine Videokamera dabei, ein Weihnachtsgeschenk von meiner Frau«, sagte Nannen.

»Sie haben Hegemann heimlich gefilmt?«

»Ja, jeden Tag.«

»Warum haben Sie das getan?«, fragte Lea ungläubig.

»Ich weiß es nicht … Ich hatte Urlaub und Zeit. Irgendwann hat es auch richtig Spaß gemacht, ihn heimlich zu verfolgen und zu filmen. Dabei habe ich auch herausgefunden, dass er nur noch vorgibt im Rollstuhl zu sitzen. Er ist öfter alleine durch den Garten gelaufen. Ich glaube, Cornelia wusste das auch nicht. Dann habe ich etwas Merkwürdiges beobachten. Ich war gar nicht vorbereitet. Die Kamera hatte ich in meiner Jacke, ich stand ich an der Straße und sah, wie

Cornelia am Abend in die Garage fuhr. Es war bereits spät und ich wollte eigentlich nur eine Runde laufen. Ich mochte Cornelia. Sie war eine sehr attraktive Frau. In der Hoffnung, noch ein paar Worte mit ihr wechseln zu können, blieb ich an der Straße stehen und wartete darauf, dass sie aus der Garage kommen würde. Sie kam aber nicht, stattdessen kam plötzlich Stefan heraus. Hastig nahm ich meine Kamera und filmte, wie er sich am Garagentor zu schaffen machte. Von Cornelia war nichts zu sehen. Ich sah, wie Stefan zur Seitentür der Garage lief und gegen die Tür redete.«

Nannen holte ein Taschentuch aus der Hosentasche und wischte sich damit über die Stirn.

»Haben Sie ihm die Aufnahmen gezeigt?«

»Ja, zwei Tage nach dem Tod von Cornelia.«

»Und wie hat er reagiert?«

»Entsetzt und aggressiv. Wütend ging er auf mich los, nahm die Kamera und zertrümmerte sie. Das war für mich Beweis genug, dass er etwas mit Cornelias Tod zu tun hat.«

»Wie konnte Hegemann seine Frau töten? Wie hat er die Garage verschlossen?«

»Das Tor und die seitliche Eingangstür lassen sich von außen mit einem Schlüssel verschließen. Von innen kann man nur das Tor öffnen. Die Tür nicht. Das Tor lässt sich von innen auch ohne Schlüssel öffnen. Bei diesem alten Garagentor muss man nur einen kleinen Stift zur Seite bewegen und das Tor ist auf. Dies hat Hegemann verhindert, indem er das Torschloss mit Sekundenkleber unbrauchbar gemacht hat. Cornelia saß somit in der Falle. Wie er sie zum Suizid gezwungen hat, kann ich nicht sagen. Im Video ist zu sehen, wie Stefan sich an dem Tor zu schaffen macht. Man hört sogar die Schreie von Cornelia. Mit den Aufnahmen habe ich ihn auch direkt konfrontiert. Plötzlich ist er kleinlaut geworden und hat uns Schweigegeld angeboten. Viel Geld. 50.000 Euro.«

»Und Sie haben es genommen?«

»Ja«, sagte Nannen zögerlich. »Wissen Sie, wir wollten es uns hier endlich gemütlich machen und das Haus renovieren.

Ich weiß jetzt, das war falsch, aber für uns war das eine Chance. Im Gegenzug musste ich ihm alles aushändigen.«

»Alle Videoaufnahmen?«, fragte Lea.

»Alle. Bis auf eine. Ich habe eine Kopie in meinem Bankschließfach, davon wusste er nichts. Ich wollte Sicherheit, dass er uns tatsächlich das Geld gibt.«

»Wir brauchen diese Kopie! Und wir müssen wissen, wo Hegemann jetzt ist. Wo wollte er hin?«, fragte Lea bestimmt.

»Ich weiß es nicht, Frau Hauptkommissarin.«

»Natürlich wissen Sie es! Sagen Sie endlich die Wahrheit, Herr Nannen! «

Nannen rutschte auf seinem Platz hin und her.

Lea spürte, wie sehr er mit sich kämpfte. Immer wieder schaute er zur Tür, in der Hoffnung, dass seine Frau ihm zu Hilfe kommen würde. Mit gefalteten Händen und leicht gesenktem Kopf, begann er wieder zu reden.

»Er gab uns die 50.000 Euro von seinem Ersparten. Weitere 200.000 Euro versprach uns sein Partner, wenn wir Sie beseitigen würden.«

Helene Nannen kam mit einem Glas Wasser und einen Teller mit belegten Broten zurück ins Wohnzimmer. Trotz ihres Hungers wollte Lea endlich die Wahrheit hören und ignorierte die Brote.

»Wo wollten sie hin und wer ist der Partner? Hören Sie, ich kann vielleicht ein gutes Wort für Sie einlegen, wenn Sie uns helfen, die beiden zu fassen. Was Sie getan haben, war nicht richtig, aber Sie haben mir das Leben gerettet.«

Harald und Helene Nannen blickten stumm zu Boden.

Lea wurde ungeduldig. »Was wissen Sie noch, Herr Nannen! Sagen Sie es mir.«

Endlich brach Herr Nannen sein Schweigen: »Ich habe ein Geständnis.«

»Sie haben ein Geständnis?« Verblüfft schaute Lea zu Nannen. Sie sah, wie er tief durchatmete, als hätte man ihm soeben einen schweren Stein von der Brust genommen. Sekunden vergingen, bis Nannen zu reden begann.

»Nachdem Hegemann meine Kamera zertrümmert hatte, warf er mir alles an den Kopf, was ihm einfiel. In seiner Wut schrie er mich an, dass er einen Unfall verursacht hätte. Einen Unfall, bei dem ein Mensch starb. Er sagte, er hätte das Schwein eliminiert. Ich wusste sofort, dass er Franz Barkhoff meinte, den Mann, der durch den Unfall mit Fahrerflucht umkam. Das ging ja an niemandem auf der Insel vorbei. Er sagte, er habe sich monatelang gequält, um wieder fit zu werden, aber scheinbar war alles vergebens. Seine Frau wollte ihn für diesen Typen verlassen, das war zu viel für ihn.«

Lea hörte aufmerksam zu.

»Und Sie haben das Gespräch aufgezeichnet?«

»Wie haben Sie das gemacht? Ihre Kamera war ja zerstört«, wollte Lea wissen.

»Mit meinem Handy. Ich hatte die Aufnahmefunktion schon vorher eingeschaltet, als ich zu ihm ging. Ich habe es in der Brusttasche meines Oberhemdes getragen. Er hat nichts davon bemerkt.«

»Was ist mit der Aufnahme?«

»Ich habe sie auf dem Handy und zusätzlich auf meinem PC gesichert.«

»Senden Sie mir die Datei, Herr Nannen. Sofort! Haben Sie meine Visitenkarte?«

Nannen erhob sich von seinem Platz und lief zu einer Kommode. Mit Leas Karte und seinem Handy in der Hand kam er zurück und setzte sich schweigend in den Sessel. Lea sah, wie er es mit zittrigen Fingern bediente.

»Gleich wird die Polizei kommen. Fürs Protokoll müssen Sie alles noch einmal erzählen.«

Während Lea sprach, fiel Nannen das Smartphone aus den Händen. Fragend starrte er zu seiner Frau. Ohne ein Wort zu sagen, legte er die Hände wieder vor das Gesicht und begann heftig zu weinen. Seine Frau eilte zu ihm und hielt ihn fest. Auch sie begann zu weinen. Es war ein merkwürdiges Bild, wie dieser kräftige Kerl dort saß und wie ein Kleinkind flennte.

»Ich will nicht ins Gefängnis«, schluchzte Nannen.

Lea hielt kurz inne. Sie wartete, bis er sich beruhigt hatte. Dann fuhr sie fort.

»Was ist mit den anderen Morden? Gehen die auch auf das Konto von Hegemann?«

»Ich weiß es nicht. Ich kann es mir nicht vorstellen.«

Nannen versagte die Stimme. Zusammengekauert saß er in seinem Sessel. Helene Nannen lief in die Küche und holte ein Glas Wasser für ihren Mann.

»Weshalb können Sie sich das nicht vorstellen?«

Harald Nannen nahm einen Schluck Wasser.

»Stefan konnte wieder laufen und sich ohne Rollstuhl und Krücken fortbewegen, Frau Kommissarin. Dennoch war er sehr unsicher auf den Beinen. Nur wenn er sich mit der Hand festhalten oder abstützen konnte, war er beweglich.«

»Könnte er die Morde alleine durchgeführt haben, Herr Nannen?«

»Mit Sicherheit nicht. Jeder hätte ihn mit zwei Fingern zu Fall bringen können. Ein Schubs und Hegemann wäre ohne Gehhilfe umgefallen wie ein Sack Kartoffeln.«

»Was ist mit dem anderen Mann? Seinem Partner? Was wissen Sie über ihn? Wer ist er?«, fragte Lea mit Nachdruck.

»Das können wir Ihnen nicht sagen«, antwortete Helene Nannen. In ihrer Stimme lag pure Angst.

»Sie müssen es mir sagen!«, erwiderte Lea scharf.

»Nein, Frau Hauptkommissarin. Wenn wir Ihnen das sagen, sind wir tot.«

»Was reden Sie da, Frau Nannen? Die Polizei wird diesen

Mann in Gewahrsam nehmen. Genauso wie Herrn Hegemann. Ihnen kann nichts passieren.«

»Auch wenn er ins Gefängnis kommt, wird er für uns immer eine Gefahr darstellen. Er kennt uns und er weiß, wo wir wohnen. Der Mann wird wiederkommen, sobald er auf freiem Fuß ist, und dann wird er uns umbringen.«

»Er wird lange Jahre im Gefängnis sitzen, wenn er etwas mit den Morden zu tun hat. Er kann ihnen nichts tun. Sagen Sie es mir. Wie heißt der Mann?«

Helena Nannen schüttelte den Kopf.

Lea schaute zu Stefan Nannen, der noch immer zusammengekauert in seinem Sessel saß.

»Ich hatte viel Zeit zum Nachdenken und mir wurde klar, dass Sie und die beiden anderen Männer sich gut kennen. Sie sind sowohl mit Hegemann bekannt als auch mit dessen Partner. Ich habe per Zufall erfahren, dass dieser Typ oft bei seinen Eltern zu Gast war. Dieses ältere Ehepaar wohnt in Ihrer Nachbarschaft. So schließt sich der Kreis, Herr Nannen. Drei Männer, die sich seit Jahren kennen, begehen zusammen Straftaten.«

»Aber ....« Nannen wollte etwas sagen, doch Lea fiel ihm ins Wort.

»Nichts aber, Herr Nannen! Ich weiß, wo sich der Partner von Hegemann aufhält. Wenn er Sie belastet, haben Sie schlechte Karten. Sie haben sich mit Ihrem Schweigen keinen Gefallen getan.«

»Was geschieht jetzt mit uns?« Helene Nannen stand in der Tür und schaute fragend zu Lea.

»Bleiben Sie hier und warten Sie auf die Polizei. Alles Weitere wird die Staatsanwaltschaft entscheiden. Ich kann jetzt nicht mehr viel für sic tun.«

Kapitel 27

Polizeihauptmeister Flessner saß vor einem Teller dampfender Bratkartoffeln und zwei Bismarckheringen. Das Abendessen hatte seine Frau zubereitet und liebevoll mit Zwiebelringen und Petersilie dekoriert. Ein angenehmer Duft stieg dem altgedienten Polizisten in die Nase, während er eine Tasse Tee genüsslich trank, sein Lebenselixier.

Gerade als er sich lustvoll den ersten Happen des schmackhaften Meeresfisches zuführen wollte, hörte er eine helle Stimme aus dem Wohnzimmer rufen.

»Johann, Telefon! Anruf für dich.«

Seine Frau, die bereits seit 10 Minuten vor dem Fernseher hockte und eine Vorabendserie schaute, kam mit dem Telefon in die Küche gelaufen. Hastig reichte sie ihrem Mann den Hörer.

»Flessner, hier! Ich bin gerade beim Abendbrot. Rufen Sie später wieder an«, grummelte der Polizist mit vollem Mund.

»Geht nicht, Herr Flessner. Ich brauche Sie in der Südhoffstraße.«

»Frau Landgraf? Endlich melden Sie sich! Wir versuchen Sie seit einer Ewigkeit zu erreichen. Frau Kirsch war schwer in Sorge. Ich muss Ihnen auch etwas Wichtiges mitteilen Das Krankenhaus hat angerufen. Frau Reimers liegt im künstlichen Koma.«

»Weshalb? Was ist passiert?«

»Näheres weiß ich noch nicht. Es gab Komplikationen, sagte der Stationsarzt. Es sieht nicht gut für sie aus.«

»Sobald ich hier alles erledigt habe, fahre ich zum Krankenhaus«, sagte Lea.

»Wo waren Sie denn die ganze Zeit?«, fragte Flessner.

»Schicken Sie sofort einen Mitarbeiter in die Südhoffstraße, zu der Familie Nannen.«

»Jan Lankow hat Dienst. Ich werde ihn informieren. Er müsste in fünf Minuten bei Ihnen sein. Ich esse noch meine Bratkartoffeln, trinke meinen Tee und dann komme ich auch. So viel Zeit muss sein.«

»Okay, Herr Flessner. Ein Tatverdächtiger ist auf der Flucht und einem anderen Tatverdächtigen werde ich gleich einen Besuch abstatten. Näheres erzähle ich Ihnen, wenn Sie hier vor Ort sind. Ich muss mich jetzt um einen Durchsuchungsbeschluss kümmern.«

SOLLTE sie Feierabend machen oder warten? Wann würde Lea endlich auftauchen? So lange war ihre Chefin noch nie, ohne eine Nachricht zu hinterlassen, weg gewesen. Mit einem sorgenvollen Gesicht lief Sabine in die Küche und schaltete die Kaffeemaschine aus. Gedankenversunken schloss sie das Fenster, leerte den Mülleimer und ging zurück zu ihrem Schreibtisch. Sie nahm Jacke und Handtasche, zog die Tür hinter sich zu und verließ das Gebäude.

Gerade als sie draußen stand, die Eingangstür sicherheitshalber mit dem Schlüssel zusperrte, meldete sich ihr Handy mit einer vertrauten Melodie.

»Hast du schon Feierabend gemacht?«, hörte sie eine vorwurfsvolle Stimme.

»Lea, wo steckst du? Doktor Maibach hat schon x-mal angerufen.«

»Ich stehe vor dem Haus von Harald Nannen. Es gab ein paar kleine Probleme.«

Lea informierte Sabine kurz über die Ereignisse.

»Ich habe dir doch gesagt, du sollst nicht alleine gehen!«, sagte Sabine vorwurfsvoll.

»Ist doch alles gut ausgegangen, Bine. Du musst den Taxifahrer ausfindig machen, der vor einer Stunde in der Südhoffstraße Herrn Hegemann abgeholt hat. Ich muss wissen, wo er ihn hingefahren hat.«

»Okay! Ich bemühe mich darum und rufe dich gleich zurück.«

LEA MUSSTE NICHT LANGE WARTEN. Nach wenigen Minuten meldete sich ihr Büro.

»Hallo, Sabine! Hast du Neuigkeiten für mich?«

»Ich habe den Taxifahrer gefunden. Er hat einen Mann von der Südhoffstraße zum Fähranleger gefahren. Dort stieg er aus und verschwand mit einem großen Rucksack im Terminal. Der Mann lief mit einem Gehstock, betonte der Taxifahrer.«

»Das war Hegemann. Danke, Bine. Du kannst jetzt Feierabend machen. Morgen erzähle ich dir den Rest.«

»WAS IST LOS, Frau Landgraf? Warum hocken Sie in Ihrer Brotdose?« Flessner schaute durch das halb geöffnete Seitenfenster des Smarts und lachte.

»Ich musste telefonieren. Ein Tatverdächtiger ist weiter

auf der Flucht. Es ist Herr Hegemann. Man erkennt ihn leicht. Er ist auf einen Gehstock angewiesen.«

»Was haben Sie mit Ihrem Gesicht gemacht, Frau Landgraf? Hatten Sie eine Schlägerei? Soll ich Sie zum Arzt fahren?«

»Nein. Ich bin nur ein wenig zu schnell eine Treppe hinuntergelaufen und kam danach in den Genuss von 500.000 Volt. Alles halb so schlimm.«

Lea versuchte zu lächeln, was ihr nicht gelang.

»Schicken Sie Ihre Leute sofort zum Hafen. Der Tatverdächtige versucht, die Insel zu verlassen. Mit etwas Glück können wir ihn am Fähranleger erwischen.«

»Um diese Zeit stehen mir nicht so viele Leute zur Verfügung. Ich schaue mal, was ich erreichen kann. Moment, Frau Landgraf. Bin gleich wieder bei Ihnen.«

Flessner eilte zu seinem Wagen. Fast 10 Minuten telefonierte er, bevor er mit ernster Miene zurückkam.

»Drei Beamte sind auf dem Weg zum Terminal. Ich weiß, es sind zu wenige. Zwei Beamte sind derzeit auf einem Lehrgang in Osnabrück, Jan Lankow und eine Kollegin sind hier vor Ort, ein Mitarbeiter ist im Krankenhaus, zwei müssen im Büro bleiben und der Rest ist derzeit nicht auf der Insel. Personal ist knapp.«

Lea zog die Schultern hoch, was so viel bedeutete, wie: Da kann man nichts machen.

Sie musste sich mit dem winzigen Einsatztrupp, den die Insel momentan aufbieten konnte, zufriedengeben. Sie sah wenig Chancen, den Flüchtigen im Norderneyer Hafen zu fassen. Ihre letzte Hoffnung waren die Kollegen aus Aurich, vorausgesetzt Staatsanwaltschaft und Polizei würden mitspielen.

Lea stieg aus dem Auto und ging auf Flessner zu, der gerade sein Smartphone aus der Tasche zog und einen Anruf entgegennahm.

»Die Reederei ist informiert. Sobald eine Person mit Einschränkungen die Fähre betritt, werden wir benachrichtigt«, sagte Flessner trocken.

»Ich habe vor wenigen Minuten mit dem Krankenhaus gesprochen. Auf Katharina Reimers wurde ein Mordanschlag verübt«, sagte Lea betroffen. »Eine Krankenschwester ist gerade ins Zimmer gekommen, als ein Mann in OP-Kleidung dem Opfer ein Kissen ins Gesicht drückte. Laut Beschreibung der Krankenschwester handelte es sich um einen Mann von kräftiger Statur. Er war groß, trug schwarze Lackschuhe und einen Siegelring an der rechten Hand. Er ließ von der Patientin ab, als die Krankenschwester auf ihn einschlug.«

»Sie hat den Täter in die Flucht geschlagen? Alle Achtung!« Sichtlich beeindruckt hörte Flessner zu.

»Die Krankenschwester reagierte spontan. Sie hat mit dem erst besten Gegenstand, den sie fand, zugeschlagen. Der Täter müsste jetzt eine Verletzung am Hinterkopf haben.«

»Und womit hat sie den Täter verletzt?«

»Mit einer Bettpfanne.«

Erstaunt schaute Flessner zu seiner Kollegin.

»Wie geht es der jungen Frau jetzt?«

»Katharina Reimers konnte wenige Minuten nach dem Vorfall wieder reanimiert werden.«

»Und? Hat mein Mitarbeiter ihn gestoppt?«, wollte Flessner wissen.

»Nein. Hat er Sie noch nicht informiert? Ihr Mitarbeiter hielt den Täter für einen Arzt des Krankenhauses. Zu spät bemerkte er den Fehler. Der Flüchtige konnte entkommen. Ich weiß aber, wo ich ihn finden kann.«

Lea reichte Flessner einen Zettel.

»Das ist die Adresse. Fahren Sie mit Ihren Leuten dorthin. Riegeln Sie den Bereich weiträumig ab. Er darf von dieser Aktion nichts bemerken.«

»Ich habe keine Leute für solch eine Aktion!«, antwortete Flessner resigniert.

»Stimmt, das sagten Sie bereits. Dann müssen wir das wohl alleine übernehmen«, entgegnete Lea. »Ich werde dem feinen Herrn einen Besuch abstatten. Ich denke, ich werde ihn zuhause oder in seinem Büro antreffen. Das ist dasselbe Gebäude. Sollte er einen Fluchtversuch unternehmen, schlagen Sie vor der Tür zu.«

»Ist das nicht etwas riskant?«

»Wir haben keine andere Wahl. Ich möchte eine Panikreaktion vermeiden, deshalb möchte ich zunächst alleine mit dem Tatverdächtigen reden. Ich denke, er wird meinen Besuch nicht erwarten.«

»Sind Sie sicher?«

»Ganz sicher.«

»Dort drinnen wartet noch jemand.« Lea zeigte auf das Haus von Herrn und Frau Nannen.

»Das ist das Haus des Ehepaars Nannen. Harald Nannen und seine Frau Helene haben von ihrem Nachbarn Schweigegeld erhalten. Wir müssen sie in Gewahrsam nehmen. 50.000 Euro haben sie bereits erhalten. Weitere 200.000 Euro wurden Ihnen noch versprochen. Wir müssen das Ehepaar im Auge behalten. Es könnte Fluchtgefahr bestehen.«

»250.000 Euro. Ganz schön heftig«, sagt Flessner und schaute zu dem Gebäude.

»Damit wollten sie den Umbau ihres Hauses finanzieren. Hätten die Eheleute damit ein Jahr oder länger gewartet, wäre die ganze Sache wohl nicht ans Tageslicht gekommen.«

»Ich sage es immer wieder: Geld macht nicht glücklich«, meinte Flessner.

»Beide sind wichtige Zeugen. Nehmen Sie die beiden bitte mit zur Dienststelle und veranlassen Sie alles Weitere. Ich denke, Herr und Frau Nannen können der Polizei noch viel erzählen. Ich fahre jetzt los. Ich erwarte Sie in 30 Minuten an der besagten Adresse.«

»Warten Sie. Ich instruiere Lankow. Er soll uns mit seiner Kollegin folgen, sobald hier alles erledigt ist. Ich fahre mit Ihnen. Ich lasse Sie doch nicht alleine zu diesem Tatverdächtigen fahren. Unterwegs können Sie mir dann alles weitere erzählen.«

Nur fünf Minuten später saß Flessner neben Lea im Smart.

»Fahren Sie bitte nicht so schnell. Ich traue diesen fahrbaren Brotdosen nicht.«

»Keine Sorge. Das ist ein gutes, zuverlässiges Auto. Sie werden es nach dieser Fahrt mögen.«

Lea fuhr zügig. Flessner saß leicht verkrampft neben ihr und starrte auf den Zettel in seiner Hand.

»Weshalb glauben Sie, dass dieser Mann tatverdächtig ist?«

»Von Anfang an habe ich im Umfeld der Toten ermittelt. Die wenigen, die kein Alibi vorweisen konnten, waren Hegemann und sein Nachbar Nannen. Hegemann, der Stiefvater, kam für mich zunächst nicht in Frage, da er im Rollstuhl saß. Blieb also nur noch Nannen. Nannen hatte aber kein Motiv.«

»Wie sind Sie auf diesen neuen Tatverdächtigen gekommen?«

»Das Testament ging mir nicht aus dem Kopf.«

»Welches Testament?«

»Der letzte Wille von Cornelia Hegemann. Frau Hegemann war sehr vermögend. Kurz vor ihrem Tode hatte sie mehrfach Kontakt mit einer Kanzlei hier auf Norderney. Sie hat ihr Testament geändert.«

»Wie kommen Sie zu der Annahme?«

»Sie hatte sich neu verliebt. Stefan Hegemann bekam nach der Änderung nur ein Pflichtteil. Er war der Verlierer in dieser Geschichte. Begünstigt wurden die Töchter und der neue Lebenspartner.«

»Mit diesem Wissen war der Hegemann sicherlich nicht gut auf seine Frau zu sprechen.«

»Das war auch mein Gedanke. Es stellte sich die Frage: Wusste Stefan Hegemann etwas von dem geänderten Testament?«

»Wie sollte er davon erfahren? Ein Testament wird erst nach dem Tod des Erblassers offengelegt.«

»Korrekt, Herr Flessner. Und das hat mich stutzig gemacht. Irgendjemand muss Hegemann über die Änderung des Testaments informiert haben. Ich denke, Frau Hegemann war es nicht.«

»Wen haben Sie in Verdacht?«

»Meine Mitarbeiterin hat mit Unterstützung der Staatsanwaltschaft Aurich einiges über die Vermögensverhältnisse einer bestimmten Person in Erfahrung gebracht. Ich muss ihr dafür noch ein dickes Lob aussprechen, wenn ich wieder im Büro bin.«

»Was hat sie herausgefunden?«

»Das wird uns der Tatverdächtige gleich selbst sagen.«

»Sind Sie sicher, dass er den Mund aufmacht?«, fragte Flessner.

»Benjamin Franklin sagte einmal: Nichts in dieser Welt ist sicher außer dem Tod und den Steuern.«

ETWA 50 METER vor dem eigentlichen Ziel stoppte Lea den Wagen. Sie parkte ihn am Straßenrand und lief ohne Flessner zur Hausnummer 53. Sie kannte das moderne, weiße Gebäude. Es diente nicht nur als Büro für verschiedene Dienstleister, sondern war auch gleichzeitig Wohnsitz betuchter Norderneyer und Zugezogener.

Wenn er nicht im Büro ist, werde ich ihn mit Sicherheit in seiner Wohnung antreffen, dachte Lea, als sie die dunkle Limousine vor dem Eingang sah.

Ohne die Klingel zu betätigen, trat Lea ein. Die unverschlossene Eingangstür führte in einen großen Eingangsbereich mit glänzendem schwarzen Marmorfußboden. Gegenüber dem Eingang führte eine Treppe mit Edelstahlhandlauf nach oben. Daneben, fast mittig im Raum, ein Fahrstuhl, der durch seine transparente Konstruktion sofort ins Auge fiel. Zwei abstrakte, in Blautönen gehaltene Gemälde zierten die hintere weiße Rauputzwand. Eine Grünpflanze, eingepflanzt in einen großen, grauen Steinkübel, war neben den beiden Bildern der einzige Farbtupfer, den Lea beim Betreten des Gebäudes entdeckte.

Ihr Ziel lag rechts vom Fahrstuhl. Eine weiße Tür. Lea erinnerte sich an ihren ersten Besuch. Die Tür mit der großen, aus glänzendem Edelstahl gefertigten Eins, führte in ein modern eingerichtetes Büro.

Der junge Mann am Empfang schreckte auf, als Lea unangekündigt eintrat.

»Moment. Stopp! Haben Sie einen Termin? Ohne Termin kann ich Sie nicht reinlassen«, sagte er schroff.

»Machen Sie Überstunden?«, fragte Lea etwas schnippisch.

»Das ist bei uns üblich. Wir sind für unsere Klienten von morgens bis abends erreichbar. Ein besonderer Service unseres Hauses.«

Lea zog ihren Ausweis aus der Jackentasche und hielt ihn dem überraschten Mitarbeiter vor die Nase.

»Das ist die Kommissarin von neulich«, tuschelte eine junge Frau, die unweit von ihm saß.

»Das ist korrekt. Ich bin Hauptkommissarin Landgraf. Ich möchte Ihren Chef sprechen!«

»Das geht nicht. Er möchte nicht gestört werden.«

»Wo finde ich Ihren Chef?«

»Das kann ich Ihnen nicht sagen.«

»Noch so eine Antwort, junger Mann, und Ihnen drohen Konsequenzen. Wollen Sie tatsächlich meine Ermittlungsarbeit behindern?«

»Nein, nein, natürlich nicht, aber ich habe die Anweisung ...«, stotterte er.

»Vergessen Sie die Anweisung. Ist er in seinem Büro?«

Die Frau nickte, während der junge Mann ängstlich zur weißen Tür neben ihm schaute.

Lea lief geradewegs auf die verschlossene Tür zu. Ohne zu klopfen, betrat sie den Raum. Der Geruch von würzigem Tabak traf ihren feinen Geruchssinn. Der abgedunkelte Raum wurde von einer Schreibtischleuchte aus Aluminium im britischen Industriedesign und einer Stehlampe erhellt, die an eine nostalgische Filmleuchte erinnerte. Sie stand im hinteren Bereich des Raumes und strahlte die schweren grauen Vorhänge an.

Verwundert von Leas spontanen Besuch erhob sich der Hausherr aus seinem Chefsessel, setzte sich aber sofort wieder, als er die Besucherin erkannte.

»Sind Sie überrascht, dass ich noch lebe?«, schrie Lea. Trotz aller Bemühungen und Anstrengungen hörte sich ihre Stimme heiser und wenig intensiv an. Der Mann im schwarzen Anzug schien wenig beeindruckt.

»Was reden Sie da? Hat mein Mitarbeiter Ihnen nicht gesagt, dass ich beschäftigt bin? Ich hoffe, Sie haben einen triftigen Grund für die Störung.«

Der aggressive Ton des Anzugträgers bohrte sich in Leas Gehörgänge. Ein Ton, den sie nicht mochte. Entspannt lehnte der Schlipsträger sich in seinem monströsen Chefsessel zurück. Lässig nahm er eine kalte Pfeife von einem tellergroßen Metallaschenbecher. Ohne Lea einen weiteren Blick zu schenken, öffnete er eine Tabakdose, die neben dem Telefon stand. Lustvoll begann er das faserige Kraut in die kleine Öffnung zu stopfen. Während er die Pfeife mit den Zähnen hielt, suchte er vergeblich nach Stopfer und Feuerzeug.

Lea lief direkt auf ihn zu. Stoppte nur wenige Zentimeter vor dem Schreibtisch. Unbeeindruckt von seinem Verhalten, attackierte sie den selbstgefälligen, überheblichen Typen mit halblauter Stimme.

»Ich denke zwei Morde, eine Entführung und ein Mordversuch sind Gründe genug.«

»Von welchen Morden sprechen Sie?«, sagte der Angesprochene und legte entspannt die Pfeife zurück auf ihren angestammten Platz.

»Ich spreche von zwei toten Frauen!«

»Sind Sie noch ganz bei Trost, Frau Kommissarin? Das grenzt an Verleumdung, was Sie sagen. Ich werde Ihre Vorgesetzten über Ihr Verhalten informieren.«

Lea schaute zum Boden.

»Sie tragen noch immer die gleichen Schuhe wie vor wenigen Stunden im Krankenhaus. Das war nicht besonders clever.«

»Was ist mit meinen Schuhen?«

»Ziehen Sie sie bitte aus! Es sind Beweismittel«, sagte Lea sachlich und ruhig.

Der Angesprochene schaute zu seinen Füßen, dann wieder zu Lea.

»Ich verstehe Sie nicht. Was soll das hier werden?«

»Was ist mit Ihrem Kopf? Hat ihre Mitarbeiterin Sie verarztet?«, fragte Lea forsch.

»Ich habe mich vorhin am Kofferraumdeckel meines Wagens gestoßen.«

»Das werden unsere Experten überprüfen. Ihr Auto ist beschlagnahmt.«

Wütend erhob er sich von seinem Platz.

»Bleiben Sie sitzen«, sagte Lea energisch. »Für Sie wäre

es jetzt angebracht zu kooperieren. Sie stehen ohnehin mit dem Rücken zur Wand.«

»Die örtliche Polizei vernimmt in diesen Minuten Ihren Partner. Ich denke, er wird gegen Sie aussagen«, flunkerte Lea. »Insofern sollten Sie sich jetzt gut überlegen, was Sie sagen.«

»Was soll ich Ihnen sagen? Ich habe mir nichts vorzuwerfen.«

»Sie werden sich für mehrere Tötungsdelikte verantworten müssen.«

»Wovon reden Sie? Scheren Sie sich aus meinem Büro. Oder ...«

»Was oder ...? Wollen Sie mich umbringen?« Lea wurde lauter. »Beim ersten Versuch sind Sie gescheitert. Herr Nannen und seine Frau werden ebenfalls gegen Sie aussagen. Katharina Reimers auch. Sie lebt noch. Auch Sie wird eine Aussage machen. Genauso wie die Krankenschwester aus dem Krankenhaus, die Ihnen die Kopfwunde verpasst hat.«

»Wer ist Nannen? Wer soll Katharina Reimers sein?«

»Sie kennen beide. Die Namen Nele Reimers und Heike Fischer werden Ihnen natürlich auch geläufig sein.«

»Sie sind auf dem Holzweg, Frau Hauptkommissarin!«, schrie der Beschuldigte.

»Ich denke nicht. Ich war in der Südhoffstraße um die Nachbarschaft von Stefan Hegemann zu befragen. Zu diesen Nachbarn zählen auch Ihre Eltern. Sie haben mir einiges über ihren Sohn erzählt. Sie sind dort aufgewachsen und waren mehrere Jahre Nachbar der Familie Hegemann und Nachbar des Ehepaares Nannen. Sie hatten sogar eine Beziehung mit Heike Fischer. Wollen Sie das leugnen?«

»Ich? Wieso? Was soll ich? Das spielt doch keine Rolle«, stammelte der Mann hinter dem Schreibtisch plötzlich.

»Ich gebe Ihnen drei Minuten. Überlegen Sie genau, was Sie sagen wollen! Zwischenzeitlich rufe ich meinen Kollegen.« Lea schaute auf die Uhr. »Wenn mein Kollege anwesend ist, können Sie Ihre Aussage machen. Das ist für Sie die letzte Chance zu kooperieren. Egal, wie Sie sich entscheiden, Sie werden verurteilt werden. Wir haben genug belastendes Material gegen Sie in der Hand«, bluffte Lea.

»Wollen Sie mir drohen? Ich kenne die Maschen der Polizei.«

Lea blieb ruhig. Sie ließ sich nicht von dem Gebrüll und den Beschimpfungen beeindrucken.

»Es gibt zwei Wege. Beide führen zum gleichen Ziel. Wir können hier alles auf den Kopf stellen, Mitarbeiter, Freunde, Familie, Bekannte und Verwandte befragen. Wir können eine Gegenüberstellung durchführen, ihre Räumlichkeiten auf den Kopf stellen, DNA auswerten, ein Bewegungsprofil erstellen, Sie in Untersuchungshaft nehmen und zudem stundenlang verhören. Alternativ könnten Sie ein umfassendes Geständnis ablegen und ersparen sich so diese ganze Tortur. Eine Tortur, die Ihnen nächtelang den Schlaf rauben wird. Was ist Ihnen lieber? Wie gesagt, je mehr Sie mit uns zusammenarbeiten, desto besser ist die Situation für Sie.«

Lea sah, wie der Angesprochene zu schwitzen begann. Unruhig blickte er wie ein Tier, das in die Enge getrieben worden war, immer wieder nach links und rechts. Zettel und Stifte, die auf dem Schreibtisch lagen, räumte er von einer Seite zur anderen, bevor er spontan zum Telefon griff.

»Stopp!«, sagte Lea energisch.

»Ich, ich ...«, stammelte der Angesprochene. »Ich will nur meinen Mitarbeiter informieren.«

Er sprach in den Telefonhörer. »In der nächsten Stunde möchte ich nicht gestört werden. Keine Telefonate. Nichts!«, sagte er und legte wieder auf.

»Sie können jetzt Ihren Kollegen rufen, Frau Kommissarin. Ich werde Ihnen alles erzählen.«

Mit einem Seufzer sackte er in seinen Sessel, schloss die

Augen und ließ die Arme hängen. Immer wieder hörte Lea, sein heftiges Atmen, während sie per Handy Flessner informierte.

Nur wenige Minuten nach dem Anruf stand der dienstbeflissene Beamte zwei Armlängen hinter Lea.

»Polizeihauptmeister Flessner ist Ihnen als Norderneyer sicherlich bekannt. Herr Flessner, das ist Herr Folkert Rodeck. Als Notar war er sowohl für Cornelia Hegemann als auch für Stefan Hegemann tätig. Er hat uns einiges zu erzählen.«

Der Mann im Chefsessel öffnete die Augen.

»Was hat Hegemann über mich gesagt?«, wollte er wissen.

»Unwichtig! Reden wir von Ihnen. Beziehungsweise, reden Sie!«, sagte Lea bestimmend.

Rodeck richtete sich in seinem Sessel auf, nahm einen Kugelschreiber zwischen die Finger seiner rechten Hand und ließ ihn langsam zwischen Daumen, Zeige- und Mittelfinger rotieren. Schweißperlen rannen von der Stirn, als er zu reden begann.

»Es war nicht meine Idee. Stefan hat alles geplant. Ich war nur sein Handlanger«, sagte Rodeck.

Lea setzte sich auf einen Stuhl vor dem Schreibtisch und schaltete ihr Smartphone ein, um das Gespräch aufzuzeichnen.

»So ganz kann ich Ihnen nicht glauben. Sie sind ein intelligenter Mensch. So einer wie Sie macht sich doch nicht einfach zum Gehilfen eines anderen«, erwiderte Lea.

»Es war so.«

»Was war so?«, fragte Flessner aus der zweiten Reihe.

»Stefan rief mich vor einigen Monaten an. Er war total außer sich. Er hatte per Zufall erfahren, dass seine Frau eine neue Beziehung mit einem jüngeren Mann führte. Um es einfach auszudrücken: Sie hatte sich verliebt. Ein anderer

Mann war in ihr Leben getreten. Einer, mit dem sie Tisch und Bett teilen wollte. Ihr Leben mit Stefan sollte bald Geschichte sein«, erzählte der Notar in einem sachlichen Ton.

»Wie hat Hegemann darauf reagiert?«, fragte Lea.

»Stefan war zunächst am Boden zerstört und zutiefst traurig.«

»Was haben Sie getan?«, hakte Lea nach.

»Ich habe nur zugehört. Er ließ nicht mit sich reden. Er sagte mir, dass die Frau, die er über alles liebt, zu einem anderen Mann ziehen wollte. Er wusste, was das für ihn zu bedeuten hatte. Er, der Mann im Rollstuhl, würde von heute auf morgen auf sich allein gestellt sein. Niemand kümmerte sich in Zukunft um ihn. Ich sagte zu ihm: Du hast selbst schuld. Schau dich an. Welche Frau will mit so einem Typen zusammenleben?«

»Was passierte dann?«, wollte Lea wissen.

»Meine Worte waren hart, zeigten aber Wirkung. Stefan wollte sich verändern. Er wollte raus aus dem Rollstuhl. Er wollte sein altes Leben zurück. Von dem Tage an, begann er zu trainieren. Sein Ziel: Er wollte fit werden, um seine Partnerin zu beeindrucken und um sie zurückzuerobern.«

»Ich habe den Fitnessraum gesehen«, sagte Lea.

»Ich besorgte ihm Hanteln. Zunächst trainierte er im Wohnzimmer. Später oben im Fitnessraum. Wie besessen trainierte er Tag für Tag. Seine Muskeln waren vom ewigen Sitzen im Rollstuhl schlaff geworden. Er wollte wieder zu Kräften kommen. Er wollte es schaffen, sich ohne Gehhilfen und Rollstuhl fortzubewegen. Er hatte nur dieses Ziel vor Augen. Wochenlang hatte ich keinen Kontakt mit ihm, bis er eines Abends vor meiner Tür stand. Ich hätte ihn fast nicht erkannt. Der Mann hatte 23 Kilogramm abgenommen. Der Bauch flacher, das Gesicht schmaler und die Oberarme kräftiger, stand er gestützt auf einem Gehstock in der Tür zu meinem Büro.«

»Wie ging es weiter?«

»Stefans Plan ging nicht auf. Cornelia ließ sich von seiner Verwandlung nicht beeindrucken. Sie hatte nur noch Augen für ihren neuen Lover. Sie ignorierte ihn. Nur sporadisch kam sie noch nach Hause. Die meiste Zeit verbrachte sie in ihrem Büro oder bei ihrem neuen Lebenspartner. Stefan saß Tag ein, Tag aus alleine im Wohnzimmer und war krank vor Eifersucht. An dem Tag, als sie die Scheidung einreichte, brach bei ihm eine Welt zusammen. Aus seiner Trauer über den Verlust seiner geliebten Frau wurde mit der Zeit Wut.«

»Wie äußerte sich diese Wut?«, fragte Lea.

»Zunächst waren es nur Beschimpfungen, später Drohungen. Immer seltener kam Cornelia nach Hause. Stefan war allein. Er zog sich mehr und mehr zurück. Tagelang lag er im Bett und trank. Irgendwann fand ich ihn besoffen im Badezimmer liegen. Ein furchtbarer Anblick.«

Für einen Moment herrschte Stille. Der Mann mit Krawatte stockte. Seine Gestik und Mimik zeigten, dass ihm mit Hegemann eine tiefe Freundschaft verband.

»Nachdem er wieder nüchtern war, rief er nur: Ich bringe sie um! Ich bringe sie um!

Ich habe diese Äußerungen natürlich nicht ernst genommen. So etwas sagt doch jeder, wenn er oder sie in Wut ist.«

»Haben Sie sich weiter um Herrn Hegemann gekümmert?«

»Nein. Stefan wollte allein gelassen werden. Wochenlang hatte ich keinen Kontakt zu ihm, bis er eines Tages anrief.«

»Wann war das?«

»Keine Ahnung«, erzählte der Angesprochene. »Ruhig, als wäre nichts passiert, erzählte er mir, dass Cornelia Suizid begangen hätte. Ich konnte es nicht fassen. Am nächsten Tag erfuhr ich aus der Zeitung von dem schrecklichen Verkehrsunfall. Eine Verbindung zu Stefan sah ich in diesem Moment nicht. Erst später erfuhr ich, wer das Unfallopfer war.«

»Wann kamen Sie ins Spiel?«, wollte Flessner wissen, der weiterhin abseits stand.

»Wenige Tage nach dem Anruf besuchte ich Stefan. Ich sollte ihm bei einigen Formalitäten helfen. Während wir Tee tranken, sprachen wir über den Nachlass von Cornelia. Ich musste ihm die Wahrheit sagen.«

»Was für eine Wahrheit?«

»Cornelia Hegemann besuchte mich kurz vor ihrem Freitod. Sie erzählte mir von ihrem Vermögen, von ihren Streitigkeiten mit Stefan und von ihrem neuen Lebenspartner. Sie wollte ihr Leben neu ordnen und dazu zählte auch die Regelung ihres Nachlasses. Ihr bisheriges, handgeschriebenes Testament wollte sie vernichten und durch ein neues, notariell beglaubigtes Testament ersetzen. Ihr letzter Wille sollte ihrem neuen Lebenspartner und ihren Töchtern zugutekommen. Somit wollte sie von der gesetzlichen Erbfolge abweichen, was für Stefan Konsequenzen haben sollte. In diesem neuen Testament kam Stefan nicht mehr vor. Als Stefan davon erfuhr, war er wie vor den Kopf gestoßen.«

»Was haben Sie ihm genau erzählt?«

»Ich habe ihm mitgeteilt, dass Cornelia ihr Testament zugunsten ihres neuen Lebenspartners Franz Barkhoff und ihrer drei Töchter geändert hatte. Eine Anfechtung sei nahezu erfolglos. Ich musste ihm sagen, dass er mit dem Tod von Cornelia mehr oder weniger leer ausgehen würde.«

»Wie hat er darauf reagiert?«, fragte Flessner.

»Mit unbändiger Wut und Verzweiflung. Er hatte Cornelia geliebt. Plötzlich bekamen andere das, was ihm zustand. Für ihn blieb womöglich nur ein Pflichtteil. Schlagartig begriff er, dass er alles verloren hatte. Sein schönes Leben schien sich mit dieser Information urplötzlich in Luft aufzulösen. Er war außer sich. Mit einem Mal bemerkte Stefan, wie hilflos er war. Er schrie, weinte und jammerte wie ein Kleinkind, dem man das Fahrrad weggenommen hatte. Ich ließ ihn allein.«

»Und?«, fragte Lea.

»Weiter gibt es nichts zu erzählen. Ich habe Ihnen alles gesagt. Wie bereits erwähnt, hatte ich mit der ganzen Sache nichts zu tun.«

»Doch Sie hatten! Raus mit der Sprache!« Lea wurde lauter.

»Was soll ich Ihnen sagen, Frau Hauptkommissarin?«

»Die Wahrheit. Ich weiß, was Sie getan haben. Zwei Menschen sind tot. Reden Sie! Ansonsten werden wir jeden Kieselstein bei Ihnen zu Hause umdrehen und Ihr ganzes Leben umkrempeln, bis die ganze Wahrheit ans Licht kommt. Und sie wird ans Licht kommen. Wir haben diverse Zeugen. Persönlich werde ich dafür sorgen, dass Sie für eine sehr, sehr lange Zeit weggesperrt werden.«

Leas Ansprache und ihr spontaner Wutausbruch zeigten Wirkung. Der Mann hinter dem Schreibtisch entfernte mit Papiertaschentüchern, die er aus einer Schublade zog, Schweißtropfen von seiner Stirn.

»Gut, ich erzähle Ihnen alles. Wahrscheinlich ist es besser so.«

»Das denke ich auch«, erwiderte Flessner, der sich mittlerweile auch einen Stuhl gesucht hatte.

»Tagelang hörte ich nichts von Stefan, bis er eines Tages wieder in meinem Büro auftauchte.«

»Was wollte er von Ihnen?«, fragte Lea.

»Er redete über seine finanzielle Situation. Außer einem Konto mit 15.000 Euro besaß er nichts mehr. Ihm war klar, dass er nach der Testamentsvollstreckung auf der Straße saß. Cornelia hatte ihm nichts hinterlassen. Nicht einmal das Haus. Stefan wusste nicht weiter. Er flehte mich um Hilfe an. Stundenlang redete er auf mich ein. Er spürte, dass seine Lage aussichtslos war. Er jammerte, heulte und fluchte, bis er ...«

Der Mann hinter dem Schreibtisch stoppte seinen Monolog. Atmete mehrmals tief durch. Immer wieder entfernte er den Schweiß von seiner Stirn. Zögerlich fuhr er fort.

»Stefan stellte mir eine Frage, die alles verändern sollte.«

»Was für eine Frage?«, wollte Lea wissen.

»Wie komme ich an das Erbe meiner Frau? Genau das war die Frage.«

»Was war Ihre Antwort?«, wollte Lea wissen.

»Ich hatte keine Antwort. Stefan fragte, ob er das Testament anfechten sollte. Ich sagte ihm erneut, dass die Erfolgsaussichten für ihn bei null liegen würden. Er war am Boden zerstört. Mehrere Minuten saß er vor mir und weinte. Irgendwann schaute er mich mit verweinten Augen an und sagte etwas, das mir die Sprache verschlug.«

»Was hat Hegemann gesagt?« Verwundert schaute Lea zu dem Mann, der gerade mit gesenktem Kopf vor ihr saß. Vieles von seinem selbstbewussten Verhalten war verflogen. Unentschlossen und wesentlich leiser als zuvor redete er weiter.

»Stefan sprach von Cornelias Vermögen. Zusammen mit ihrem verstorbenen Mann hatte sie in der Vergangenheit zahlreiche Immobilien erworben. Über Jahre hinweg kaufte und renovierte das Paar Häuser und Wohnungen an der Küste und auf den Inseln. Damals, vor 30 Jahren, waren diese Immobilien noch erschwinglich. Jetzt, so seine Worte, läge der Wert bei zirka 24 Millionen Euro.«

»Und? Was wollte er von Ihnen?«, fragte Flessner ungeduldig.

»Stefan bot mir spontan 15 Prozent vom gesamten Nachlass an, wenn ich die Erben aus dem Weg räumen würde.«

Nach diesem Satz herrschte für kurze Zeit Ruhe im Raum. Lea schaute zu Flessner und Flessner zu dem Mann am Schreibtisch. Flessner war der Erste, der wieder etwas sagte.

»Wie haben Sie reagiert?«

»Ich war schockiert. Ich sagte: Stefan, du bist verrückt.«

Der Mann schaute zu den unerwarteten Gästen, als wartete er auf tosenden Beifall. Dieser blieb aber aus.

»Als hätte er meine Worte nicht gehört, redete er weiter und weiter. Er bot mir von Minute zu Minute mehr Geld an. Irgendwann sagte er: Mein letztes Wort. Du bekommst 50 Prozent, wenn du es für mich machst. Ansonsten suche ich mir einen Profi.«

»12 Millionen Euro. Eine Menge Geld«, betonte Lea. Flessner nickte zustimmend.

»Ich weiß nicht warum, aber in einem unbedachtem Moment habe ich zugestimmt. Ich muss nicht bei Verstand gewesen sein.«

Für einen Augenblick vergrub der Sprechende sein Gesicht in den Händen.

Er sackte in sich zusammen, als hätte man ihm gerade ein starkes Beruhigungsmittel verpasst. Lea und Flessner hörten ihn schwer atmen.

»Ich weiß nicht, warum ich auf diese gestörte Forderung eingegangen bin. Ich weiß es nicht. Glauben Sie mir.«

Lea setzte sich aufrecht auf ihren Stuhl.

»Ich kann es Ihnen sagen. Unsere Recherchen ergaben, dass Sie finanzielle Probleme haben. Sie nahmen das Angebot an, weil Sie dringend Geld benötigten. Sie brauchten Kapital. Ihre Frau hat Sie verlassen. Ihre Penthousewohnung, die Luxuslimousine, Reisen, Golfclub, Ihr Segelboot, ein Reitpferd für die Tochter und eine neue Beziehung, all das kostet viel Geld. Geld, das Sie kaum noch haben. Dieses verschwenderische Leben, das Sie in den letzten Jahren gelebt haben, wollten Sie fortführen. Deshalb sind Sie auf Hegemanns Vorschlag eingegangen.«

»Er hat mich gezwungen!«, schrie der Beschuldigte.

Flessner erhob sich kurz von seinem Platz, als der Mann

aufbrauste. Mit ausgestrecktem Arm zeigte Flessner auf den Tatverdächtigen.

»Hinsetzen!«

Der Angesprochene gehorchte.

»Das Angebot von Ihrem Freund kam Ihnen sehr gelegen«, sagte Lea entschieden. »Es würde alle Ihre Probleme schlagartig lösen. Sagen Sie endlich die Wahrheit!«

Der Angesprochene, der sich gerade wieder in seinem Stuhl etwas aufgerichtet hatte, wich erneut zurück.

»Ich, ich ...«, stammelte er.

»Was hätten Sie gemacht, wenn man Ihnen so viel Geld geboten hätte?«

»Jedenfalls nicht gemordet«, resümierte Lea.

»Sie haben für Geld Menschen getötet«, sagte Flessner aus dem Hintergrund.

»Das hätte doch jeder getan in meiner Situation. Hier verdiene ich einen Scheiß. Was blieb mir anderes übrig? Ich musste Stefan helfen. Er ist ein Krüppel. Ohne mich würde er sein restliches Leben in einem Pflegeheim verbringen. So haben wir beide profitiert.«

»Ich muss Sie korrigieren. Hegemann wird genauso wie Sie viel Zeit in einer Strafvollzugsanstalt verbringen. Ob es dort besser ist als in einem Heim, wage ich zu bezweifeln«, sagte Lea nüchtern.

»Ich werde nicht in den Knast gehen. Ich habe gute Anwälte.«

»Davon würde ich an Ihrer Stelle nicht ausgehen. Wir haben erdrückendes Beweismaterial und wir werden noch mehr finden. Hier ist der Durchsuchungsbeschluss.« Lea zeigte Rodeck ihr Smartphone. »Das Original werde ich Ihnen umgehend zukommen lassen.«

»Durchsuchungsbeschluss? Was soll das?« Erschrocken schaute Rodeck auf das Display des Smartphones.

»Die Spurensicherung wird jeden Quadratzentimeter Ihres

Büros und Ihrer Penthousewohnung durchsuchen. Auch Ihr Elternhaus wird auf den Kopf gestellt werden. Ich garantiere Ihnen, unsere Leute werden etwas finden«, sagte Lea in einem sachlichen, nüchternen Ton.

»Sie sollten eine Aussage machen. Ich kenne die Justizvollzugsanstalten in Niedersachsen. Das sind keine Erholungsheime«, fügte Flessner gelassen hinzu.

Der Mann wurde bleich, raufte sich die Haare und schaute verwirrt nach links und rechts.

»Scheiße! Scheiße!«, schrie er verzweifelt. »Lassen Sie meine Eltern aus dem Spiel!«

Lea schaute auf ihr Smartphone.

»In zehn Minuten werden wir zusammen diesen Raum verlassen. Egal, ob Sie ein Geständnis abgelegt haben oder nicht. Eines kann ich Ihnen versprechen, wir haben genug gegen Sie in der Hand. Ein Geständnis würde unsere Arbeit wesentlich erleichtern und Ihre Zukunft in der JVA um einiges angenehmer gestalten. Sind die zehn Minuten vergangen, werde ich den Staatsanwalt informieren. Er wird alles Weitere veranlassen. Es ist Ihre Entscheidung.«

Der Mann schaute zur Wanduhr.

»Okay! Okay! Ich sage alles, vorausgesetzt, Sie halten sich an Ihr Versprechen.«

Flessner, der mittig im Raum saß, erhob sich von seinem Platz und ging einige Schritte auf den Schreibtisch zu. Seine Körpergröße schien den Mann zu beeindrucken.

»Zweifeln Sie nie wieder die Worte meiner Kollegin an. Frau Landgraf steht zu dem, was Sie sagt. Sie hat einen hervorragenden Charakter, ganz im Gegensatz zu Ihnen.«

»Gut. Gut. Ich wollte ...«

»Was wollten Sie uns sagen?« Leas Stimme hatte die Schärfe einer Rasierklinge.

»Ich wollte es Stefan ausreden. Keine Chance. Er war wie verbohrt. Sie können sich nicht vorstellen, wie viel Hass und

Schmerz in diesem Mann steckte. Als er mir die 50 Prozent bot, willigte ein. Ich wiederhole mich, wenn ich sage, dass ich in dem Moment nicht bei Verstand gewesen sein muss. Vielleicht lag es am Alkohol. Wir hatten an dem Abend viel getrunken. Mehr als zwei Flaschen Whisky. Am nächsten Morgen wachte ich auf und dachte, dass alles nur ein Traum gewesen sei. Gegen Mittag rief mich Stefan an. Ich wusste urplötzlich wieder, auf was ich mich eingelassen hatte. Es gab kein Zurück. Stefan hatte mich in der Hand.«

»In der Hand? Wie? Weshalb?«, wollte Lea wissen.

»Er wusste von meinen Steuerhinterziehungen. Hätte er mich angezeigt, wäre ich für mindestens fünf Jahre hinter Gittern gegangen.«

»Steuerhinterziehung? Das ist nicht unsere Baustelle. Wie ging es weiter? Erzählen Sie!«, sagte Flessner.

»Stefan gab mir alle Informationen, die ich benötigte, um die Taten durchzuführen. Er nannte mir die Orte und Zeitpunkte, wo ich die Opfer treffen könnte. Stefan hatte alles gut durchdacht. Er war perfekt im Planen und Organisieren. Es schien so, als wäre alles für mich absolut risikolos. Ich habe alles akribisch vorbereitet. Die Waffen kaufte ich in der Nähe von Bremen. Der Rest war in meinen Augen eine Banalität. Die Frauen waren unvorsichtig wie Kaninchen auf einer vielbefahrenen Straße und setzten sich der Gefahr aus. Sie leisteten keinen Widerstand. Ich hatte leichtes Spiel.«

Flessner schüttelte den Kopf, während Lea unverständlich zu dem Tatverdächtigen schaute.

»Sie waren es auch, der mir in Hegemanns Haus aufgelauert hat«, sagte Lea.

»Nein, ich habe Ihnen nicht aufgelauert. Es war Zufall, dass ich an diesem Tag dort war. Als ich die Angelschnur im Abstellraum liegen sah, kam mir der Gedanke mit der Treppe. Ich habe die Gehhilfe an der Treppe deponiert und gewartet. Prompt sind Sie in die Falle getappt. Sie hatten Glück, Frau

Kommissarin, oder besser gesagt, ich hatte Pech. Dumm, wenn man sich auf einen Trottel wie Nannen verlässt.«

»Haben Sie Nannen Geld geboten?«, wollte Lea wissen.

»Ja. 200.000 Euro, wenn er Sie beseitigen würde. Er hat es vermasselt.«

»Ich denke nicht. Er hat klug gehandelt. Eins möchte ich noch wissen: Was ist auf dem Friedhof passiert, beim Angriff auf Katharina Reimers?«

»Irgendwie hat mich der Ort nervös gemacht. Beinahe hatte ich es geschafft. Sie lag bereits am Boden, dann kam dieser junge Mann angerannt. Ich bin abgehauen, in der Hoffnung, dass die Frau diese Messerstiche nicht überleben würde.«

»Sie hat überlebt«, sagte Lea.

»Ja, ich weiß.«

Der Mann hinter dem Schreibtisch, dessen Kopf glühte, blickte erneut zur Uhr, die links neben dem Schreibtisch an der Wand hing.

»Sie waren im Krankenhaus?«, fragte Lea.

»Ja. Leider zum falschen Zeitpunkt. Noch 30 Sekunden und ich hätte es geschafft. Ich hatte nicht mit der resoluten Krankenschwester gerechnet. Eine Person ohne Angst.«

»Die Krankenschwester und auch das Opfer werden gegen Sie aussagen.«

Flessner ging auf den Anwalt zu und ergriff ihn am Oberarm.

»Cornelia Hegemann hat Ihnen vertraut. Sie haben dieses Vertrauen missbraucht und Ihrem alten Schulfreund den Inhalt des Testaments offenbart. So kam alles ins Rollen. Sie haben Ihrem Berufsstand keinen Gefallen getan. Jetzt werden Sie viel Zeit haben, um über alles nachzudenken. Leben Sie wohl, Herr Rodeck.«

Der Notar erhob sich von seinem Platz und folgte den Anweisung Flessners.

»Herr Flessner wird Sie jetzt in Gewahrsam nehmen. Er ist verpflichtet, Ihnen Handschellen anzulegen. Ich werde den Staatsanwalt informieren. Ihr Geständnis wird er mit Sicherheit wohlwollend aufnehmen. Lassen Sie noch Ihre Schuhe hier.«

»Gestatten Sie mir, dass ich andere Schuhe aus der Wohnung hole?«

»Natürlich, Herr Flessner wird Sie begleiten.«

Rodeck zog sich die Schuhe aus, verließ auf Socken, begleitet von Flessner, das Büro. Lea schaute ihm ins Gesicht, als er eine halbe Armlänge an ihr vorbeiging.

Das war also mein Widersacher. Dieser Typ wollte mich töten, dachte Lea. Ein kalter Schauer lief ihr den Rücken hinunter. Noch einmal schaute sie sich um, bevor sie nachdenklich das Büro des Notars verließ. Jetzt begann die Arbeit der Spurensicherung.

Sie war erleichtert, dass alles relativ problemlos vonstattengegangen war. Sie hatte ein Geständnis, der Rest war nur noch Formsache. Unbeholfen, als hätte sie Alkohol zu sich genommen, torkelte Lea aus dem Chefbüro. Die Bilder, die sie sah, flimmerten vor ihren Augen und ihre Beine taten nicht das, was sie sollten. Sie musste kurz stoppen und sich abstützen. Verwundert schaute das Vorzimmerpersonal zu der schwankenden Frau.

»Ist Ihnen nicht gut, Frau Kommissarin? Soll ich Ihnen ein Glas Wasser holen? Setzen Sie sich«, sagte die Angestellte und schob einen Bürostuhl in Leas Richtung.

»Mir geht es gut. Keine Sorge. Ich benötige nur ein wenig frische Luft.«

»Ihr Gesicht. Sie sind bleich wie die Wand. Soll ich einen Krankenwagen rufen?«

»Nein! Ich bin okay.«

Lea lief zögerlich weiter. Immer wieder musste sie sich

abstützen. Endlich, unter den sorgenvollen Blicken der Angestellten, schaffte sie es nach draußen.

»Soll ich Ihnen etwas zu essen holen? Wir haben noch Würstchen, Käse und Joghurt im Kühlschrank.«

»Nicht nötig. Danke. Ich muss nur an die frische Luft.«

DRAUSSEN WAR ES MILD. Ein Abend, den zahlreiche Urlauber auf Terrassen oder Balkonen verbrachten. Ein Abend, an dem unzählige Menschen auf der Promenade spazierten und alle Bänke in Strandnähe besetzt waren. Gerne wäre Lea jetzt zum Wasser gelaufen und hätte die frische, würzige Seeluft eingesogen. Vorsichtig stapfte sie zu ihrem Wagen. Während sie lief, verursachte jeder Atemzug ein Brennen in der Brust, als hätte sie heiße Luft eingeatmet. Waren es die Folgen vom Elektroschocker?

Müde und erschöpft lehnte sie sich gegen die Tür ihres Kleinwagens. Lea schaute auf die Uhr. Wo blieb Flessner mit dem Tatverdächtigen? Sollte sie zurücklaufen und nachsehen?

In dem Moment, in dem sie sich gerade wieder auf den Weg machen wollte, hörte sie einen Motor laut aufheulen. Reifen quietschten und Sekunden später raste eine dunkle Limousine in hohem Tempo an ihr vorbei.

Flessner?, schoss es ihr durch den Sinn. *Wo ist Flessner?*

FLESSNER LAG AM BODEN. Lea fand ihn hinter der Eingangstür zur Penthousewohnung. Blut rann über Stirn, Nase und Wangen.

»Was ist passiert? Geht es Ihnen gut? Können Sie aufstehen?«

»Es tut mir leid, Frau Landgraf. Ich habe einen Moment nicht aufgepasst. Ich war nur zwei Schritte hinter ihm. Beim

Hinausgehen schlug er mir die Tür gegen den Schädel. Ich sah nur noch Sterne.«

Das Gesicht des Polizisten zierte eine große Wunde vom Nasenbein bis zum Haaransatz.

»Der Schlag gegen die Stirn war heftig. Ich muss wohl kurz weggetreten sein.«

Lea half dem Polizisten wieder auf die Beine.

»Setzen Sie sich dort auf den Stuhl. Ich rufe einen Krankenwagen.«

»Nein, Frau Landgraf. Keinen Krankenwagen. So schlimm es nicht. Mir geht es schon wieder viel besser.«

Lea holte ihrem Kollegen ein Glas Wasser aus der Küche.

»Verdammt!«, schrie Flessner.

»Was ist los?«

»Der Typ hat meine Dienstwaffe mitgenommen!«

»Sind Sie sicher?«

»Ganz sicher, Frau Landgraf.«

»Jetzt haben wir ein Problem.«

Flessner wankte zu einem Polsterstuhl und setzte sich. Mit einem Küchenhandtuch versuchte er, das Blut zu stoppen.

Eilig zog Lea ihr Smartphone aus der Tasche. »Ich spreche mit Lankow. Mit etwas Glück ist er bereits am Terminal.«

»HALLO, Jan. Es ist noch ein Tatverdächtiger auf der Flucht. Der andere trägt einen dunklen Anzug. Beide sind mit Gepäck unterwegs. Stoppen Sie die beiden. Aber Vorsicht, der eine ist bewaffnet.«

»Wie stellen Sie sich das vor, Frau Landgraf? Hier sind hunderte von Menschen unterwegs. Die Mehrzahl hat Gepäck. Ihre Beschreibung ist dürftig und die Fotos helfen uns auch nicht viel weiter. Wie gesagt, bei der Masse

Menschen ist es unmöglich diese Typen zu finden. Dennoch werden wir die Augen offen halten.«

Enttäuschung und Ratlosigkeit standen in Leas Gesicht geschrieben.

»Sprechen Sie mit der Reederei. Das Schiff darf nicht auslaufen«, rief Flessner.

Lea verschwand, kam aber nach wenigen Minuten zurück.

»Können Sie alleine gehen oder muss ich Sie stützen?«

»Es geht schon«, sagte Flessner mit zerknirschtem Gesicht.

Lea griff in ihre Jackentasche, als sie plötzlich einen Laut vernahm. Ihr Smartphone machte sich bemerkbar. Es war der Anruf von Jan Lankow.

»Jan hat mit der Reederei gesprochen«, sagte Lea.

»Was sagte die Reederei?«

»Die Fähre hat bereits abgelegt. Ich denke, Rodeck und Hegemann sind an Bord.«

»Mist, daran bin nur ich schuld.«

»Nein, Herr Flessner. Das hätte jedem anderen auch passieren können.«

»Mir darf so etwas nicht passieren. Durch meine Schusseligkeit haben wir wertvolle Zeit verloren. Der Typ ist weg und er hat meine Waffe. Wie sollen wir den noch zu fassen bekommen?«

»Wenn beide an Bord sind, werden die Kollegen vom Festland sie abfangen, sobald die Fähre Norddeich erreicht hat. Sollten sie noch auf Norderney sein, sind Sie und Ihre Leute gefragt.«

»Was machen wir jetzt?«

»Warten Sie bitte hier auf die Spurensicherung. Rodecks Mitarbeiterin wird Sie versorgen. Ich informiere sie und kümmere mich anschließend um den Flüchtigen.«

»Alleine?«

»Ich hoffe, ich bekomme Hilfe aus Aurich.«

»Das bezweifle ich. Eggers wird keinen Finger für Sie rühren.«

»Ich muss es versuchen. Sonst ...«, Lea sprach nicht weiter. Ihre derzeitige Situation war mies, das war ihr klar. Dennoch wollte sie nicht aufgeben.

Lea ging nach draußen und eilte, so schnell sie konnte, zu ihrem Auto. Sie setzte sich in ihren Smart und wählte Doktor Maibachs Privatnummer. Es dauerte einige Minuten, bis sich eine weibliche Stimme meldete. Offenbar saß Doktor Maibach gerade zu Tisch. Seine Frau, etwas ungehalten, ließ ausrichten, dass er in der nächsten halben Stunde zurückrufen würde.

LEA VERLIESS DAS AUTO WIEDER, steckte ihr Smartphone in die Jackentasche und lief einige Meter auf und ab. Sie spürte, dass ihr Körper noch nicht das tat, was sie ihm abverlangte. Gut, dass sie wenige Meter entfernt eine Bank fand. Sie setzte sich. Arme, Beine und besonders der Rücken schmerzten immer noch heftig. Sie musste nicht lange warten. Nach wenigen Minuten meldete sich Staatsanwalt Doktor Maibach.

»Hallo, Frau Landgraf, ich hoffe, Sie haben triftige Gründe für die späte Störung. Meine Gäste müssen jetzt das Dessert ohne meine Anwesenheit genießen. So Gott will, gehe ich nicht leer aus.«

»Moin, Herr Doktor Maibach. Entschuldigen Sie die späte Störung, aber es ist dringend.«

»Was kann um diese Zeit so dringend sein?«

»Informieren Sie bitte umgehend Hauptkommissar Eggers. Er soll das Hafengebiet in Norddeich abriegeln. In etwa einer Stunde wird der vermeintliche Mörder von Nele Reimers und Heike Fischer zusammen mit seinem Auftraggeber dort von Bord gehen.«

»Moment! Was reden Sie da, Frau Landgraf? Eggers hat andere Sachen zu tun, als einen Hafen abzuriegeln. Sie sollten Herrn Eggers bei seiner Arbeit entlasten und ihn nicht mit zusätzlicher Arbeit überhäufen. Er ist ohnehin nicht gut auf Sie zu sprechen.«

»Uns ist ein Missgeschick passiert. Der mutmaßliche Täter hat uns überrumpelt und ist entkommen.«

»Und jetzt soll Eggers Ihren Fehler wieder ausbaden?«

»Herr Doktor Maibach, es bleibt uns nur wenig Zeit. Wenn Sie jetzt nicht handeln, sind diese Männer auf und davon. Vermutlich werden sie sich ins Ausland absetzen.«

»Gibt es für Ihre abstrusen Behauptungen konkrete Beweise?«

»Ja, Herr Doktor Maibach. Es gibt Zeugen, eine Video- und eine Tonaufzeichnung. Mit Sicherheit auch Spuren und Indizien.«

»Herrn Eggers wird das gar nicht schmecken. Wenn ich ihm sage, dass Sie hinter der Aktion stecken, wird er keinen Finger rühren. Ich muss mir etwas überlegen.« Maibachs Stimme klang souverän, fast ein wenig anmaßend.

»Schicken Sie Herrn Eggers mit seinen Leuten sofort nach Norddeich, sonst sind diese Männer über alle Berge«, sagte Lea entschlossen.

»Moment, Frau Landgraf, so geht das nicht. Sie sind nicht befugt Anweisungen zu geben«, erwiderte Doktor Maibach gereizt.

»In etwa 50 Minuten legt die Fähre in Norddeich-Mole an. Hauptkommissar Eggers bleibt wenig Zeit, die mutmaßlichen Täter festzunehmen.«

»Warum sollte er? Wer sind diese Männer, die wir in Gewahrsam nehmen sollen?«, fragte Doktor Maibach entrüstet.

»Der eine ist Stefan Hegemann. Der andere Folkert Rodeck. Ich sende Ihnen Namen und Fotos der Gesuchten auf

Ihr Smartphone. Sie können die beiden stoppen, Herr Maibach. Viel Zeit bleibt Ihnen nicht mehr.«

»Gut, Frau Landgraf. Ich werde Herrn Eggers instruieren. Ich melde mich wieder«, antwortete Doktor Maibach schroff.

»Es gibt da noch eine Sache, die sollte Herr Eggers wissen.«

»Um was geht es?«

»Um eine Waffe. Der flüchtige Notar, Folkert Rodeck, ist bewaffnet.«

»Das sagen Sie mir erst jetzt?«

»Es ist die Dienstwaffe von Polizeihauptmeister Flessner. Bei einem Handgemenge wurde ihm die Waffe entwendet.«

»Was ist bei Ihnen los auf der Insel? Wie kann ein kleiner Notar einem altgedienten Polizisten die Waffe entwenden?«

»Herr Doktor Maibach! Wir haben keine Zeit! Sie sollten mit Herrn Eggers sprechen.«

»Das klingt in meinen Ohren alles ein wenig suspekt, Frau Landgraf. Ich hoffe, Sie haben gute Gründe für Ihr Verhalten und Ihre Forderungen. Seien Sie vorsichtig. Fehler können wir uns nicht erlauben.«

»Vertrauen Sie mir, Herr Doktor Maibach. Ich weiß, was ich tue.«

»Da bin ich mir nicht sicher. Aber bevor doch Schlimmeres passiert, werde ich Herrn Eggers informieren.«

Doktor Maibach atmete tief durch.

»Ich weiß nicht, wie ich diesen ganzen Zirkus meiner Frau und meinen Gästen erklären soll. Auf Wiederhören, Frau Landgraf!«

Kapitel 28

Eggers war wütend, aufgebracht und richtig sauer. Nach nervenaufreibenden Verhören in den letzten Tagen wollte er endlich einen ruhigen Abend mit seiner Familie verbringen und dann kam dieser bescheuerte Anruf vom Staatsanwalt.

Doktor Maibach fasste sich kurz, ließ keinen Spielraum für Erklärungen und Fragen. Das Motto hieß »agieren«, jetzt und sofort.

Verärgert über die Nachricht, ließ er seine Wut an einem roten Spielzeugauto aus, das auf dem Sideboard im Flur stand, achtlos vor dem Abendbrot vom Nachwuchs dort abgestellt. Es flog in hohem Bogen gegen die Wand und blieb in Einzelteilen am Boden liegen.

»Mein Auto!«, schrie eines der Kinder und begann zu weinen. Das zweite stimmte mit ein.

»Was ist los? Was ist passiert?«

Erschrocken schaute Manuela Eggers zur Tür, in der ihr Mann mit hochrotem Kopf stand.

Angespannt wie ein Tiger, der seine Beute im Visier hat, und unruhig wie ein Sprinter vor dem 100 Meter Lauf, spähte er zu seiner Frau.

»Was ist los, Frank?«

Wortlos griff er nach Jacke und Autoschlüssel.

»Musst du noch weg? Was ist mit dem Abendessen? Die Kinder wollten dir noch ...«

»Keine Zeit. Einsatz. Anruf vom Staatsanwalt. Du kannst mir glauben, den Abend hatte ich mir auch anders vorgestellt.«

»Was ist passiert?«, wollte Manuela Eggers wissen.

»Nichts ist passiert. Diese Kommissarin von der Insel macht alle Leute verrückt. Warum muss sich diese Tussi in alles einmischen?«

»Hast du noch Zeit für einen Tee?«

»Nein! Verdammt! Ich muss los«, schnauzte Eggers gereizt. »Maibach macht mir die Hölle heiß, wenn ich zu spät komme.«

»Weshalb bist du so aggressiv? Warum musst du noch unterwegs?«, fragte seine Frau besorgt.

»Diese dumme Nuss von der Insel ist eigenmächtig auf Verbrecherjagd gegangen und ich kann den Mist, den sie verzapft hat, ausbaden. Angeblich sollen zwei Tatverdächtige mit der Fähre von Norderney kommen. Mörder! Dass ich nicht lache. Vermutlich tragen sie Schilder um den Hals: Holt mich ab. Wir sind die Killer von Norderney.«

»Reg` dich nicht auf, es ist sicherlich nur ein Missverständnis.«

»Missverständnis!!«, schrie Eggers wütend. Was dazu führte, dass die Kinder noch lauter heulten als zuvor.

»Wenn der Staatsanwalt persönlich bei mir anruft, ist das bestimmt kein Missverständnis.«

Manu Eggers versuchte ihren Mann zu beruhigen. Sanft legte sie ihre Hand auf seine Schulter.

»Fahre doch einfach hin, Liebling und klär die Sache«, sagte sie leise.

»Da gibt es nichts zu klären!«, fuhr er sie an. »Tagelange Verhöre, Stress ohne Ende und jetzt muss ich mich um diesen

Scheiß kümmern, als hätte ich nichts Besseres zu tun. Ich quäle mich seit Tagen, ermittle wie ein Blöder und dann serviert diese Frau dem Staatsanwalt die Täter auf einem Silbertablett und ich muss den Laufburschen spielen. Wie stehe ich jetzt da?«

Türen knallten, Kinder weinten und eine unglückliche Ehefrau schluchzte.

Was für ein Scheiß Leben. Mit Tränen in den Augen setzte sich die junge Frau zurück an den Abendbrottisch.

»Ihr könnt noch ein wenig Fernsehen schauen und dann geht ihr ins Bett. Papa kommt spät wieder.« Noch im Flur seines Hauses alarmierte Eggers die Kollegen von der Schutzpolizei Norden/Norddeich und informierte Fleischmann. Wutentbrannt stieg er in seinen Wagen, fuhr mit einem rasanten Tempo von seinem Grundstück in Hage und brauste in Richtung Norddeich.

DER KAFFEE, mittlerweile kalt, stand noch auf ihrem Schreibtisch. Außer dem Flurlicht war die Lampe auf ihrem Schreibtisch eingeschaltet. Sie schaute zum Monitor, auf dem ein handgeschriebener gelber Zettel klebte:

»Hallo, Lea, ich habe mir Sorgen gemacht. Schön, dass du wieder da bist. Bis Morgen! Gruß Sabine.«

Lea musste schmunzeln, als sie die grinsende Möwe sah, die Sabine auf das Blatt gezeichnet hatte. Es war ein verrückter Tag gewesen. Die ganze letzte Woche hatte es in sich gehabt. Ihr blieb nur wenig Zeit zum Durchatmen.

Die Stunden zwischen Aufstehen und Zubettgehen reichten kaum für einen Strandspaziergang.

Sie liebte es mittlerweile, barfuß durch den weichen, feuchten Sand zu laufen, auf die Wellen zu schauen, wie sie kamen und wieder gingen und die angenehme salzige Luft einzuatmen. Es war faszinierend, die immer hungrigen

Möwen zu beobachten, die laut kreischend über den Strand segelten. Mit Sven spazieren zu gehen war doppelt schön. Wenn er über Natur und Umwelt philosophierte, das war Erholung pur und für sie etwas unbeschreiblich Schönes.

Sollte sie Sven anrufen?

»Später«, sagte sie nachdenklich und setzte sich an ihren Schreibtisch. Fast zwei Stunden waren vergangen, seit sie mit dem Staatsanwalt telefoniert hatte. Die Fähre müsste längst Norddeich Mole erreicht haben. Was, wenn Hegemann und Rodeck gar nicht an Bord gewesen waren? Daran wollte sie nicht denken. Sie schaute erneut auf die Uhr. Sollte sie Eggers anrufen?

In dem Moment, als sie den Kaffeebecher in die Hand nahm, um ihn in die Küche zu bringen, klingelte das Telefon.

»Maibach, hier!«, klang es kühl aus dem Telefonhörer.

»Gut, dass ich Sie noch erreiche. Die Festnahmen in Norddeich ...« Doktor Maibach machte eine Pause, die gefühlt 10 Minuten dauerte. »Hauptkommissar Eggers hat wieder einmal schnell gehandelt. Guter Mann, das muss ich schon sagen. Alles, was Beine hatte, war vor Ort. 24 Polizeiwagen mit über 50 Mann haben den Hafen in Norddeich komplett abgeriegelt. Ein Riesenspektakel. Ich hoffe, Sie sind sich darüber im Klaren, was das den Steuerzahler gekostet hat.«

»Und? Konnten Sie die beiden festnehmen?«

»Ihre Personenbeschreibung war gut. Leider waren zwei männliche Personen mit Einschränkung an Bord. Dank Eggers ausgezeichneter Menschenkenntnis konnte er den Richtigen sofort in Gewahrsam nehmen. Beide, womöglich schockiert von dem riesigen Polizeiaufgebot, ließen sich ohne Widerstand festnehmen. In den Räumen der Reederei gab es eine erste Vernehmung. Beide schwiegen zu den Vorwürfen. Sie wurden unabhängig voneinander befragt. Beide wiesen die Beschuldigungen zurück. Der Notar will Klage erheben.

Das sieht nicht gut für uns aus. Ich war selbst vor Ort und habe das Verhör verfolgt. Auch in dieser Situation zeigte sich, dass auf Hauptkommissar Eggers Verlass ist. Ich wusste es sofort, als ich damals seinen Lebenslauf in den Händen hielt. Eggers war eine gute Wahl. Womöglich die Beste in meiner Dienstzeit als Staatsanwalt in Aurich.«

»Ich bin erleichtert, dass alles so gut verlaufen ist. Richten Sie Herrn Eggers meinen Dank aus«, sagte Lea leise.

»Derzeit bewegen Sie sich mit Ihren Anschuldigungen auf dünnem Eis.«

»Inwiefern, Herr Doktor Maibach?«

»Wir haben keine Geständnisse. Somit können wir diese Männer nur für wenige Stunden festsetzen. Wenn Sie uns nicht schleunigst Fakten liefern, sind die beiden morgen Abend wieder auf freiem Fuß. Dennoch: gute Arbeit.«

»Danke, Herr Doktor Maibach.«

»Kommen Sie morgen früh direkt nach Aurich. Sie werden die weiteren Verhöre durchführen.«

»Morgen früh? Ich bin seit Stunden auf den Beinen, ich … «

»Ausruhen können Sie sich später, Frau Landgraf. Ich brauche Sie in Aurich. Die Verhöre haben Vorrang. Nehmen Sie die erste Fähre. Seien Sie versichert, ohne stichhaltige Beweise oder Zeugenaussagen können Sie sich die Reise sparen. Wir brauchen ein Geständnis der Beschuldigten. Ich erwarte Sie morgen um 10 Uhr in Aurich. Gute Nacht, Frau Landgraf!«

LEA WAR VERWIRRT, müde und enttäuscht. Sie hatte den Mörder von zwei Frauen gefasst, ihr Leben riskiert und alles, was sie zu hören bekam, war ein kurzes »Gute Arbeit«. Nachdenklich löschte Lea überall das Licht und verließ das Büro.

. . .

WARUM MUSSTE Sven in den zweiten Stock ziehen? Lea stapfte Stufe für Stufe nach oben. Noch 14 Stufen, dann hatte sie es endlich geschafft.

Jetzt nur nicht aufgeben, dachte sie und schleppte sich die Treppe weiter hoch. Das Atmen fiel ihr mit jedem Schritt schwerer. Ihr Schädel brummte, als würde unaufhörlich eine Maschine darin werkeln. Sie setzte ihren Weg mit aller Kraft, die ihr noch geblieben war, fort.

Es ist nicht mehr weit. Ich schaffe das.

Mit jedem weiteren Schritt schoss ein unbändiger Schmerz, ausgehend vom Brustkorb, durch ihren Körper. Auf den letzten Stufen war die Kraft verbraucht. Sie musste sich setzen. Ihre Gelenke schmerzten unentwegt. Sie fühlten sich an, als wären sie mit Stacheldraht umwickelt.

Nur noch wenige Schritte, dann habe ich es geschafft. Unter heftigem Stöhnen zog sie sich am Treppengeländer hoch, setzte einen Fuß vor den anderen, aber es gelang ihr nicht, das ersehnte Ziel, das nur wenige Meter vor ihr lag, zu erreichen.

Sie sah die Tür, zwei Armlängen entfernt. Nur wie sollte sie diese erreichen? Ihre Hand griff erneut nach dem Treppengeländer, umklammerte das kalte Metall und mit den letzten Reserven, die ihr Körper noch zu bieten hatte, zog sie sich daran hoch.

Es war bereits 21 Uhr 35, als sie den weißen Klingelknopf neben der Tür mit zittrigem Finger drückte. Dann sackte sie zusammen.

»HALLO! Was ist los? Lea? Was ist passiert? Wer hat dich so zugerichtet?«

»Es ist alles gut. Ich bin nur ein wenig müde.«

Lea versuchte, sich aufzurichten. Mit Svens Unterstützung schaffte sie es bis ins Wohnzimmer. Erschöpft legte sie sich auf das Sofa. Körper und Geist schienen alle Energie aufgebraucht zu haben. Lea fühlte sich leer und ausgelaugt. Sven holte ein Glas Wasser, etwas zu essen und einen Verbandskasten.

»Setz dich bitte zu mir. Ich habe dich vermisst«, sagte sie mit matter Stimme.

Sven schaute sie an.

»Ich mache mir Sorgen. Geht es dir wirklich gut?«

Ihre Hand streifte seinen Arm. Es fühlte sich gut an, einen Menschen in der Nähe zu haben, der ihr Vertrauen und Geborgenheit gab.

»Kannst du mich bitte festhalten? Ganz fest«, flüsterte sie kaum vernehmbar.

SCHWEIGEND LAG SIE, den Kopf auf Svens Oberschenkel gelegt, ausgestreckt auf dem Sofa. Sie zitterte trotz warmer Wolldecke.

Zärtlich fuhr er mit der Hand durch ihr Haar, streichelte ihre Wangen und küsste sie sanft.

»Soll ich nicht doch besser einen Krankenwagen rufen?«

»Du hast mich doch bereits auf wundersamerweise verarztet«, sagte Lea leise und schloss die Augen.

Kapitel 29

Sie war die Erste an diesem Morgen im Büro. Verwundert schaute Sabine auf das, was auf ihrem Schreibtisch lag.

»Liebe Sabine«, las sie laut. »Ich bin froh, dass es dich gibt. Ohne dich hätte ich den Stress der letzten Tage und Wochen nicht überstanden. Deine guten Recherchen haben mich der Lösung immer näher gebracht. Ich kam an meine Grenzen, sah keinen Ausweg und war am Ende meiner Kräfte. Die Erinnerung an dein Lachen, deine Fröhlichkeit und deinen Optimismus gaben mir Kraft und Zuversicht.

Danke für alles. Lea.«

MEHRMALS KLOPFTE er an die Tür zum Bad.

»Was ist los?«, hörte er eine zaghafte Stimme fragen.

»Draußen steht Polizei vor der Tür.«

»Mach auf oder willst du warten, bis sie die Tür gewaltsam öffnen?«

Hastig zog er sich Jogginghose und einen weiten Pulli über und eilte barfuß zurück zum Flur. Noch einmal schaute er durch den Spion, bevor er die Tür aufschloss.

»Moin! Ist Hauptkommissarin Landgraf bei Ihnen?«

»Ist etwas passiert?« Sorgenvoll schaute Sven zu den unerwarteten Besuchern.

»Kann man wohl so sagen.«

»Ich hole sie. Warten Sie einen Moment. Ich weiß nicht, ob sie schon wach ist«, flunkerte Sven und eilte zum Bad.

Dort fand er sie nicht. Lea stand bereits geduscht, geföhnt und angezogen im Wohnzimmer.

»Schaffst du es zur Tür oder muss ich dich stützen?«

»Es geht schon. Warum bittest du die Kollegen nicht herein?«

»Ich dachte, du wärst noch nicht angezogen.«

»MOIN, Herr Flessner. Hallo, Jan! Sie hier und das um diese Uhrzeit? Ist etwas passiert? Kommen Sie herein.«

»Wie geht es Ihnen, Frau Landgraf?«, wollte Flessner wissen.

»Schon besser. Etwas Schlaf und das gute Essen von Sven wirken Wunder.«

»Das freut mich.«

»Ihr Kopf sieht auch schon besser aus als gestern«, sagte Lea. Flessners Stirn zierte ein Pflaster in der Größe einer Zigarettenschachtel.

»Noch brummt der Schädel etwas. Sonst geht es mir gut«, antwortete Flessner knurrig.

Lea führte Flessner und Lankow ins Wohnzimmer.

»Nehmen Sie Platz!«, sagte Lea.

Sven hatte sich mittlerweile Sneaker, Sweatshirt und eine weiße Jeans angezogen. Mit einem aufgesetzten Lächeln schaute er zu den Beamten.

»Möchten Sie einen Tee?«, fragte er.

»Nein danke. Wir haben wenig Zeit.«

»Was führt Sie zu uns, Herr Flessner?«, fragte Lea.

»Vor etwa einer halben Stunde bekam ich einen Anruf aus

Aurich. Doktor Maibach persönlich hat mich angerufen. Er konnte Sie nicht erreichen.«

»Das klingt nicht gut.« Sven schaute mit einem sorgenvollen Blick zu seiner Freundin.

»Ich glaube, ich setze mich lieber«, sagte Lea.

Flessner und Lankow nahmen sich Stühle und setzten sich ebenfalls.

»Der gestrige Abend muss wohl sehr turbulent gewesen sein«, erzählte Flessner mit ernster Miene, »laut Doktor Maibachs Schilderung gab es noch nie ein derartiges Aufgebot an Polizei, Feuerwehr und Rettungswagen in Ostfriesland, wie an diesem Abend in Norddeich.«

»Ich weiß. Einiges schilderte Doktor Maibach mir bereits gestern Abend am Telefon. Dennoch verlief der Einsatz nicht wie erhofft.«

Lea schaute zur Uhr.

»In 90 Minuten sollte ich in Aurich sein, um die mutmaßlichen Täter zu verhören. Ich muss mich sputen.«

Sven schaute zu Lea. »Das wird knapp. Ruf dort an, dass du später kommst.«

»Nicht nötig!«, sagte Flessner bestimmend.

»Ich muss ...«

Flessner fiel Lea ins Wort. »Doktor Maibach teilte mir mit, dass die Tatverdächtigen die ganze Nacht verhört wurden. Heute Morgen haben sie gestanden. Sie brauchen nicht mehr nach Aurich zu fahren. Die mutmaßlichen Täter werden heute noch dem Haftrichter vorgeführt. Doktor Maibach ist mittlerweile über alles informiert. Er weiß auch von Ihrer Entführung. Er lässt seinen Dank ausrichten und wünscht Ihnen gute Besserung.«

Lea wusste nicht, was sie sagen sollte. Die Erleichterung, die sie plötzlich spürte, sah man in ihrem Gesicht. Ihr Körper vibrierte. Ihre Finger krallten sich in das Polster. Schweigend und überwältigt von ihren Gefühlen, schaute sie zu den beiden Beamten. Tränen rannen über ihre Wangen.

»Lea, du hast es geschafft!« Sven eilte auf Lea zu, nahm sie in den Arm und drückte sie ganz fest an sich.

»Gratuliere, Frau Landgraf. Sie haben wirklich gute Arbeit geleistet, obwohl ich Ihre Alleingänge nicht sonderlich schätze«, sagte Flessner mit einem sanften Lächeln im Gesicht.

»Lea, du bist echt cool. Glückwunsch zu deinem guten Job. Das hast du prima gemacht.« Mit einem breiten Grinsen gratulierte Jan Lankow die völlig überraschte Kollegin.

»Übrigens, Doktor Maibach will sich in den nächsten Tagen noch persönlich bei Ihnen melden«, sagte Flessner und erhob sich von seinem Platz.

»Kommen Sie, Lankow. Wir müssen weiter.«

»Haben wir nicht noch etwas vergessen, Chef?«

»Stimmt! Wir wollen sie beide mitnehmen.«

»Mitnehmen? Weshalb?«, erstaunt schauten Lea und Sven zu Flessner.

»Ihr seid eingeladen«, sagte Jan Lankow.

»Warum?«

»Das ist nun mal so üblich in Ostfriesland, wenn etwas Besonderes abgeschlossen ist, trifft man sich zu einer Tasse Tee«, erwiderte Lankow, »wir fahren zu Tante Martha. Sie erwartet uns.«

»MÄDCHEN, wie siehst du denn aus? Wer hat dich so zugerichtet? Mitfühlend schaute die Rentnerin zu Lea.

»Moin, Tante Martha. Es sieht schlimmer aus als es ist. Mir geht es schon wieder gut. Danke für die Einladung.«

Tante Martha ging auf Lea zu, nahm sie in den Arm und hielt sie minutenlang fest. »Mach` so etwas nicht noch einmal, Kind. Versprich mir das!«

Lea lächelte verlegen. »Das kann ich dir nicht versprechen. Ich bin nun mal bei der Kripo. Ich verspreche dir aber, dass ich in Zukunft vorsichtiger sein werde.«

»Kommt herein. Tee ist gleich fertig. Ich habe Kuchen gebacken. Geht schon mal ins Wohnzimmer. Sabine und unser Bürgermeister sind auch schon da.«

Lea war gerührt, als Bürgermeister Redenius sich von seinem Platz erhob und mit einem dicken Blumenstrauß auf sie zukam.

»Womit habe ich das verdient?«, fragte Lea erstaunt.

»Ein kleiner Dank für Ihre großartige Arbeit.«

Lea musste schlucken.

»Vor gut einer Stunde rief das Krankenhaus an«, sagte Flessner, der bereits auf dem Sofa Platz genommen hatte.

»Das Krankenhaus?«, erstaunt schaute Lea zu Flessner.

»Katharina Reimers ist auf dem Weg der Besserung.«

Lea musste tief durchatmen.

»Ich glaube, das ist die beste Nachricht des Tages.«

»IST DAS NICHT SCHÖN, dass wir alle hier sitzen? So jung kommen wir nicht wieder zusammen«, sagte Tante Martha und füllte die Tassen mit Tee.

»Wie sagte der österreichische Dichter Ernst Ferstl: Wenn wir Freude am Leben haben, kommen die Glücksmomente von selber. Prost Tee!«, sagte Bürgermeister Redenius und hob seine Tasse.

ICH HOFFE, Sie hatten ein paar schöne Stunden mit diesem Ostfriesland Krimi.

Was für den Künstler der Applaus ist, ist für die Autorin oder den Autor eine nette, gut gemeinte Rezension. Ich danke

Ihnen im Voraus für Ihre Anregungen, für Ihre Kritik und Ihre positiven Worte.

HERZLICHE GRÜSSE aus Ostfriesland

Ella Lorenz

EMAIL:

lorenz-autorin@web.de

BEREITS ERSCHIENEN:

- Tod auf Norderney
- Vermisst auf Norderney
- Stumme Schreie auf Norderney

Über den Autor

Die Autorin Ella Lorenz ist eine waschechte Ostfriesin. Sie lebt mit Mann und zwei Kindern in der Nähe von Leer, unweit der Ems. Sie liebt die Deiche, das raue Klima, die Weite und die Menschen zwischen Meer, Moor und Marsch.

Schon seit frühester Kindheit fasziniert sie das Schreiben. Inspiriert von der Schönheit Ostfrieslands und seinen Menschen, verfasst sie spannende, unterhaltsame Geschichten, Romane und Krimis.

Die Ermittlerin: Rache auf Norderney

Ostfriesland, Januar 2022

Cover: Meinders Design

Lektorat / Korrektorat: MATTNER

Kontakt: Agentur MEINDERS,

Lortzingstraße 9, D 26810 Westoverledingen

Printed in Germany
by Amazon Distribution
GmbH, Leipzig

25632031R00158